Frank Goyke

HEXENTANZ

Roman

Schwarzkopf & Schwarzkopf

Frank Goyke

HEXENTANZ

Roman

Schwarzkopf & Schwarzkopf

DER AUTOR

1961 in Rostock geboren. Nach Abitur und Wehrdienst von 1983 bis 1988 Studium der Theaterwissenschaften in Leipzig. Tätigkeiten als Redakteur, Theaterautor, Publizist und Lektor in Berlin. Von 1991 bis 1996 Dramaturg an einem Berliner Off-Theater. Lebt als freier Schriftsteller in Berlin.
Bibliographie (Auswahl): »Der kleine Pariser«, Kriminalroman, Leipzig 1992 (erschien 1996 als »Le Petit Parisien« in Paris), »Grüße vom Boss«, Kriminalroman, Berlin 1992, »Schneller, höher, weiter«, Kriminalroman, Berlin 1993, »Ruf doch mal an«, Kriminalroman, Berlin 1994, »Tegeler Trauerspiel«, Kriminalroman, Berlin 1994, »Dummer Junge, toter Junge«, Berlin 1995 (1996 mit dem Krimipreis *Marlowe* der Raymond-Chandler-Gesellschaft ausgezeichnet), »Knaben Liebe«, Thriller, Berlin 1995, »Felix, mon amour«, Roman, Berlin 1996

DIE PRESSE ÜBER DIE KRIMIS VON FRANK GOYKE

Im Konzert der konventionellen Massenware einerseits und der pseudo-originellen Szene-Produkte andererseits spielt Goyke nicht mit. Er läßt beides weit unter sich. Bei Goyke stimmt alles. Das Lokalkolorit ist mehr als Staffage oder Heimattümelei, und die Figuren sind originell, ohne konstruiert zu wirken. Goyke hat sich Kultstatus und einen Spitzenplatz unter den wenigen guten Krimiautoren deutscher Sprache erschrieben. Er gehört zu den allerbesten seines Fachs. *Konzepte*

Goyke gelingt es auf eindringliche, spannende Art, den Leser in wechselnden Erzählperspektiven in Denken und Handeln seiner Akteure zu versetzen. *Freie Presse*

In die Tiefe geht Goyke bei den Opfern und den Tätern. Denn er versteht es meisterhaft, sich in sie hineinzudenken. Er tanzt mit ihnen am Abgrund, und im Sturz läßt er sie verharren, um den Ort oder die Zeit zu wechseln. Auch wagt er sich an Randgruppen, an Tabus. Bei Goyke ist man sofort unter Spannung. Er legt dem Leser eine Spur. Und lockt. *Neues Deutschland*

Bei dem flüssigen Stil, dem schnellen Rhythmus von Goykes Romanen kommt keine Minute Langeweile auf. Frank Goyke, ein Autor, den man in der Nachkommenschaft von Simenon einreihen kann, versteht es, den Vorgang der polizeilichen Ermittlungen mit sehr viel Realismus zu erzählen. *L'Union, Reims*

Frank Goyke erzählt seine Geschichten mit der gleichen desillusionierten Distanz, die auch seinen Helden kennzeichnet, einen älteren, einsamen dicken Flic. Hinter diesem Karussell des Todes zielt Goyke auf die Teufelskreise eines Deutschlands ab, in dem auch nicht alle Rädchen ineinandergreifen. *Le Monde*

ERSTES KAPITEL

1

Die Hexen hatten sich zurückgezogen. Noch vor einer halben Stunde hatten sie um die drei Holzfeuer auf dem Kollwitzplatz getanzt und eine Hexenprozession veranstaltet, aber der plötzlich aufgekommene heftige Wind und ein fernes Grollen hatten die Frauen vertrieben. Der Kollwitzplatz war trotzdem nicht leer: Überall hatten sich die Menschen, zumeist Jugendliche, im Kreis auf den Boden gesetzt und tranken Bier, Wein oder Fusel.

Polizeioberkommissar Rainer Wilhelmsen nahm seinen Helm ab, wischte sich den Schweiß von der Stirn und schaute auf die Uhr am Armaturenbrett. Der letzte Tag des April war vorüber. Auch die Walpurgisnacht würde nicht mehr lange dauern, um ein Uhr wollte der Veranstalter sie beenden. Ob dann die Jugendlichen ihren Tanz begannen, blieb abzuwarten.

Oberkommissar Rainer Wilhelmsen stammte nicht aus Berlin, sondern aus Leipzig, und er wollte auch so schnell wie möglich wieder dorthin zurück. Für andere Menschen war der Erste Mai ein freier Tag, den sie mit ihren Familien verbrachten, für Wilhelmsen nicht. Seine Einheit war von Leipzig abkommandiert worden, um die Berliner Polizei bei der Abwehr der Chaoten zu unterstützen, so wie viele andere sächsische und brandenburgische Einheiten auch. Bereits zweimal war Wilhelmsen bei einer solchen Walpurgisnacht dabeigewesen, und immer hatte es Krach gegeben. Vielleicht war es noch zu früh, aber irgendwann würde schon der erste Stein fliegen; die Walpurgisnacht zog Randalierer an wie ein

Scheißhaufen Fliegen. Wilhelmsen haßte die Chaoten, aber er hatte auch Angst vor ihnen, schließlich hatte es immer wieder verletzte Kollegen gegeben. Nervös trommelte Wilhelmsen auf das Lenkrad.

»Scheißbullen!« rief jemand vom Platz. Da war es bereits, das Wort, das diese Einsätze zu begleiten pflegte.

Natürlich schweißten solche Großlagen die Truppe zusammen; die Kameradschaft war bei der Polizei sowieso gut entwickelt, aber im Einsatz wurde man zu regelrechten Freunden. Jeder hatte denselben Haß und dieselbe Angst, und das förderte den Zusammenhalt. Man war eben aufeinander angewiesen.

Zwei der Jugendlichen hatten sich erhoben, sie standen auf wackligen Beinen, hielten sich aneinander fest und pinkelten in eines der Feuer, die allmählich erloschen. Oberkommissar Rainer Wilhelmsen zündete sich eine Zigarette an, wohl seine vierzigste; bei Einsätzen rauchte er wegen der Anspannung immer zu viel. Dietmar Ulmer, der neben ihm saß, räusperte sich. Er war einer der wenigen Nichtraucher in der Truppe.

Rainer Wilhelmsen stieg aus, er hatte seinem Kollegen und Freund schon zu viel Rauch zugemutet, und es konnte nichts schaden, sich die Beine zu vertreten. Das Szenarium für die folgenden Stunden stand seit Jahren fest, nur der Moment, wann sich der Vorhang zum dritten und entscheidenden Akt heben würde, war eine Variable. Die beiden ersten waren bereits über die Bühne gegangen.

Im ersten Akt trafen sich Vertreter der Polizei mit dem Veranstalter, man versicherte sich gegenseitig, daß niemand Randale und Verletzte wolle, der Veranstalter versprach, mit einem eigenen Ordnungsdienst das Schlimmste zu verhindern, aber wenn dann das Schlimmste geschah, war es Schuld der Polizei: Irgendein Beamter hatte sich halt dem

Platz zu dicht genähert oder einfach nur schräg geguckt, es war ja klar, daß sich die autonomen Jugendlichen davon provoziert fühlen mußten. Im zweiten Akt wurden die Polizeikräfte in Deeskalationsstrategien unterwiesen; sie sollten sich zurückhalten, aber das war schwierig, wenn man angegriffen wurde. Die Sache mit der Deeskalation funktionierte denn auch nie, dafür wurde die Situation rasch zu brenzlig. Im dritten Akt begannen die Autonomen ihren Angriff. Sie bewarfen die Einsatzwagen, die sie Wannen nannten, mit Steinen, sie stürzten Autos um und legten Brände. Im vierten Akt schlug eine völlig desorientierte Polizei zurück. Stundenlang würden die Autonomen mit der Polizei Katz' und Maus spielen, bis keiner der Kollegen mehr wußte, wen sie eigentlich abzuwehren und dingfest zu machen hatten. Und im fünften Akt gab es das große Geschrei der Presse.

Rainer Wilhelmsen seufzte. Er war gern Polizist, aber dieses stets gleiche Spiel nervte ihn. Und allen anderslautenden Erklärungen zum Trotz wußten alle Beteiligten, daß es in diesem Jahr wieder so ablaufen würde wie in den Jahren zuvor: Diese Walpurgisnacht in Prenzlauer Berg war eine Art vorsommerliches *Dinner for one*. Rainer Wilhelmsen verstand nicht, warum dieses Fest nicht einfach verboten wurde. Natürlich, die Feier wurde nicht für die Chaoten veranstaltet, diese nutzten oder mißbrauchten sie nur, aber trotzdem wäre ein Verbot angebracht. Daß die Veranstalter selbst Einsicht bewiesen und auf die Walpurgisnacht verzichteten, konnte man nicht erwarten, schließlich handelte es sich bei ihnen, wenn Wilhelmsen richtig informiert war, um frühere Bürgerrechtler und irgendwelche linken Künstler, und die waren bekanntlich verbohrt. Und sie waren ja nach ihrem eigenen Bekunden auch nicht schuld an dem ganzen Schlamassel. Bürgerrechtler und linke Künstler waren nie an etwas schuld, das Wort Schuld kam in ihrem

Vokabular nur vor, wenn sie andere meinten. Diese Walpurgisnacht war eine von Anfang bis Ende verfahrene Kiste, aber Wilhelmsen und seine Kollegen hielten den Kopf dafür hin.

»Scheißbullen!« wurde abermals gerufen. Das Wort würde Rainer Wilhelmsen in dieser Nacht noch oft zu hören bekommen. Er warf seine Zigarette auf den Boden und trat sie aus. Dann knallte es heftig. Rainer Wilhelmsen wandte sich in die Richtung um, aus der er den Knall gehört hatte. Aus einem Auto am Rande des Kollwitzplatzes kam eine Stichflamme, drei schwarzgekleidete und vermummte Personen rannten in eine der Nebenstraßen.

»Es geht los!« schrie Wilhelmsen in den Wagen. Nicht nur Dietmar Ulmer, auch die Männer und Frauen auf den Rückbänken waren bleich.

2

Dietrich Kölling war auf hundertachtzig. Einmal im Jahr spielten verblödete Hausbesetzer, hirnlose Antifaschisten und andere Wahnsinnige wilde Sau, weil das Laune machte und angeblich den Staat kaputt, aber für die Irren waren die Polizeibereitschaften zuständig und der Staatsschutz, nicht die Mordkommissionen. Trotzdem hatte der Direktor des Landeskriminalamtes von Dietrich Kölling verlangt, sich zur Verfügung zu halten, als ob es außer blutigen Nasen und aufgeplatzten Stirnen irgend etwas gab, das man als Angriff auf Leib und Leben deuten konnte. Wahrscheinlich war die Weisung des LKA-Direktors auch bloß dem widerlichen Korpsgeist der Polizei geschuldet: Wenn die Kollegen Straßenkämpfer und Staatsschützer mal ein paar Überstunden machen mußten, konnten das getrost auch alle anderen Kommissariate. Dietrich Kölling nahm sich vor, bei nächster Gelegenheit dem LKA-Chef sein Überstundenkonto um den strohgefüllten Kopf zu knallen, schließlich war er nicht irgendwer.

Um sich abzureagieren, betrachtete er eine Leiche, die auf seinem Mist gewachsen war. Seine Mitarbeiterin Blissow befand sich seit zweieinhalb Wochen im Urlaub, konnte also den kleinen Ficus in ihrem Büro nicht mit Wasser versorgen, und nun schickte sich das Bäumchen an, in die ewigen Wälder einzugehen. Natürlich hatte Dietrich Kölling versprochen, es zu gießen, aber von vornherein war ihm klar gewesen, daß er sein Versprechen nicht einhalten würde: Nicht bloß die autonomen Randalierer, auch Ziergewächse gingen ihn nichts an. Fast zwanzig Jahre war er bei Mord und Totschlag, er hatte die bizarrsten Leichen gesehen, und nun verlangte man von ihm, sinnlos herumzulungern und Pflanzen zu begießen; das konnte doch wohl nicht wahr sein.

Dietrich Kölling spazierte über den Flur in sein Dienstzimmer zurück und schenkte sich einen Kaffee ein. Wenn man ihn schon in Bereitschaft hielt, dann konnte er getrost etwas Nützliches tun. Niemand würde das zu würdigen wissen, bloß er selbst, aber das genügte ihm: Dank von irgendwelchen polizeilichen Führungskräften verlangte er längst nicht mehr. Er genehmigte sich einen Schnaps von seiner eisernen Reserve, dann warf er einen Blick auf seinen Schreibtisch. Dreizehn Aktenbände umfaßte mittlerweile der Fall, der ihn und sein Kommissariat seit zwei Jahren in Atem hielt: Ein Serientäter ermordete alte Frauen und beraubte sie dann. Vor acht Wochen war Opfer Nummer sieben gefunden worden, aber dieser Raubmörder war so geschickt, daß er kaum verwertbare Spuren hinterließ. Oder aber Dietrich Kölling und seine Mannschaft hatten etwas übersehen, das sie niemals hätten übersehen dürfen. Dietrich Kölling brannte sich eine Zigarette an. Er wollte die Zeit nutzen, um noch einmal alle dreizehn Bände zu studieren.

Ein Anruf aus dem Lagezentrum verhinderte es.

3

Es tat einfach gut. Es kribbelte auf der Haut, der Atem wurde heftiger, das Herz schlug wie besessen, es war fast wie Sex, und viel Sex hatte Konstantin noch nicht gehabt. Wenn er Sex gehabt hatte, dann war es ein ähnliches Gefühl gewesen; sogar die Angst, die er hatte, wenn er mit einem Mädchen schlief, sogar diese Angst war dabei. Bei den Mädchen war es die Angst, nicht die Leistung zu bringen, die erwartet wurde, hier war es die Angst, von den Bullen niedergeschlagen und festgenommen zu werden. Er hatte noch nicht viel Erfahrung, aber daß Sex oft nicht nur schön war, sondern auch weh tat, das wußte er schon. Manchmal wollte er mit einem Mädchen gar nicht schlafen, aber immer hatte er das Gefühl, es tun zu müssen, weil es irgendwie erwartet wurde; vielleicht nicht unbedingt von dem Mädchen, aber auf jeden Fall von den Kumpels. Ein Gummiknüppel war nicht schön, der tat nur weh. Konstantin suchte nicht den Schmerz. Aber ab und zu wollte er wenigstens starke Gefühle haben.

Konstantin schaute sich um. Das eine Ende der Straße wurde von einer Bullenkette abgesperrt, und auch am anderen begannen sich die Polizisten zu ordnen; er würde sich also gleich in einer Art Kessel befinden, aber er und seine Freunde hatten längst die Fluchtwege über die Hinterhöfe gecheckt. Michael und Ronny bückten sich bereits nach neuen Pflastersteinen.

»Bullen raus!« brüllte Konstantin.

Die Bullenkette öffnete sich. Ein Wasserwerfer raste in die Straße.

Konstantin hatte nur ein paarmal Ärger mit der Polizei gehabt, und das aus nichtigen Anlässen, aber gerade deswegen hatte er seinen Haß. Die Bullen behandelten einen wie einen Schwerverbrecher, nur weil man jung war und sie Jugendliche offenbar nicht ausstehen konnten. Konstantin war sechzehn. Weil er selbst sehr viel kiffte, vertickte er manchmal etwas Stoff an seiner Schule und finanzierte sich von den Margen seine eigenen Joints. Sein Vater, der als Bezirksleiter einer Versicherung unwahrscheinliche Kohle machte, seinen Sohn aber nur wahrnahm, wenn es Probleme gab, der Vater begriff einfach nicht, daß fünfzig Mark Taschengeld im Monat für einen Sechzehnjährigen nicht ausreichten. Konstantin war auf Nebeneinkünfte angewiesen. Wegen dieser Nebeneinkünfte hatten ihn die Bullen jedoch noch nie an den Arsch gekriegt.

»Hier spricht die Polizei«, sagte der Wasserwerfer. »Wenn Sie diese Straße nicht innerhalb weniger Minuten verlassen, wird geräumt.«

Konstantin, seine Freunde und die vielen unbekannten Vermummten rückten näher zusammen. Michael und Ronny hielten sich an ihren Steinen fest. Konstantin griff nach der Gaspistole, die ihm einer seiner Dealer besorgt hatte. Auf Bullen zu schießen, wurde ziemlich hart bestraft, aber festgenommen werden wollte Konstantin um keinen Preis.

Es war einfach ein Scheißleben, das man ihm aufgebürdet hatte, und Konstantin sah keinen Grund, sich nicht einmal dagegen zu wehren. Seine Freunde, die nicht mehr zur

Schule gingen, saßen im Dreck. Die meisten hatten keine Lehrstelle gefunden und lebten ebenfalls vom Drogenverticken, und die Schüler in Konstantins Clique hatten wenig Aussicht. Sie alle würden nie an Kohle kommen, wenn sie nicht kriminell würden. Konstantin hielt es nicht für erstrebenswert, ständig mit der Angst vor dem Knast zu leben, aber dieser Staat ließ den Jugendlichen ja keine andere Chance.

»Das ist die letzte Aufforderung«, drohte der Wasserwerfer. »Verlassen Sie sofort diese Straße.« Höflich waren die Bullen jetzt nicht mehr, und auch die Räumpanzer hatten sie mittlerweile aufgefahren.

»Bullen raus!« rief Konstantin, aber es klang schon sehr schwach.

»Die machen uns alle«, sagte Michael, der neben ihm stand.

Das Allerschlimmste war, daß die Bullen keine Gelegenheit ausließen, Jungen wie Konstantin fertigzumachen. Erst vor einer Woche hatte er es erlebt. Er war mit seinen Kumpels an einen See gefahren, um zu grillen, Bier zu trinken und zu kiffen, aber kaum hatten sie den Grill aufgebaut, waren schon Zivilbullen da. Die Bullen hatten alle gefilzt, aber nur Konstantin hatte ein Piece dabei, und weil er die Bullen als erster entdeckt hatte, hatte er es verschluckt. Ein bißchen gekifft hatte er allerdings schon, und einer der Bullen, ein ziemlich junger Spund, hatte es an seinen Augen erkannt. Er hatte Konstantin beiseite genommen, so daß es keine Zeugen gab, hatte die Arme angewinkelt und Konstantin aufgefordert, ihm eine zu scheuern. Diese blöden Drogenfahnder litten offenbar so sehr unter ihrer Erfolglosigkeit, daß sie sich ab und zu daran befriedigten, einen Sechzehnjährigen wegen Widerstands gegen die Staatsgewalt dranzukriegen. Konstantin hatte die Arme hängengelassen.

Und war von dem Zivilbullen mörderisch verprügelt worden. Nun wartete er auf ein Verfahren, in dem es nur einen glaubwürdigen Zeugen gab: den Bullen.

Der Wasserwerfer, die Räumpanzer und auch die Bullenketten näherten sich langsam.

»Ihr Schweine!« schrie Konstantin.

»Bullenschweine!« fielen seine bekannten und seine unbekannten Freunde ein.

Was folgte, nahm Konstantin auf eine sehr seltsame Art und Weise wahr, manchmal wie in Zeitlupe, manchmal wie bei einem der alten Filme, in denen sich die Personen viel zu schnell bewegten. Zuerst schoß der Wasserwerfer eine heftige Ladung ab, Konstantin wurde am Arm getroffen und fiel zu Boden. Dann rückten die Bullen vor. Geschützt durch ihre durchsichtigen Schilde und ihre Knüppel erhoben, rannten sie auf Konstantin zu. Konstantins Freunde liefen in alle Richtungen auseinander, Konstantin selbst versuchte, wieder auf die Beine zu kommen. Er stieß dabei gegen einen anderen Körper, aber noch jemandem zu helfen, sich in Sicherheit zu bringen, überforderte ihn. Sein Ziel war der nächste Hausflur, doch bevor er überhaupt sicher stand, war ein Bulle über ihm und hob seinen Schlagstock. Konstantin wartete auf den Hieb. Der Bulle aber ließ den Stock wieder sinken.

»Oh, Gott!« sagte er nur.

Konstantin setzte sich erst einmal auf den Hosenboden. Irgend etwas klebte an seinen Händen, aber er hatte keine Zeit, sich darum zu kümmern. Der Bulle winkte ein paar seiner Kollegen herbei. Die meisten von ihnen, die sich in ebenso hysterischer Verfassung befanden wie Konstantin, reagierten gar nicht. Aber dann standen doch ein paar um Konstantin herum. Konstantin schaute sich den Körper an, gegen den er gestoßen war. Der Mensch, der da lag, war vermummt, aber Konstantin wußte, daß es Michael war.

Aus Michaels Körper sickerte Blut. Konstantin schaute sich endlich seine Hände an. Sie waren blutverschmiert.

4

Die Polizisten trugen Helme, Schußwesten, Sprechfunkgeräte, Schlagstöcke, Pistolen, Handschellen und ihre Einsatztaschen, und Dietrich Kölling war trotz seiner üblen Laune geneigt, sie zu bedauern; hätte er so eine Ausrüstung mit sich herumschleppen müssen, er wäre sofort einem Schlaganfall erlegen. Eine junge Polizistin, die so häßlich war wie die Viertelstunde nach dem Aufstehen, stoppte Dietrich Köllings Wagen. Dietrich Kölling versenkte vollautomatisch die Seitenscheibe; ein wenig Luxus hatte sein Dienstfahrzeug immerhin.

»Sie dürfen hier nicht weiterfahren«, sagte die Beamtin.

»Ich schon«, widersprach Dietrich Kölling und warf seinem Kollegen Becker, der den Beifahrersitz blockierte, einen Blick zu. Hin und wieder mußte man den subalternen Beamten schon zeigen, wo der Hammer hing.

»Haben Sie Ihren Ausweis dabei?« wollte die Häßliche der Nacht wissen.

»Allerdings«, sagte Dietrich Kölling, zeigte seinen Ausweis aber nicht. Vor ihm auf der Danziger Straße jaulten die Polizeisirenen. Wie allgemein üblich, reagierten die Einsatzkräfte auf unübersichtliche Lagen, indem sie ihre Fahrzeuge herumfuhren.

»Wo wohnen Sie denn?« Die Beamtin war sichtlich entnervt.

»In Zehlendorf.« Dietrich Kölling log nicht. Becker tippte ihn von der Seite an, ein Zeichen dafür, daß sein Chef sich nicht länger über eine überforderte Kollegin lustig machen sollte. Über überforderte Kollegen machte sich Dietrich Kölling mit Vorliebe lustig.

»Sie können hier nicht durch«, sagte die Polizistin und winkte einige ihrer männlichen Mitstreiter herbei. Dietrich Kölling outete sich.

»Mein Name ist Kölling«, sagte er.

»Na, und?« fragte einer der Männer.

»Der Einsatzleitung oder dem Lagezentrum wird dieser Name vertraut sein.«

Damit hatte Dietrich Kölling nicht übertrieben, wie ein kurzer Wortwechsel über Sprechfunk bewies.

»Verzeihung«, erbat die häßliche Frau.

»Was treibt ihr hier eigentlich?« wollte Dietrich Kölling wissen.

»Komplizierte Großlage«, sagte die Frau.

»Aha.« Dietrich Kölling gab Gas. Wenn er geladen war, hörte er gern dummes Zeug.

5

Der Tatort war auf eine Weise gesichert worden, die man weiträumig nannte, und das bedeutete, daß man kurzerhand die ganze Straße gesperrt hatte. Dietrich Kölling stieg aus dem Wagen und schaute auf das Straßenschild. Die Straße war allerdings recht kurz und baumlos. Sie hieß Hagenauer. Zur Zeit wurde sie von Polizisten mit Maschinenpistolen bewacht. Eine solche Ehre widerfuhr Tatorten nur selten.

Dietrich Kölling suchte in seiner Jackentasche nach den Zigaretten. Nachdem er den ersten Zug genommen hatte, begann sein Herz zu schmerzen. Dietrich Kölling rauchte trotzdem weiter. Sein Herz ignorierte er ebenso wie die Polizeiführung.

Sogar der Erkennungsdienst war schon da. Er war leicht zu erkennen an den weißen Overalls mit der Aufschrift *Polizei* auf dem Rücken, die die Polizeitechniker trugen. Was sie gerade taten, das taten sie immer: Sie sicherten Spuren. Spuren gab es en masse. Pflastersteine lagen herum, Eisenstangen, zersprungene Bierflaschen, ein Turnschuh. An einer Hauswand lehnten acht schwarzgekleidete Jugendliche, denen man die Hände auf den Rücken gefesselt hatte und die von schwerbewaffneten Polizisten bewacht wurden. Dietrich Kölling beugte sich über den Toten, der offensichtlich verblutet war. Auch er war jung.

»Warum ist die Straße naß?« fragte Dietrich Kölling den nächststehenden Beamten. »Geregnet hat es meines Wissens nicht.«

»Vom Wasserwerfer«, erklärte der Beamte. »Hier hat die Luft gebrannt.«

Dietrich Kölling betrachtete wieder die revolutionären Kämpfer, die vor einer Stunde unter Alkoholeinfluß damit begonnen hatten, den Staat zu demontieren, und nun starrte sie der Staat in Gestalt von Dietrich Kölling schamlos an. Keiner von ihnen war älter als achtzehn Jahre, und es waren zwei Mädchen darunter. Dietrich Kölling vermutete, daß sie einfach den Jungen hinterhergelaufen waren, die sie liebten. Die Jungen führten das große Wort in ihren antikapitalistischen Billigkneipen, die Mädchen pickten mit großen Kulleraugen Silbe für Silbe auf, dann gab es noch eine Runde Bier, und der Aufstand konnte beginnen.

»Der Junge heißt übrigens Michael«, sagte der Beamte.

»Michael also.« Dietrich Kölling nickte. »Kein Nachname?«

»Michael, genannt Michi oder Maikel. Den Familiennamen wissen wir noch nicht. Aber wir haben einen Tatverdächtigen festgenommen. Er wartet im Einsatzwagen auf Sie.«

»Das kann ich mir nicht vorstellen«, entgegnete Dietrich Kölling.

»Was? Daß er etwas mit der Tat zu tun hat?«

»Daß er auf mich wartet.« Dietrich Kölling stapfte los, seinen Mitarbeiter Becker im Schlepptau. In der Ferne tobte der Bürgerkrieg.

»Sein Name ist Konstantin Hamann«, sagte ein Mann in olivgrünem Parka, der die Dreißig noch nicht überschritten hatte, aber bereits aussah, als würde er sich jeden Abend an einer Imbißbude vollaufen lassen. Offenbar war er Angehöriger einer Zivilstreife, die sich gern als Penner tarnten, weil ihnen das nicht schwerfiel. Er zeigte in das Innere des Wagens. »Wohnt im Friedrichshain, Koppenstraße zwölf. Gegen ihn wird zur Zeit wegen Widerstand gegen Vollstreckungsbeamte ermittelt.«

»Wegen Widerstands«, berichtigte Dietrich Kölling.

»Was?«

Dietrich Kölling winkte ab.

»Ein Kollege von den Einsatzkräften hat ihn neben dem Toten angetroffen«, fuhr der Zivilbeamte fort. »Auf dem Boden liegend und mit blutigen Händen.«

»Tatwaffe?«

»Konnte noch nicht sichergestellt werden.«

»So, so.« Dietrich Kölling stieg in den Wagen. Ein Junge mit viel Babyspeck auf den Wangen und einem kurzgeschorenen blauen Schopf lag gefesselt auf dem kalten Blechboden. Neben ihm hockte ein blasser Uniformierter und blickte den Jungen ununterbrochen an.

»Tag«, trompetete Dietrich Kölling.

»Tag«, sagte Becker.

»Tag«, nuschelte der Beamte. Der Junge schwieg.

»Konstantin Hamann?« erkundigte sich Dietrich Kölling formal. Der Junge schloß die Augen.

»Das ist der da«, meinte der Uniformträger und nickte zu dem Gefesselten. »Mein Name ist Wilhelmsen. Ich habe den Toten entdeckt. Während einer Räumaktion. Dieser da ...«

»Ich weiß, ich weiß.« Dietrich Kölling hob beschwörend die Hände. »Er hat mit der Leiche gekuschelt. Er war voller Blut, wie man jetzt noch sehen kann. Er hatte aber nichts bei sich, mit dem man jemanden erstechen kann.«

»Eine Gaspistole«, meinte Wilhelmsen.

»Sie sind nicht von hier?«

»Nein. Aus Leipzig.«

»Ein Landsmann von Ihnen.« Dietrich Kölling stieß seinem Mitarbeiter Becker in die Seite. Der fuhr erschrocken zusammen. Dietrich Kölling registrierte es befriedigt. »Wir haben beide ein Jahr lang in Leipzig das Elend verwaltet«, sagte er. »Herr Becker als Eingeborener, ich als Westimport. Für mich war das eine deprimierende Zeit.«

»Tja, was man nicht kennt«, meinte Wilhelmsen. »Ich würde mich in Berlin nicht wohl fühlen.«

»Ich auch nicht«, entgegnete Dietrich Kölling. Konstantin Hamann verdrehte die Augen: Er würde seinen Freunden etwas über dummes Bullengesäusel berichten können, falls er sie in den nächsten zehn Jahren überhaupt wiedersah. Dietrich Kölling plauderte weiter. »Für meine Person bin ich Hannoveraner. Habe ich mich in Hannover wohl gefühlt? Nein. In Leipzig? Nein. Und Berlin? Fühle ich mich in Berlin wohl? Das ist unmöglich.«

»Na, aber irgendwo muß man sich doch ...«, begann Wilhelmsen.

»Ach, was. In sich selbst muß man sich wohl fühlen, Herr Kollege, in seiner Haut.«

»Und? Fühlen Sie sich wohl in Ihrer Haut?«

»Nein. Becker?« rief Dietrich Kölling, als würde Becker am Ende der Hagenauer Straße stehen. »Veranlassen Sie, daß der Knabe in die Keithstraße verfrachtet wird. Ich habe nicht übel Lust, ihm auf die Milchzähne zu fühlen. Aber an einem Ort, an dem man sich einen strammen Kaffee kochen kann.«

»Milchzähne«, wiederholte Konstantin ärgerlich. Er konnte also sprechen.

»Und Sie, Herr Wilhelmsen, Sie schreiben mir einen feinen Bericht?«

»Muß wohl sein.« Begeistert war er nicht.

»Muß«, bestätigte Dietrich Kölling. »Und eins möchte ich Ihnen noch mitgeben«, sagte er. »Damit sie etwas lernen und die heutige Nacht sich für Sie gelohnt hat. Mit Gaspistolen kann man niemanden erstechen.«

Konstantin Hamann kicherte. Dietrich Kölling knallte die Tür zu.

6

»Jemand hat ihn in den Rücken gestochen«, erklärte der Polizeiarzt und richtete sich auf. »Ein gutgezielter Stoß, möchte ich meinen. Direkt ins Herz. Der Kerl muß ziemlich kaltblütig sein, wenn er in dem Tohuwabohu, das sich Gefahrenabwehr nennt, eine derartige Souveränität bewies. Und er muß etwas können. Muß trainiert sein. Das Herz ist von hinten nicht so leicht zu treffen wie von vorn. Außerdem hat er den Jungen während des Laufens erstochen. Absolut professionell. Könnte Fallschirmjäger ausbilden, der Täter.«

»Aber wenn er von hinten erledigt wurde«, sagte Dietrich Kölling, »dann müßte er doch auf dem Bauch liegen.«

»Warum? So schnell verblutet man nicht. Er kann sich gut und gern umgedreht haben. Wollte sich vielleicht sogar aufrichten. Das hat er nicht mehr geschafft.«

»Können Sie etwas zur Tatwaffe sagen?«

»Nicht ohne weiteres.« Der Polizeiarzt schulterte seine Siebensachen. »Spitz, flach und schmal, würde ich meinen. Eine Klinge von vielleicht zehn Zentimetern Länge. Mindestens zehn Zentimeter. Wenn es eine Klinge war.«

»Was sollte sonst spitz, flach und schmal sein?«

»Eben. Also dann, guten Morgen.« Der Arzt ging zu seinem Wagen. Dietrich Kölling drehte sich zu Becker um, der mittlerweile wieder in seiner Nähe war und zumindest die letzten Worte des Medizinmannes mit angehört hatte.

»Ich frage mich«, sagte er mehr zu sich selbst, »wer auf einen dummen Jungen einen Profi ansetzt?«

»War es denn ein Profi?«

Dietrich Kölling zuckte die Schultern.

»Und falls ja, sieht Konstantin Hamann nach einem Profikiller aus?«

»Nee, das ist ein kleiner Junge, der ab und zu die Sau rausläßt«, meinte Dietrich Kölling überzeugt. »Jeden Samstag in der Disco, einmal im Jahr zur Walpurgisnacht. Ansonsten masturbiert er, wenn er seine überschüssige Kraft loswerden will. Morgens in der Heia, dann in der Hofpause auf dem Schulklo, dann vor und nach den Hausaufgaben, schlußendlich wieder in der Heia.«

»Fünfmal am Tag?« fragte Becker ungläubig. »Das tut ja weh am Ende.«

»Woher wissen Sie das?«

»Sie sollten sich darüber freuen, wie ergriffen ich Ihren Worten lausche«, umschiffte Becker die Antwort. »Und so aufmerksam, daß ich mitzählen konnte.«

»Vom besten Pferd in meinem Stall kann ich das erwarten«, gab Dietrich Kölling zurück. »Da habe ich auch gleich eine Aufgabe für beste Pferde. Hochwertige Routine. Wer war Michael alias Michi alias Maikel? Wer ist Konstantin Hamann? Wer sind die anderen Festgenommenen? In welcher Beziehung stehen sie zueinander? Das gesamte *Who's who*, Sie wissen schon.«

»Das wäre auch was für Hajota«, meinte Becker. Hans-Joachim Tangermann war das Nesthäkchen des Kommissariats. »Wo steckt der eigentlich?«

»In der Ausbildung«, sagte Dietrich Kölling knapp.

»Bedauern Sie schon, daß Sie ihn auf diesen Kommissarslehrgang geschickt haben?«

»Keineswegs. Diese Jungautonomen sind doch genau die Kragenweite von unserem Quotenhomo. Wer weiß, was er verpfuschen würde, wenn wir ihn dabei hätten. Das Herz würde ihm anschwellen. Selbst ein Laie könnte es dann treffen. Okay, Becker, wir sehen uns in der Keithstraße.«

Noch immer standen die acht jungen Leute an der Hauswand, noch immer wurden sie bewacht. Sie waren jetzt Objekte für Beckers investigative Fähigkeiten. Dietrich Kölling schlug seinem besten Pferd auf die Schulter. Nicht deshalb kippte einer der Jungen plötzlich um. Dietrich Kölling schaute schnell weg.

7

Konstantin Hamann wartete im Vernehmungszimmer darauf, daß sich Dietrich Kölling seiner annahm, und obwohl man das Zimmer von innen nicht öffnen konnte, wurden seine Handgelenke immer noch von den Schnellfesseln zusammengepreßt. Dietrich Kölling hatte einen raschen Blick in den Verhörraum geworfen, dachte aber nicht daran, den Jungen von seiner Verschnürung zu befreien. Das war seine Rache für den verdorbenen Feiertag.

Daß es Vernehmungszimmer gab, hatte seinen Grund. Die Verdächtigen sollten sich nicht in den Diensträumen der Mordkommissionen umsehen oder gar in einem unbeobachteten Moment in Unterlagen blättern können, und vor allem wollte man die Pinnwände vor ihnen verbergen, die mit Tatortfotos, Dienstplänen und oft auch mit den Übersichten zur Ermittlungsplanung gespickt waren. An einem freien Tag, da das Gebäude in der Keithstraße verwaist war, würde niemand bemerken, wenn Dietrich Kölling die eingefahrenen Gleise verließ und es sich mit Hamann in seinem Arbeitszimmer gemütlich machte. Nicht daß es anheimelnd wirkte; im Gegenteil, es sah so nüchtern aus, wie Behördenbüros auszusehen pflegten, und sogar ein wenig schäbig. Immerhin gab es hier jedoch ein paar persönliche Dinge wie Beckers Schreibtischunterlage, auf der die Erde abgebildet war, wenn auch als hauchdünne Scheibe, oder Dietrich Köllings Aschenbecher. Dieser Aschenbecher bedeutete Dietrich Kölling deshalb so viel, weil er zwei Umzüge unbeschadet überstanden hatte und weil er ein Ascher mit einer Biographie war. Ein einziges Mal in seinem Leben hatte Dietrich Kölling an einem internationalen Kongreß teilgenommen, zu dem er in die Schweiz hatte reisen müssen, nach Zürich, wo sich sogenannte Spezialisten drei

Tage lang in die Tasche logen, daß sie den Kampf gegen das organisierte Verbrechen noch gewinnen konnten. Dietrich Kölling hatte sich den Eröffnungsvortrag angehört, er hatte sich für die Arbeitsgruppe *Logistik von Auftragsmorden - Strategie ihrer Aufklärung* eingetragen, die ein ihm unbekannter Kriminologe aus Vancouver leitete, war auch einmal brav in den Salon des Hotels getapert, das die Eidgenossen für die Tagung gemietet hatten, aber als er feststellen mußte, daß der Kanadier nur Englisch sprach, da hatte er sich für exzessive Stadtexkursionen entschieden. Ein Fehler war dieser Entschluß nicht gewesen. Dietrich Kölling hatte das fast mediterrane Licht über dem Zürichsee studiert, er hatte den Reichtum der Bahnhofsstraße begutachtet und wenige hundert Meter entfernt das Elend auf dem Platzspitz, von dem man die Drogensüchtigen damals noch nicht vertrieben hatte, er war durch die Gassen gestreift und hatte sich bei Pinkus sogar ein Buch gekauft, um es abends auf dem Hotelzimmer zu lesen: Er verabscheute die Besäufnisse, die zu allen Kongressen gehörten, aber in denen Polizisten die Meister waren. Um welches Buch es sich gehandelt hatte, wußte er nicht mehr, während er sich noch genau erinnerte, wie er zu seinem Ascher gekommen war. Jeden Nachmittag hatte er in einem Straßencafé verbracht, dessen Name ihm ebenfalls entfallen war, er hatte wie eine alte Pensionärin Torten und Schlagsahne verdrückt und vor allem Gefallen gefunden an den Aschern. Sie waren offenbar eine Gabe der Schweizerischen Bankgesellschaft, die mit ihrem Schriftzug und ihrer Abkürzung in den Landessprachen Deutsch, Italienisch und Französisch für sich warb. Dietrich Kölling nahm diese Werbung sehr ernst und steckte sich an seinem letzten Tag eines der nützlichen Gefäße ein. Ein Stück Schweizer Bank wollte er mit in die Heimat nehmen.

Dietrich Kölling seufzte. Bevor er Konstantin Hamann zu sich holte, räumte er seinen Schreibtisch auf. Die Akten zu den ungeklärten Rentnerinnenmorden verstaute er wieder im Schrank. Spätestens wenn die nächste Pensionärin für immer das Verschlingen von Torte und Schlagsahne einstellte, würde er sie wieder hervorkramen müssen.

In der Schweiz war Dietrich Kölling nicht mehr gewesen. Das Land mochte ja schön sein, aber es wurde von kompletten Deppen bewohnt. Sie bildeten sich wer weiß was ein auf ihre Wertarbeit und ihren Reichtum, aber sie litten auch darunter, daß es in allen Ecken muffig roch wie in einem seit siebenhundert Jahren nicht gelüfteten Zimmer und daß niemand auf der Welt ernsthaft glaubte, die Schweiz könne es wirklich geben. Die Schweizer waren sozusagen die Bayern der Erde. Auf Beckers Schreibtischunterlage war ihr Land nur so groß wie ein Fliegenschiß.

Dietrich Kölling nahm die Kaffeemaschine in Angriff wie Don Quijote die Windmühle. Wieder einmal hatte er Filtertüten gekauft, die zu klein waren. Er hatte gelernt, daß seine private Maschine Größe vier brauchte. Daß es Maschinen für Größe zwei gab, war eine Verschwörung der Filtertütenindustrie. Dietrich Kölling bastelte aus zwei Tüten der Größe zwei eine Größe vier, so wie sich andere Menschen einen Joint aus Zigarettenpapier basteln. Seine Methode hatte allerdings ihre Tücken. Manchmal verstopfte die Bastelarbeit die kleine Durchlauföffnung, und eine braune Flüssigkeit, die man Kaffee nicht nennen konnte, ergoß sich über die Hängeregistratur. In solchen Fällen wünschte sich Dietrich Kölling einen Serienmörder bei *Melitta*. Im Moment wünschte er sich nach Zehlendorf in seine Wohnung. Dort wurde er erwartet. Dietrich Kölling seufzte. Mochten überall auf der Welt Kinder verhungern oder sexuell ausgebeutet werden, wie er jetzt täglich in der Zeitung las, schwer hatte auch er es.

Es war keine Frau, die ihn erwartete, und auch kein Bübchen, sondern Donald und Dagobert Duck, Goofy und Daniel Düsentrieb, Mickey Mouse und Kater Karlo. Eine Frau hatte es seit Hannover in seinem Leben nicht mehr gegeben, aber an diese Affäre dachte er nicht gern zurück, und auf männliches Fleisch stand er nicht, weder auf frisches noch auf bejahrtes; das überließ er seinem Säugling Tangermann. Dietrich Kölling brauchte niemanden. Er hatte seine Comics zur vertrauten Zwiesprache, er konnte selbst kochen, und zwar so gut, daß er sein Können vor den Kollegen geheimhielt, seine Fenster putzte der Regen, sein Bett teilte er mit sich. Er wußte schließlich am besten, was er brauchte. Er brauchte nichts, keine Fetische, keine Pornos, kein Geschick für die Dreipunktselbstfesselung. Er kannte natürlich diverse Praktiken, weil einige von ihnen in die Gerichtsmedizin führten. Es gab Menschen, die sich Plastiktüten über den Kopf stülpten, um sich sexuell zu erregen. Hypoxieorgasmus nannte man das, wenn sie die Luftzufuhr immer mehr verringerten, Anoxieorgasmus, wenn sie sie ganz drosselten. Diese Leute bekamen, wenn sie auf der Strecke blieben, nur eine schmale Akte, weil sich immer rasch herausstellte, daß keine Fremdeinwirkung vorlag. Dietrich Kölling brauchte keine Plastiktüten. Mit den Filtertüten hatte er Ärger genug.

Dietrich Kölling hatte sich lange an der Kaffeemaschine festgehalten, nun würde er endlich arbeiten müssen. Mißmutig überquerte er den Flur. Er hatte keine Lust auf einen zukünftigen Spießbürger, der sich seine triste Jugend damit einfärbte, den Bürgerschreck zu spielen, ihn widerte die Vorstellung an, mit politischen Parolen überschüttet zu werden. Dietrich Kölling hatte gegen den Staat nichts einzuwenden, dem er diente. Wie jeder Staat wurde er von Idioten regiert, weil nur Idioten Gefallen an der Macht fanden. Wie jeder Staat bezahlte er seine Beamten miserabel, schenkte ihnen aber ein paar Privilegien als Trostpflaster. Wie jeder Staat war er immer knapp bei Kasse, hatte er horrende Schulden und kein Interesse daran, sich selbst zu privatisieren. Dietrich Kölling war schon lange dafür, den Staat in eine Kapitalgesellschaft umzuwandeln. Der Bürger würde sich jede staatliche Leistung kaufen müssen, aber das tat er ja bereits, wenn auch über den Umweg der Steuern. In Dietrich Köllings Utopiestaat gäbe es viele schlechte Läden, die von den dummen, kleinlichen und inkompetenten Beamten geführt würden, und einige Nobelboutiquen, in denen die Köllings Geschäftsführer waren. Dietrich Kölling hielt sich zwar nicht für einen Superstar, aber er rangierte am oberen Ende des Mittelmaßes, und damit war er immerhin eine behördliche Rarität.

»Es geht los«, verkündete er Konstantin Hamann, nachdem er das Vernehmungszimmer aufgeschlossen hatte.

»Was? Der Dritte Weltkrieg?«

Ein regelrechter Scherzkeks war dieser Konstantin. Er hatte vor gut drei Stunden auf dem Schlachtfeld einen Genossen verloren, schien diesen Verlust aber rasch überwunden zu haben. Oder er rettete sich schlicht vor der Verzweiflung in Galgenhumor. Menschen, das wußte Dietrich Kölling als alter Hase schließlich, verhielten sich in bestimmten Situationen vollkommen konträr zu ihren Empfindungen.

»Nein, der nicht«, scherzte er zurück, »sondern der Untergang des Imperialismus. Das Kapital hat sich dermaßen konzentriert, daß es sich selbst auflöst.«

»Bahnhof«, sagte Konstantin und zuckte die Schultern. Der Junge war wohl mehr ein Praktiker und überließ die

Theorien den langbärtigen Kiffern mit den traurigen Augen und den leeren Geldbörsen.

»Bitte kommen Sie.« Dietrich Kölling wies mit einer einladenden Handbewegung über den Flur. Konstantin trottete voraus. Vor seinem Arbeitszimmer löste Dietrich Kölling die Fesseln. Dann stieß er die Tür auf. »Hinein in die gute Stube«, befahl er. Er würde die Sache väterlich angehen. »Nehmen Sie Platz!« Konstantin tat es. »Kaffee?« Der Junge nickte. Dietrich Kölling teilte ihm eine halbe Tasse zu, stellte sie auf Beckers Schreibtisch, neben dem Hamann saß, lehnte sich mit verschränkten Armen an den Panzerschrank und betrachtete den Babyspeck. In ein paar Jahren würde er einem Doppelkinn Platz machen müssen. Konstantin dachte sicher nicht daran, aber Dietrich Kölling wußte, wie schnell die Jahre verstrichen. Sechzehn war man nur für sehr kurze Zeit. Dann wurde man alt.

»Erzählen Sie mal, was Sie gestern und heute nacht erlebt haben«, forderte er den Jungen auf. »Beginnen Sie am besten beim ersten Bier.«

»Was?«

»Ganz einfach. Sie sind gestern früh aus dem Bett gekrochen. Was geschah dann?«

»Früh war's nicht gerade«, bekannte Hamann. »So halb drei. Um vier war ich mit meinen Kumpels verabredet.«

»Wo?«

»Im *X-trem*. Das kennen Sie bestimmt.« Dietrich Kölling gab zerknirscht zu, unwissend zu sein. »Ist 'ne Besetzerkneipe bei uns im Friedelhain«, erklärte der Junge. »Billiges Bier und so. Dort treffen wir uns, wenn was abgeht.«

»Und wer war wir?«

Konstantin Hamann schüttelte den Kopf. Die Indianerehre gebot ihm, keinen seiner Freunde zu verraten.

»Na, ich will Ihnen die Aussage so leicht wie möglich machen.« Dietrich Kölling spielte noch immer den Verständnisvollen und Verständigen. Er langte eine Mappe vom Schreibtisch und schlug sie auf. Eine Liste mit den Namen der übrigen acht Festgenommenen kam zum Vorschein. »Ich lese Ihnen ein paar Namen vor, und Sie nicken. Einverstanden?« Der Junge schwieg. »Also: Ronald Breuer? Tilman Weiß? Alejandro Gonzalez?« Konstantin sagte nichts. Dietrich Kölling löste sich vom Panzerschrank und setzte sich an seinen Schreibtisch. »Gonzalez. Spanier, was?«

»Kubaner.« Den also kannte Hamann.

»Und Brit Szypanski? Sybil Krüger?«

Der Junge schüttelte den Kopf.

»Na gut, das erfahre ich auch ohne Ihre Hilfe. Sagen Sie mir wenigstens, ob Michael dabei war. In der Kneipe, meine ich.«

»Ja.«

»Und Sie kennen nur seinen Vornamen?«

»Er ist ...« Konstantin Hamann biß sich auf die Lippen.

»Ja? Wer oder was ist er?«

»Kein Kommentar«, sagte der Junge.

»Machen wir es uns nicht so schwer«, meinte Dietrich Kölling aufgeräumt. »Sie haben sich mit niemandem in dieser Kneipe getroffen. Dort werden Sie nicht nur Fruchtsäfte konsumiert haben.«

»Korrekt.«

»Gut. Nachdem Sie also korrekt nicht nur Fruchtsäfte tranken, was geschah dann? Und wann geschah es?«

»Na, auf dem Kolli ... also auf dem Kollwitzplatz geht's doch erst spät richtig los. Ich mein', wenn die Familien mit dem Kaffeekochen fertig sind. Wir haben uns paar Träger gekauft und sind so gegen zehn los.«

»Träger haben Sie sich gekauft? Wollen Sie mich auf den Arm nehmen? Wofür Sie allerdings mindestens zwei Träger gebrauchen könnten.«

»Nein, nein. Ein Sixpack Bier, das nennt man Träger.«

»Na, wieder was gelernt.« Dietrich Kölling hielt seine geöffnete Zigarettenschachtel über den Tisch. Konstantin bediente sich. »Weiter?«

»Ungefähr halb elf sind wir auf dem Kolli eingeritten. Haben gequatscht, die Träger leergemacht, andere Kumpels getroffen. War eigentlich ganz schön. Bis die Bullen ... bis die angegriffen haben.«

»Angegriffen, aha.« Dietrich Kölling zündete sich seine Zigarette an. »Wie soll das abgelaufen sein? Sie haben friedlich im Kreis der Freunde gesessen, an der Bierflasche genuckelt und die Sterne angeschaut? Und plötzlich rannte eine Horde wild gewordener Polizeibeamter auf Sie zu, so daß Sie sich verteidigen mußten?«

»Nicht ganz so. Aber als sich der Platz allmählich geleert hatte, haben sie ihn umstellt. Haben Ketten gebildet und kamen immer näher. Die wollten räumen, glaube ich. Sogar einen Wasserwerfer hatten die schon aufgefahren.«

Dietrich Kölling erhob sich und trat ans Fenster. Die Keithstraße war keine Sehenswürdigkeit, aber er nahm sie auch gar nicht wahr. Dietrich Kölling traute seinen Kollegen von der Bereitschaftspolizei durchaus zu, daß sie den ersten Stein geworfen hatten, auch wenn in ihren Berichten natürlich etwas anderes stehen würde. Bei diesen Straßenschlachten war nie herauszufinden, wer eigentlich begonnen hatte. Das war auch nicht wichtig, denn im Grunde begann die Schlacht bereits mit der Anwesenheit beider Seiten. Sie begann in dem Moment, in dem die Polizeikräfte zusammengezogen wurden und sich die Autonomen ebenfalls sammelten.

Genaugenommen währte sie sogar schon seit vielen Jahren und ruhte nur zwischen den Feiertagen.

Jemand klopfte, Dietrich Kölling drehte sich um. Becker öffnete die Tür ein wenig und steckte seinen Kopf durch den Spalt. Das war eine Aufforderung, auf den Gang zu kommen, und Dietrich Kölling nickte.

»Bin gleich zurück«, sagte er zu Hamann. Damit der Junge sich nicht am Kaffee bediente oder herumstöberte, schickte er die beiden Uniformierten ins Zimmer, die Konstantin in die Keithstraße gebracht hatten und nun der Dinge harrten, die sich womöglich gar nicht ereigneten. Becker sprudelte sofort los.

»Daß gegen Hamann ermittelt wird, wissen wir ja schon«, sagte er. »Können Sie sich noch an die beiden warmen Tage zu Ostern erinnern? Die Jungs wollten sie offenbar nutzen und sind an einen See gefahren. Mit Grill, Bier und vermutlich auch Kiff. Das nahmen jedenfalls die Kollegen einer Zivilstreife an, die die Jungs zufällig entdeckten.«

»Zivilstreife«, brummte Dietrich Kölling. »Steckt man in solche Streifen nicht die Leute, die man im Büro nicht haben will? Weil sie nur Porzellan zerschlagen und es peinlich ist, wenn sie in ihren Protokollen nämlich mit H schreiben?«

»Wie auch immer.« Becker blätterte in seinen Notizen. »Die Jungs waren jedenfalls an diesem See, am Baggersee Biesdorf, sie bauten ihren Grill auf und strahlten dabei die Bereitschaft aus, den Versuch zu unternehmen, gegen das Betäubungsmittelgesetz zu verstoßen, also erfolgte der Zugriff.«

»Schön formuliert«, lobte Dietrich Kölling.

»Konstantin Hamann ging sofort auf einen der Zivis los«, fuhr Becker fort. »Mit bloßen Fäusten und, wie ich annehmen muß, einem wilden Ausdruck in den Augen. Der Kollege mußte Maßnahmen zur Gefahrenabwehr ergreifen. Er hat zwei Zeugen dafür.«

»Zwei Zivilbeamte im Einsatz etwa?«

»Sie sagen es.«

»Während die Freunde von Konstantin nichts gesehen haben, weil sich Gefahr und Abwehr hinter einem dichten Buschwerk abspielten?«

»Sagen sie aus. Natürlich eine Schutzbehauptung.«

»Oh, Gott, Becker.« Dietrich Kölling tippte seinem Mitarbeiter gegen den Arm. »Das hört sich an, als hätten auch Sie den Glauben an die Polizei verloren.«

»Ich? Nein. Was in den Akten steht, muß ja wohl stimmen. Akten lügen nicht. Aber lange Rede, gar kein Sinn. Interessant ist, wer außer Konstantin am Baggersee weilte. Moment!« Becker blätterte. »Ronny Breuer. Sven Wiechmann. Alejandro Gonzalez. Sascha Krüger. Und Michael Donath. Unser Toter.«

»Der Junge ohne Zunamen?«

»Jetzt haben wir ihn ja. War doch wohl klar, daß einer der acht anderen Bösewichter ihn kennt.«

»War das klar? Na, jedenfalls entfalten Sie als nachtaktives Tier zu dieser Stunde geradezu grenzenlose Aktivitäten. Kompliment. Und gegenüber Herrn Hamann werde ich jetzt andere Saiten aufziehen.«

»Zu dem habe ich noch mehr«, sagte Becker.

»Was?« Dietrich Kölling war voller Anerkennung für seinen emsigen Kollegen.

»Ja«, sagte Becker nicht ohne Stolz. »Sein Vater war in der DDR ein Bezirksbaustadtrat.«

8

Dietrich Kölling empfand für Baustadträte nicht mehr Respekt als für den Polizeipräsidenten, und der Polizeipräsident war ihm piepegal. Baustadträte und Polizeipräsidenten waren Männer mit Richtlinienkompetenz, aber die hatte Dietrich Kölling für sein Kommissariat auch. Was Baustadträte, Polizeipräsidenten und Dietrich Kölling sagten, wurde gemacht. Baustadträte und Polizeipräsidenten bekamen gelegentlich gute oder schlechte Presse dafür. Dietrich Kölling brauchte keine Presse.

»So, mein Freund«, sagte er zu Konstantin Hamann, mit dem er sich nur wegen eines Tötungsdeliktes beschäftigte und nicht, weil ihm der Junge besonders am Herzen lag. »Das Blatt hat sich gewendet. Ich weiß jetzt, daß Sie mit Breuer, Gonzalez und Donath befreundet sind. Donath ist unser teurer Toter. Michi.«

»Ich kenne seinen Nachnamen wirklich nicht«, erklärte Konstantin. »Wir reden uns unter Kumpels oft nur mit Spitznamen an. Also Breuer, das ist Ronny oder Broiler, dann Gonzo, und Michael war eben meist Michi oder Maikel. Klar, die meisten richtigen Namen weiß ich schon, aber bei Michael … Ich bin nicht so eng befreundet mit ihm. Gehört mehr zur Clique von Ronny und Sascha.«

Dietrich Kölling fiel der Begriff *Wechselnde Gruppenzusammenhänge* ein, den er einmal von einem Lehrer oder einem Psychologen gehört hatte und gräßlich fand. Einige Spezialisten fügten noch das Wort *informell* ein und behaupteten, das Leben in wechselnden informellen Gruppenzusammenhängen gehöre zur Jugend wie Akne und erste Ejakulation. Dietrich Kölling hatte nie unter Akne leiden müssen.

»Können wir uns darauf verständigen, daß Sie sich mit Ronny, Gonzo und Michael gestern um sechzehn Uhr in diesem Extremlokal trafen?« erkundigte er sich.

»Im *X-trem*«, korrigierte Konstantin.

»Und waren«, Dietrich Kölling schaute noch einmal auf die Liste, «waren Tilman Weiß, Brit Szypanski, Sybil Krüger und die anderen Spezis, die in der Hagenauer Straße dingfest gemacht wurden, ebenfalls dort?«

Der Junge schüttelte den Kopf. Dietrich Kölling fragte sich, woher die plötzliche Auskunftsbereitschaft kam; wahrscheinlich war dem Jungen klargeworden, daß die Kripo sowieso herausfinden würde, wer mit wem bekannt war. Ein Mord war doch von anderem Kaliber als ein Steinwurf gegen die Deutsche Bank oder ein Piece in der Tasche.

»Tilly und Brit waren schon auf dem Kolli«, berichtete Konstantin. »Diese Sibyl kenne ich gar nicht. Und die anderen?«

»Karsten Hoff, David Uhlmann, Jo Bienert. Drei Kreuzberger Gören.«

»Bienert? Echt? Der war auch da?«

»Den kennen Sie also«, stellte Dietrich Kölling nüchtern fest.

»Ja. Aber ich habe ihn gar nicht erkannt. Na, ist auch logisch, hatte ja sicher seine Hassi auf. Wird übrigens Jim Beam genannt. Manchmal auch Mister Bean.«

»Woher ist Jim Beam Ihnen bekannt?«

»Ach, bloß so. Weiß gar nicht mehr genau.«

»Na, wird wohl vom Himmel gefallen sein. Hoff und Uhlmann?«

»Nie gehört. Wir Friedelhainer haben nicht viel am Hut mit den Kreuzbergern. Die quatschen zu viel. Die sagen Sturm, machen Wind, und raus kommt bloß ein Furz. Aber mit uns wollen die auch nichts zu tun haben. Halten uns für unterbelichtet.«

In diesem speziellen Fall war Dietrich Kölling mit Mister Bean sogar d'accord, aber das sagte er natürlich nicht.

»Also weiter im Text«, verlangte er. »Wir waren an dem Punkt, als sie von der Polizei angegriffen wurden und sich zur Wehr setzen mußten. Wie haben Sie das gemacht?«

»Wir sind weggelaufen«, behauptete Hamann.

»Durch die Ketten, die sich von allen Seiten näherten?«

»Na, da waren noch Lücken zwischen.«

»Lücken.« Dietrich Kölling nickte eifrig.

»Genau. Da sind wir durch.«

»Durch die Lücken«, bestätigte Dietrich Kölling, daß er verstanden hatte. »Ab durch die Lücke sozusagen. Weiter?«

»In dieser Straße ... Wie hieß die noch mal?«

»Hagenauer.«

»Da haben sie uns eingekesselt.«

»Wer?«

»Die Polizei natürlich.«

»Gehen Sie eigentlich noch zur Schule?« fragte Dietrich Kölling plötzlich, jedoch nicht ohne Grund.

»Auf's Gymi«, erwiderte der Junge.

»Dann sollten Sie sich um mehr sprachliche Präzision bemühen«, empfahl Dietrich Kölling. »Wenn Sie eingekesselt wurden, dann von zwei Polizei- und zwei Häuserketten. Wenn Sie später in der Hölle in einem Kessel schmoren, dürfen Sie sich an meine Worte erinnern. Was geschah auf der Hagenauer?«

»Schwer zu sagen.« Konstantin zuckte die Schultern. »Die Bullenketten kamen immer näher, dann war auch der Wasserwerfer da und Räumpanzer. Ich habe die Lage gecheckt und wollte in einen Hausflur abhauen. Ich meine, da ist immer ziemliches Chaos bei solchen Demos, genau kann ich

Ihnen nicht sagen, was wann abging. Ich kriegte jedenfalls ‘nen Wasserstrahl ab und bin hingefallen. Neben Michi, aber daß es Michi war, habe ich erst später mitbekommen. Dann stand auch schon ein Bulle über mir. Das ging alles irgendwie ziemlich schnell.«

»Haben Sie Polizeibeamte mit Steinen beworfen?« wollte Dietrich Kölling wissen. »Nur so zur Verteidigung natürlich?«

»Nein«, sagte Konstantin.

»Können Sie sich jemanden vorstellen, der einen Grund hat, Michael Donath zu töten?«

»Nein«, sagte Konstantin. »Höchstens einen der Bullen. Ich meine, wenn in diesem Chaos einer zusticht, das kriegt doch niemand mit.«

»Abwarten«, sagte Dietrich Kölling nur. »Sie können jetzt gehen.«

9

»Kolli, Ronny, Tilly, Hassi, Molli, Bulli, Barri«, sagte Dietrich Kölling.

»Bitte?« Becker hob den Kopf und schaute seinen Chef zweifelnd an.

»Unsere Revolutionäre haben einen Hang zum Verniedlichen. Eine Sprache, die man an der Volkshochschule lehren sollte. Lektion eins: Ronny und Tilly bauen auf dem Kolli eine Barri, streifen sich den Hassi über und bewerfen Bullis mit Mollis. Nein, das ist schon der Fortgeschrittenenkurs. Die Anfänger beginnen mit Baba, Heia, Aa.«

»Und Sie bewerben sich um eine Dozentenstelle?« fragte Becker.

»Ja. Als Dieti Kölli. Was machen Sie da eigentlich?«

»Sehen Sie doch«, erwiderte Becker und machte einen Schmollmund. Das gelang ihm jedoch nicht überzeugend. »Aktenstudium.«

»Alter Sesselfurzer«, neckte ihn Dietrich Kölling.

»Na ja«, meinte Becker, »wir haben eben nur Platz für ein Genie. Irgendwer muß schließlich auch die Arbeit machen.«

»Vor allem am Tag der Arbeit«, bestätigte Dietrich Kölling und schenkte sich Kaffee ein. »Wobei mir einfällt, daß heute die revolutionäre Erste-Mai-Demo stattfindet. Die würde ich mir gern anschauen. Ich bin nämlich sicher, daß Leute an ihr teilnehmen, die wir bald zu unseren besten Bekannten zählen dürfen. Jedenfalls bis zu dem Tag, an dem wir wissen, wer Donath auf dem Gewissen hat. Die werden jetzt alle fleißig am Basteln sein.«

»Sie denken an Joints, um die Verzweiflung zu besänftigen?«

»Nein, an ein Transparent. An ein Transpi. Aufschrift: Rache für unseren von den Bullen ermordeten Genossen Michael Donath! Los, packen Sie zusammen, Becker. Wir müssen seine Eltern besuchen.«

»Ungern«, entgegnete der Kommissar.

»Was soll's.« Dietrich Kölling griff nach seinem Übergangsmantel, den man wegen seiner Farbe auch Pfeffer- und Salzmantel nannte. Im Grunde war er also farblos wie sein Träger. Deshalb liebte ihn Dietrich Kölling seit seiner Anschaffung vor zehn Jahren. »Die Blissow, die wegen ihrer typisch weiblichen Sensibilität für die Überbringung von Todesbotschaften besonders qualifiziert ist, kommt erst nächste Woche aus dem Urlaub zurück.«

»Leider«, stöhnte Becker und schob die Akten beiseite.

10

Wenn die Pflicht Dietrich Kölling in den Berliner Osten rief, ließ er sich gern chauffieren, denn dann konnte er wie ein Tourist auf Sightseeing aus dem Fenster schauen und seinen Fahrer, der sich auf den Verkehr konzentrieren mußte, mit Fragen nerven. Becker gab denn auch seit einiger Zeit nur einsilbige Antworten, wenn sein Chef wieder einmal voller Überschwang etwas wiedererkannte.

»Ah, die Stalinallee«, rief dieser gerade.

»Karl-Marx-Allee«, berichtigte Becker.

»Da nennt man nun den Kudamm den Bummelboulevard Berlins, aber diese Straße ist doch viel breiter. Becker, schauen Sie!« rief Dietrich Kölling. »Einen Block haben sie renoviert. Sieht schön aus, was? Es fehlen natürlich noch die Geschäfte und Straßencafés, und an Paris wird es nie heranreichen, aber ...«

»Ist Paris wirklich so schön?« wollte Becker wissen. »Man hört so viel.«

»Woher soll ich das wissen? Ich war noch nie dort.« Dietrich Kölling lehnte sich zurück, schnellte aber sogleich wieder nach vorn. »Becker! Da, links, dieses Kino! Wie häßlich. Ein echter Stilbruch. Und diese gekachelten Hochhäuser. Wie kann man nur auf die bekloppte Idee kommen, Häuser von außen zu kacheln.«

»Gibt's im Westen auch«, stellte Becker schulterzuckend fest. »Und wenn Sie mir einen Gefallen tun wollen, dann schauen Sie doch nach, wo sich diese gottverfluchte Andreasstraße befindet.«

Dietrich Kölling gehorchte und schlug den Stadtplan auf. Es war einer dieser patentgefalteten Pläne, die angeblich besonders praktisch sein sollten, Dietrich Kölling jedoch überforderten. Als sie eine S-Bahnbrücke erreichten, wurde Becker ungeduldig.

»Wir sind zu weit«, meinte er.

»Nur ruhig Blut«, verlangte Dietrich Kölling und setzte seine Suche fort. »Osthafen, Rummelsburger See«, brummte er vor sich hin.

»Alles falsch«, schimpfte Becker.

»Hier!« Dietrich Kölling hatte doch noch Erfolg. »Wir sind übrigens zu weit.«

Becker sagte nichts mehr, sondern wendete den Wagen an einer Stelle, an der nichts so verboten war wie das Umdrehen. Ein Hupkonzert bestätigte es.

Die Andreasstraße bestand hauptsächlich aus stillosen Neubauten, von denen einige gerade einer Prozedur unterzogen wurden, die man Instandsetzung nannte. Vor die bestehende wurde einfach eine neue Fassade gehängt, diese wurde mit Bonbonfarbe angestrichen, aber die Kästen blieben Kästen. Bei der Nummer zwölf, die Familie Donath bewohnte, handelte es sich um ein sogenanntes Punkthochhaus, und Dietrich Kölling hatte in der Zeitung gelesen, daß die Sanierung dieser mißratenen Bauwerke Abermillionen verschlingen würde; bei ihrem Anblick plädierte er für Abriß.

Becker fuhr den Wagen auf den Gehweg vor der Haustür. Um kein Strafmandat zu riskieren, stellte er die Ausnahmegenehmigung des Polizeipräsidenten vor die Windschutzscheibe. Sie galt zwar nur für Umstände, unter denen Falschparken unerläßlich war, aber dem Wagen sah man schließlich nicht an, warum er hier stand. Dietrich Kölling stieg aus und blickte zum Himmel auf. Er sah aus, als ob er die revolutionäre Erste-Mai-Demo ins Wasser fallen lassen wollte.

»Bin gespannt, ob Donaths Eltern auch was Besonderes sind«, kommentierte Dietrich Kölling sein Studium des Klingelbrettes.

»Das werden wir gleich erfahren«, meinte Becker.

»Wie klug Sie sind.« Dietrich Kölling läutete. Da es Menschen gab, in deren Wohnungen nicht geraucht werden durfte, steckte er sich noch rasch eine Zigarette an.

»Ja, bitte?« erkundigte sich eine Frau mit barscher Stimme. Die Wechselsprechanlage funktionierte also.

»Polizei«, stellte sich Dietrich Kölling vor.

»Wollen Sie zu uns?«

»Ja, leider.«

Die Frau sagte nichts mehr, und es dauerte eine Weile, bis endlich der Türöffner in Gang gesetzt wurde. Dietrich Kölling lehnte sich mit dem gesamten Gewicht seines Körpers gegen die Tür, bei der man das Fensterglas durch Stahlplatten ersetzt hatte. Unerwartet leicht schwang sie auf. Dietrich Kölling stolperte in den Flur.

»Welche Etage?« fragte Becker.

»Sechste. Wir nehmen den Fahrstuhl.«

Der mit braunem Resopal ausgekleidete Lift versprach eine abenteuerliche Fahrt. Er hatte eine Doppeltür, und die innere schob sich automatisch zu, wenn die äußere ins Schloß gefallen war. Nach der Plakette vom TÜV zu urteilen, war der Aufzug bereits seit einem halben Jahr außer Betrieb. Dietrich Kölling warf seine Kippe auf den Boden. Dabei entdeckte er auf Hüfthöhe einen mit Filzstift aufgetragenen Spruch: *Macker in den Hacker, Wixer in den Mixer!*

»Wichser ist falsch geschrieben«, sagte er.

»Wie? Was?« wollte Becker wissen. Dietrich Kölling zeigte es ihm. »Nicht sehr originell«, meinte er daraufhin.

Wohnung sechshundertzwei befand sich in unmittelbarer Nähe des Fahrstuhls, und eine Frau erwartete sie im Türrahmen. Dietrich Kölling erstarrte. Für seine Begriffe war diese Frau eine Schönheit. Sie war zierlich, aber nicht hager, ihr langes, schwarzes Indianerhaar hatte sie im Nacken zu einem Knoten gebunden, wie es Frauen mitunter taten, damit es ihnen nicht beim Putzen in die Augen hing, ihr Teint war hell, doch nicht blaß. Besonders die großen, ein wenig feuchten Augen fielen Dietrich Kölling sofort auf. Sie waren so braun, daß man sie in dem Dämmerlicht auf dem Flur für schwarz halten konnte, und wurden von langen, womöglich künstlichen Wimpern eingefaßt wie zwei wertvolle Steine. Dietrich Kölling schluckte.

»Guten Morgen«, sagte er. Seine Stimme klang wie ein Reibeisen, und das nicht nur wegen der vielen Zigaretten.

»Ja?« fragte die Frau, als wäre auch das ein Gruß.

»Die frühe Störung tut mir leid«, sagte Dietrich Kölling. »An einem Feiertag schläft man lieber aus.«

»Ich war bereits auf«, sagte die Frau. »Wenn man zwei kleine Kinder hat, endet die Nacht auch an freien Tagen vor dem Aufstehen.«

Dietrich Kölling nickte.

»Wir kommen übrigens wegen Michael«, sagte er, um zu verhindern, daß er die Todesnachricht auf dem Flur überbringen mußte.

»Wegen Michi?« Die Frau nannte ihn also auch so. Sie wankte ein wenig.

»Ja.«

»Hat er was angestellt?«

»Sagen wir lieber, mit ihm wurde was angestellt.«

»Mein Gott! Bitte, kommen Sie herein.«

Es dauerte fast eine Dreiviertelstunde. Die Frau mußte erst einmal begreifen, und als sie begriffen hatte, weinte sie. Sie weinte, schluchzte, schrie und jammerte, und ihre beiden Kleinen, zwei Zwillingsschwestern, fielen ein, obgleich sie noch nichts begreifen konnten. Dietrich Kölling schaute sich die Gardinen, die Tapeten und die Möbel an, Becker seine Fingernägel. So war es immer. Es war einfach unangenehm. Zum Glück waren die Zeiten lange vorbei, da man den Überbringer schlechter Nachrichten für den Inhalt der Botschaft verantwortlich machte und hinrichtete. Eine kleine Hinrichtung waren diese Pflichtübungen trotzdem jedesmal.

»Ist Ihr Mann nicht da?« fragte Dietrich Kölling schließlich. Die Frau schüttelte heftig den Kopf. »Wollen Sie einen Arzt?« Auch einen Arzt wollte sie nicht. »Können Sie sprechen?« Sie konnte. Zuvor brachte sie jedoch die Kinder aus dem Zimmer.

»Tut mir wahnsinnig leid«, sagte Dietrich Kölling, obwohl das kein Trost war. Wie jeder Mensch war auch die Frau mit ihren Gefühlen allein. Wenn überhaupt, konnte man sie zeigen oder beschreiben, aber nicht weitergeben. Dietrich Kölling hätte die Gefühle der Frau auch nicht haben wollen. Aber diese Frau tat Dietrich Kölling wirklich leid, vor allem, weil er sie schön fand und begehrenswert. Das war ihm lange nicht mehr vorgekommen. Er unterdrückte seine Gefühle, die er nie zeigen oder beschreiben würde.

»Wissen Sie, wo Michael letzte Nacht gewesen ist?« erkundigte er sich.

»Bei seinen Freunden«, sagte Frau Donath. Ihr Gesicht war jetzt so weiß, daß die Rauhfasertapete hinter ihr renovierungsbedürftig wirkte.

»Und Sie haben sich nicht gewundert, daß er nicht nach Hause zurückgekehrt ist?«

»Nein. Michael ist bald achtzehn, und ich stehe auf dem Standpunkt … Mein Mann sieht das zwar anders, aber …« Frau Donath verstummte. Ihr war klargeworden, daß sie in der falschen Zeitform gesprochen hatte.

»Wo ist Ihr Mann?«

»In Husum. Zu einer Schulung. Müßte jetzt aber unterwegs sein.«

»Als was ist er tätig?« Zum erstenmal seit Betreten der Wohnung meldete sich Becker zu Wort.

»Er ist Vertriebsleiter bei *Bosch*. Für Küchengeräte. Vertriebsbereich Nord-Ost.«

»Aber sitzt die Firma nicht in Berlin?« fragte Becker erstaunt.

»Ein paar Betriebsteile, ja. Aber sie veranstalten ab und zu sogenannte Incentives für leitende Angestellte aus der ganzen Bundesrepublik, und da fahren sie gern an einen ruhigen Ort. Das lassen sie sich was kosten, aber die Chefs, die dort auftreten, nutzen das eben auch als einen kleinen Urlaub.«

»Und vor der Wende, Frau Donath?« mischte sich Dietrich Kölling wieder ein. »Was war Ihr Mann da?«

»Abteilungsleiter im Außenhandelsministerium.«

»Und Sie selbst?«

»Früher oder jetzt?«

»Beides.«

»Früher war ich Lehrerin«, sagte Frau Donath, »Deutsch und Geschichte. Seit drei Jahren bin ich zu Hause. Wegen der Zwillinge. Mein Mann verdient genug.«

»Es besteht ein ziemlicher Altersunterschied zwischen Michael und den Mädchen, nicht wahr?« stellte Dietrich Kölling fest.

»Na ja, mein Mann und ich wollten gern ein gemeinsames Kind. Michi ist nicht von ihm. Daß es dann Zwillinge wurden, nun, das kann man nicht beeinflussen.«

»Michael ist also nicht das leibliche Kind Ihres Mannes?«

Frau Donath schüttelte den Kopf. Ihr Gesicht hatte wieder etwas Farbe bekommen, und Dietrich Kölling ließ es nicht aus den Augen.

»Mein erster Mann ...«, begann sie. »Wir sind seit zehn Jahren geschieden. Wir haben uns ganz undramatisch auseinandergelebt und dann getrennt. Als ich meinen jetzigen Mann kennenlernte. Und bevor Sie fragen: Michi hatte immer guten Kontakt zu seinem Vater. Ich übrigens auch. Eine Scheidung ist für ein Kind nicht leicht zu verkraften, aber er ist gut damit fertiggeworden. Wenn er wollte, konnte er seinen Vater besuchen, so oft und so lange, wie die beiden es miteinander ausgehalten haben. Sie verstehen sich gut.«

»Und seinen Stiefvater hat er akzeptiert?«

»Von Anfang an«, behauptete Frau Donath. Dietrich Kölling fragte sich, ob sie nicht idealisierte, aber er wollte es ernsthaft gar nicht wissen. Wenn es während der Ermittlungen bedeutsam werden würde, konnte er immer noch nachhaken. Im Moment würde es die Frau nur noch mehr verstören; für seine Verhältnisse verhielt sich Dietrich Kölling ausgesprochen rücksichtsvoll.

»Wir müssen jetzt genauer über Ihren Sohn sprechen«, brachte Becker das Hauptanliegen ihres Besuches in Erinnerung. Dietrich Kölling fand seinen Kollegen plötzlich sehr plump. »Kennen Sie dessen Freunde?«

»Einige schon.«

»Wen genau?«

»Einer heißt Ronny. Manchmal nennen sie ihn auch Broiler. Also wie die Brathähnchen in der DDR.« Dietrich Kölling mußte sich auf die Lippen beißen; fast wäre ihm herausgerutscht, daß er natürlich im Bilde war und sich über diese Bezeichnung bereits zu Zeiten amüsiert hatte, da die Mauer noch stand. »Ronny kennt er aus der Schule«, berichtete Frau Donath weiter. »Sie gehen in dieselbe Klasse. Auf dem Gymnasium.«

»Welches Gymnasium?« erkundigte sich Becker.

»Erstes. Gleich um die Ecke. In der Koppenstraße.«

Dietrich Kölling registrierte, daß es sich dabei nicht um die Oberschule handelte, die Konstantin Hamann besuchte, und aus einem ihm unerklärlichen Grund störte ihn das. Allerdings wohnte Hamann in der Koppenstreet, wie er sie nannte.

»Weitere Freunde?« fragte Becker.

»Sicher. Ein Sascha. Als wir vor zehn Jahren hier einzogen, haben sich die beiden angefreundet. Wohnt in der Nachbarschaft. Aber denken Sie, mir fällt der Nachname ein? Köhler?«

»Krüger?« schlug Dietrich Kölling vor.

»Richtig, Krüger. Ja, und dann gibt es noch ein paar weitere Jungs, die kenne ich aber nur flüchtig.«

»Und Mädchen?« fragte Becker.

»Die spielen keine Rolle. In der Clique, meine ich.«

»Hatte Ihr Sohn eine Freundin?« Becker benutzte die richtige Zeitform.

Frau Donath antwortete mit einem Nicken.

»Doreen. Doreen Sikora. Brauchen Sie die Adresse?«

Becker bestätigte, daß die Adresse gebraucht wurde, und Frau Donath erhob sich. Sie trat vor die Schrankwand, öffnete ein Schubfach und nahm ein Blatt Papier sowie einen Kugelschreiber heraus. Dietrich Kölling betrachtete ihren Körper. Obwohl sie sehr zierlich war, hatte sie doch ein breites, allerdings nicht zu breites Becken, das von ihrer Jeans noch betont wurde. Frau Donath beugte sich vor und notierte etwas. Unter ihrem Sweatshirt zeichneten sich die Brüste ab. Dietrich Kölling wurde schwindlig.

»Ich lese Ihnen jetzt ein paar Namen vor«, sagte Becker, nachdem er den Zettel mit der Anschrift in Empfang genommen hatte. Frau Donath nahm wieder Platz. »Wenn Sie jemanden kennen, unterbrechen Sie mich bitte. Tilman

Weiß? Konstantin Hamann, Karsten Hoff, David Uhlmann, Jo Bienert?« Die Frau hörte aufmerksam zu, zeigte aber keinerlei Reaktion. »Sven Wiechmann?« Noch immer unterbrach sie nicht. »Alejandro Gonzalez?«

»Ja, natürlich.« Frau Donath richtete sich in ihrem Sessel ein wenig auf, jedenfalls kam es Dietrich Kölling so vor. »Gonzo. Gonzo haben die Jungs ihn genannt. Aber der kommt seit einigen Monaten nicht mehr. Michi war mit ihm verstritten.«

»Verstritten?« Auch Becker drückte nun seinen Rücken durch; offenbar glaubte er, einem Motiv auf der Spur zu sein. »Kennen Sie die Gründe?«

»Ich ahne sie. Wissen Sie, wenn die Söhne größer werden ... Als Mutter hat man jede ihrer Schwächen gesehen. Wenn sie als Kind hingefallen sind und geweint haben. Wenn sie Angst hatten. Wenn sie partout was nicht begreifen wollten in der Schule. Dann kommen sie in das Alter, in dem sie so tun, als ob sie Männer wären. Da vertrauen sie ihren Müttern nur noch Heldentaten an.«

»Sagen Sie uns, was Sie ahnten?«

»Es gab da wohl eine Eifersuchtsgeschichte zwischen Gonzo und Michi. Gonzo hatte sich lange um Doreen bemüht. Davon hat Michi oft erzählt. Sich auch ein bißchen lustig gemacht darüber. Ja, und dann ging Doreen mit ihm. Miteinander gehen, so drücken sie es ja aus.«

»Immerhin«, sagte Becker, ohne erkennen zu lassen, wie er das meinte.

»In Ordnung«, sagte Dietrich Kölling und stand auf.

»Aber wir müssen noch ...«, protestierte Becker.

»Später. Ich denke, wir sollten Frau Donath jetzt in Ruhe lassen.«

»Danke«, sagte die Frau.

Dietrich Kölling kam sich wieder einmal vor wie Don Quijote, der für seine Dulcinea ritterliche Abenteuer zu bestehen trachtete und doch nur Dummheiten beging, sehr zum Leidwesen seines Sancho Pansa. Dietrich Köllings Sancho grummelte auf dem Weg zum Wagen vor sich hin. Dietrich Kölling hätte sich nicht gewundert, wenn man ihm eine Kaffeemaschine in den Weg gestellt hätte.

»Die Frau hat Ihnen gefallen«, stellte Becker nach einer Weile sachlich fest.

»Ihnen nicht?« wollte Dietrich Kölling wissen. »Oder sind Sie einer von diesen Ehemännern, die Scheuklappen tragen?«

Becker hielt es für unter seiner Würde, darauf einzugehen. Außerdem gab ihm sein Chef Anlaß, auf einen anderen Gegenstand umzuschwenken: Dietrich Kölling steuerte nämlich auf die Fahrertür zu.

»Sie fahren jetzt?«

»Ich habe diese Karre soeben Rosinante getauft«, erklärte Dietrich Kölling, »und Rosinante reite ich.«

11

Weit hatte Dietrich Kölling nicht fahren können, denn Doreen Sikora wohnte in der Singerstraße, und zwar in jenem Abschnitt, der die Andreas- mit der Koppenstraße verband; von der Wohnung der Donaths hätte man nicht einmal zwei Minuten zu laufen gehabt. Bevor Dietrich Kölling mit Becker die Treppe in den dritten Stock hinaufstieg, schaute er sich den Stadtplan an und verglich die auf der Liste angegebenen Namen mit dem, was er auf der Karte sah. Becker schaute ihm verständnislos dabei zu.

»Schon ansehnlich was zu überprüfen, nicht wahr?« meinte er.

»Und da kommt noch einiges hinzu«, sagte Dietrich Kölling, ohne seine Beschäftigung zu unterbrechen. »Wegen der wechselnden informellen Gruppenzusammenhänge.«

»Fachliteraturgeschädigt«, stellte Becker fest.

»Vielleicht.« Dietrich Kölling schlug den Plan zu und faltete die Liste zusammen, um sie in seine Manteltasche stecken zu können. Becker war froh, daß es sich nur um eine Kopie handelte. Was Dietrich Kölling entdeckt oder auch nicht entdeckt hatte, erfuhr er nicht.

Doreen Sikora hatte die Tränen schon hinter sich. Dietrich Kölling schaute auf die Uhr. Es war neun Uhr dreißig. Natürlich befanden sich die festgenommenen Jugendlichen wieder auf freiem Fuß, und einer von ihnen hatte Doreen vom Tod ihres Freundes berichtet, einer von ihnen oder mehrere, womöglich hatte in den vergangenen Stunden ständig das Telefon geklingelt. Bei Sikoras waren beide Eltern daheim. Sie standen zu den Seiten ihrer in einem Sessel sitzenden Tochter, als ob sie für ein Foto posierten. Dietrich Kölling stand auf der Position des unsichtbaren Fotografen. Niemand lächelte. Es gab wohl auch keinen Grund.

»Es tut mir leid«, wiederholte Dietrich Kölling seinen Spruch.

»Ja«, sagte Doreen. Dietrich Kölling hätte auch nichts Besseres zu entgegnen gewußt.

»Wir sind alle erschüttert«, sagte der Vater. Dietrich Kölling nickte. Hier sollte Becker sein Glück versuchen; Dietrich Kölling befürchtete, gegenüber einer Halbwüchsigen nicht genug Sensibilität aufbringen zu können. Becker setzte sich an den Couchtisch. Dietrich Kölling schaute sich die Bücher an. Neben einer ansehnlichen Sammlung von Kochbüchern entdeckte er eine dreibändige Ausgabe mit Schriften von Karl Marx.

»Wann haben Sie Ihren Freund Michael zum letztenmal gesehen?« stellte Becker seine erste Frage.

»Gestern«, sagte das Mädchen.

»Wann genau?«

»Morgens halb sechs.«

Dietrich Kölling hatte nur Augen für die Bücher. Auch Lenin hatte er gefunden und einen dicken Wälzer mit dem Titel *Klassenkampf-Tradition-Sozialismus*. In dem hätte er gern geblättert, aber es war deplaziert, darum zu bitten oder ihn sich einfach aus dem Regal zu nehmen.

»Eine ungewöhnliche Zeit«, stellte Becker fest.

»Wir sind in der Disco gewesen. Im *Côte d'Or*. Ziemlich neuer Laden beim Hauptbahnhof.«

Der deutsche Bauernkrieg, entzifferte Dietrich Kölling einen weiteren Titel. Die Ostdeutschen kopierten offenbar die Manie des Westens, noch dem banalsten Ding einen exotischen Namen zu geben: Für den Betreiber mochte eine Diskothek immerhin eine Goldküste sein, oder eine Goldgrube, aber das klang auf Französisch vielleicht nicht so schön.

»Wir? Wer noch?« erkundigte sich Becker. Das Mädchen schluchzte. Von der Erinnerung übermannt, nannte man das. Beim Großen Shell-Atlas neben *Schuld und Sühne* fand Dietrich Kölling nur die Plazierung interessant.

»Ronny war noch dabei. Ronny Breuer, Michis bester Freund. Und Förster.«

Noch ein Name, dachte Dietrich Kölling, der bei Döblins *November 1918* angekommen war.

»Förster?« fragte Becker.

»Michael Förster. Heißt mit dem Vornamen auch so wie …«

Gemeinsam mit *Bilder der Pariser Commune* wartete Dietrich Kölling auf das Schluchzen. Es setzte pünktlich ein.

»Trafen Sie in dieser Discothek ... wie sagten Sie? ... im Kottetor ... ?«

»Kohtedohr«, berichtigte Doreen.

Kohtedohr, dachte Dietrich Kölling und schüttelte im Kopf den Kopf. Das konnte ihm die *Oktoberrevolution in zeitgenössischen Texten* nicht nachmachen.

»Trafen Sie dort eventuell noch weitere Freunde oder Bekannte?«

»Tilly. Tilly ... Ich weiß gar nicht, wie der richtig heißt. Tilly und Sascha. Sascha Krüger heißt der. Wohnt auch hier in der Singer. Drei Häuser weiter. Mit seiner Schwester Sibyl, die geht bei mir in die Klasse. Die war aber nicht in der Disco. Ja, und Gonzo. Der war auch da.«

Gonzo, dachte Dietrich Kölling und ließ die Bücher Bücher sein.

»Welche Schule besuchen Sie?« wollte er wissen.

»Erstes Gym.«

»Wer noch?«

»Was, wer noch?« Doreen Sikora schaute verwirrt drein, ihre Eltern übernahmen ihre Miene.

»Sie besuchen das Erste Gymnasium, Sibyl Krüger besucht es, Michael hat es besucht. Wer noch? Gonzo?« Dietrich Kölling schoß ins Blaue.

»Ja, der auch.«

»Gestern morgen um fünf Uhr dreißig haben Sie sich von Michael getrennt, richtig?« Jetzt übernahm Dietrich Kölling. Doreen bestätigte es. »Dann gingen Sie nach Hause und haben geschlafen, nehme ich an. Warum haben Sie Ihren Freund eigentlich nicht zum Kollwitzplatz begleitet?«

»Weil ich dagegen bin«, erklärte Doreen.

»Man sieht ja, was dabei herauskommt«, mischte sich die Mutter ein.

»Ja«, hauchte Doreen. Nun mußt du schluchzen, dachte Dietrich Kölling. Sie schluchzte.

»Wer hat Sie eigentlich heute angerufen? Wer hat Ihnen mitgeteilt, was passiert ist?«

»Gonzo.« Aus dem Schluchzen wurde hemmungsloses, aber keinesfalls lautloses Weinen.

»Und? Was hat er gesagt? Können Sie sich an seine Worte erinnern?«

»Er hat gelacht«, sagte Frau Sikora.

12

»Gonzo ist irgendwie nicht ganz normal«, sagte Herr Sikora überzeugt. Das schöne Bild der einträchtigen Familie hatte sich aufgelöst, nun saßen auch die Eltern. Becker spielte Gott und schuf in seinem Notizbuch einen Sternenhimmel. Nur Dietrich Kölling sah es, weil er als einziger noch stand. Das half beim Denken.

»Was heißt das?«

»Er ist manchmal ein anderer«, sagte Doreen leise. »Dann dreht er durch.«

»Ein anderer«, wiederholte Dietrich Kölling. Das sah nach einem Beklopptenfall aus, und die konnte er auf den Tod nicht leiden.

»Ja. Das ist ganz komisch. Ich mochte ihn mal richtig gern. Bevor ich mit Michi ... Bevor ich mich in Michi verliebt habe. Manchmal ist Gonzo wie ein kleines Kind. Albert rum, ärgert irgendwelche Leute, macht sogar Klingelstreiche. Mit sechzehn. Fast siebzehn. Aber er kann auch total ernst sein.

Was der alles weiß ... Wenn der richtig loslegt, diskutiert er jeden Lehrer an die Wand. Von allem hat er Ahnung. Am meisten von Astronomie. Also nicht direkt Astronomie, sondern wie alles entstanden ist und sich jetzt entwickelt und so. Wie heißt denn das?«

»Kosmologie«, schlug Dietrich Kölling vor. Damit paßte der Junge hervorragend zu Becker, der es auch gerade mit den Sternen hatte. Prompt hörte der Kommissar auf zu zeichnen.

»Ja. Was der für Formeln im Kopf hat ... und was für Worte ... Heisenbergsche Unschärferelation, davon quatscht der wie andere von neuen Klamotten. Aber dann wieder, dann rastet er plötzlich aus. Einfach so. Aus heiterem Himmel.«

»Ausrasten, Doreen, was bedeutet das?«

»Na, er schreit rum. Beschimpft einen. Will sich prügeln. Mit Leuten, die einfach so dabeistehen. Er brüllt, daß er Freddy Krueger ist und uns alle ausrotten muß. Totaler Hirnriß.«

»Und Michael hat er gehaßt«, stellte Becker fest. Damit trat er nicht nur in einen Fettnapf, sondern in ein Fettfaß. Doreen Sikora büßte ihre Vernehmungsfähigkeit ein. Die Mutter schaffte sie in einen Nebenraum, der Vater schaffte Dietrich Kölling und Becker an die Wohnungstür. Er sah nach einer Dienstaufsichtsbeschwerde aus.

»Wie können Sie nur so rücksichtslos sein«, schimpfte er.

»Wissen Sie, was die Heisenbergsche Unschärferelation ist?« fragte Becker im Wagen.

»Was Überflüssiges«, erwiderte Dietrich Kölling, der schon wieder den Stadtplan vor der Nase hatte.

»Und warum schauen Sie sich ständig diesen Plan an? Was sehen Sie dort?«

»Etwas Unscharfes«, sagte Dietrich Kölling.

ZWEITES KAPITEL

1

Kriminaloberkommissar Fischbeck vom Polizeilichen Staatsschutz hatte eine der besten Positionen zum Beobachten der Demonstration, die von revolutionären Initiativen zum Kampf- und Feiertag aller Werktätigen veranstaltet wurde. Seit einigen Jahren hatten die Gegner von Staat und Kapital ihren Aufmarsch aus Kreuzberg nach Prenzlauer Berg verlegt, wo es zum Schrecken der arbeitenden und der arbeitslosen Bevölkerung noch viel zu missionieren galt. Oberkommissar Fischbeck betrachtete den Zug aus einer im vierten Stock gelegenen Wohnung, Dietrich Kölling schaute ihm über die Schulter. Die Demonstration begann sinnigerweise am Rosa-Luxemburg-Platz, führte von dort durch die Kollwitzstraße und endete am Kollwitzplatz mit einer revolutionären Kundgebung. Die Wohnung befand sich daher in der Kollwitzstraße und wurde dem Staatsschutz von einem älteren Ehepaar zur Verfügung gestellt, das einmal im Jahr etwas erleben wollte. Dietrich Kölling fragte sich, ob die hohen Räume mit dem zugekleisterten Stuck an der Decke einst der Staatssicherheit für konspirative Treffen gedient haben mochten, verwarf den Gedanken aber; der Staatsschutz würde eine solche Wohnung meiden, nicht etwa, weil sie seinen Zwecken nicht entsprach, sondern bloß, weil es dem ohnehin heruntergewirtschafteten Ruf dieser Truppe schadete, wenn ein findiger Journalist einen Tip bekommen und sich über die historische Kontinuität von Gestapo, Staatssicherheit und Staatsschutz auslassen würde. Das war zwar Unsinn, aber zum Verbreiten von Unsinn waren Journalisten schließlich da.

Kommissar Fischbeck schaute sich durch ein Fernglas die Straße an. Was er zu sehen bekam, waren Polizisten in Kampfmontur und ein paar verstreute Werktätige, die partout nicht mehr kämpfen wollten, jedenfalls nicht für die Abschaffung der Großkonzerne; wenn sie gelegentlich auf die Straße gingen, fochten sie für den Erhalt ihrer Arbeitsplätze und ihres Lebensstandards. Die Dame des Hauses kredenzte Kaffee, Dietrich Kölling sprach durch sein Walkie-Talkie mit Becker. Der Kommissar drückte sich in der Nähe der Demonstranten herum und hieß heute Adler zwei.

»Hallo, Adlerauge«, begrüßte Dietrich Kölling ihn denn auch, »wie stehen die Aktien?«

»Auf Gewaltlosigkeit«, erklärte Adler zwei. »Hier fährt so ein Wagen mit Lautsprechern voran. Gerade ruft er zur Befreiung von Fatima, Mehmet und der anderen eingekerkerten Antifaschisten auf. Alle zwei, drei Minuten wird aber zur Gewaltfreiheit ermahnt. Ich kriege davon richtig Lust, mich zu prügeln.«

»Die Gelegenheit kommt schon noch«, tröstete Dietrich Kölling seinen Kollegen. »Wer sind Fatima und Mehmet?« wollte er von Fischbeck wissen.

»Zwei Mörder«, sagte Fischbeck. »Sitzen, weil sie vor Jahren einen rechten Parteifunktionär erstochen haben.«

»Ach, die.« Dietrich Kölling nickte, hockte sich aufs Fensterbrett und schlürfte von seinem Kaffee. Dann schlug er die *Bild*-Zeitung auf, die er unter dem Fernsehgerät der Gastgeber entdeckt hatte. Der mit großen Lettern angekündigte Artikel über das schlimme Vorleben eines Kinderschänders, der ihn interessiert hatte, entpuppte sich aber als ein knapper Zweispalter voller Gemeinplätze, und was an dem Casus überhaupt *Bild*-Niveau hatte, war allein die Tatsache, daß sich der junge Mann an den Söhnen eines prominenten Entertainers vergriffen hatte. Um diesen Mann war es in letzter Zeit still geworden, und Dietrich Kölling stellte sich vor, daß diese Schändungsgeschichte nur eine effektvolle PR-Kampagne war, mit der die Einschaltquote hochgetrieben werden sollte. Jedermann schaute sich doch gern einen Entertainer an, dessen Kinder geschändet worden waren. Dietrich Kölling faltete die Zeitung abwesend zu einem Westentaschenformat und fragte sich, wieviele *Bild*-Redakteure wohl mit ihrem Nachwuchs ins Bett gehen mochten. Auch das wäre einmal eine Enthüllung wert.

»Kommt heraus, schließt euch an«, skandierte ein Chor. Der Demonstrationszug näherte sich also. Dietrich Kölling sprang auf und nahm wieder seinen Platz hinter Fischbeck ein. Sein Blick fiel eher zufällig auf einen dunklen Golf, in dem drei Männer saßen. Der Beifahrer hatte eine Videokamera auf der Schulter und filmte. »Kommt heraus, schließt euch an.«

»Verdammt«, fluchte Dietrich Kölling.

»Mhm?« fragte Fischbeck, der konzentriert dem Geschehen folgte.

»Gestern beziehungsweise heute früh sind doch sicher auch Videoaufnahmen gemacht worden?«

»Sicher«, bestätigte der Staatsschützer. »Bei diesen Großlagen sind immer mehrere Teams im Einsatz. Wir brauchen schließlich Beweismittel.«

»Adler zwei«, meldete sich Becker. »Adler eins, hören Sie?« Adler eins hörte. »Ich habe soeben drei unserer Spezis entdeckt«, sagte Becker. »Breuer, Weiß und Hamann. Sie marschieren zwar nicht im Schwarzen Block, aber unmittelbar dahinter.«

»Dieser Konstantin lernt wohl nichts«, meinte Dietrich Kölling.

»Tja«, sagte Becker bloß.

»Bleiben Sie am Ball«, befahl Dietrich Kölling.

»Das wird schwierig«, entgegnete Becker. Er brauchte es nicht mehr zu begründen.

»Sie stürmen los«, sagte Fischbeck.

2

Dietrich Kölling hatte sich zu dem Ehepaar gesellt, das dem Spektakel von seinem Balkon aus beiwohnte und für den Logenplatz nicht einmal bezahlen mußte. Auch andere Bürger, die noch nicht reif waren, um befreit zu werden, schauten aus Fenstern und von Balkons, und einige begleiteten die Aufständischen mit hämischen Kommentaren. Die vermummten Kämpfer drohten ihnen zwar mit den Fäusten, hatten aber wichtigere Aufgaben, als den verblendeten und verführten Menschen mit handfesten Argumenten ihre reaktionäre Gesinnung auszutreiben. Die Autos am Straßenrand hatten es ihnen angetan, denn obwohl die Polizei Postwurfsendungen warnenden Inhalts verteilt hatte, mochten manche Leute nicht auf den bequemen Parkplatz vor der Haustür verzichten. Jetzt bekamen sie ihre Quittung. Die Fahrzeuge wurden in Trampolins verwandelt, sie wurden mit Eisenstangen traktiert oder mit Molotowcocktails in Brand gesetzt. Von den Balkons und aus den Fenstern hagelte es Proteste, die die Zerstörungswut nur noch mehr anheizten. Der erste Polizeikordon setzte sich knüppelschwingend in Bewegung, Steinwürfe beantworteten die Attacke, Tränengasgranaten die Steinwürfe. Dietrich Kölling wußte, daß in diesem Moment die Hochhaustürme der Deutschen Bank in Schwingungen gerieten, allerdings nicht in Frankfurt am Main, sondern in der Phantasie der Vermummten.

Fischbeck gab Anweisungen. Dietrich Kölling kannte ihn von früheren Ermittlungen, als er noch ein kleines Licht gewesen war. Mittlerweile durfte er Anweisungen geben. Ob sie in dem Durcheinander auf der Straße noch jemand ausführen konnte, blieb schleierhaft.

»Keine Gewalt«, rief jemand durch einen Lautsprecher.

»Räumen Sie die Straße«, lautete die Antwort. Daß die Kommunikation in der bürgerlichen Gesellschaft gestört war, hatte Dietrich Kölling schon vor Jahrzehnten gehört.

»Diese Jugendlichen haben einfach keine vernünftige Aufgabe«, meinte die Frau, die einen exquisiten Kaffee kochen konnte.

»Das zumindest war in der DDR anders«, behauptete ihr Gatte.

»Fragt sich nur, wer von denen überhaupt aus dem Osten kommt«, sagte Dietrich Kölling.

»Die kommen von überall«, mischte sich Fischbeck ein. »Die meisten sind Chaostouristen. Die tauchen immer dort auf, wo es Randale gibt. Dafür fahren die durch die ganze Bundesrepublik und manchmal sogar ins Ausland.«

»Woher Sie das alles wissen«, lobte die Frau.

»Nur wer das Umfeld im Vorfeld aufklärt, hat auf dem Schlachtfeld eine Chance«, verkündete Fischbeck eine Binsenweisheit, die allerdings gut klang.

»Wenn alle Kassen nicht ständig leer wären«, meinte Dietrich Kölling, »hätte ich einen Vorschlag zur Prävention.«

»Da bin ich gespannt.«

»Man müßte die alle in den Abenteuerurlaub schicken. Survival zwischen Löwen und Skorpionen. Oder besser noch: Survival zwischen afrikanischen Bürgerkriegsparteien.«

»Am besten einzeln«, erklärte Fischbeck. »Allein sind die nämlich feige.«

»Wer nicht?« wollte Dietrich Kölling wissen. »Wir verschanzen uns im Polizeiapparat, die verschanzen sich im Schwarzen Block. Mit einem feinen Unterschied: Wir haben die Macht, sie haben die Ohnmacht.«

»Haben Sie etwa Verständnis für die?« fragte Fischbeck skeptisch.

»Im Gegenteil. Ich betrachte diese Leute wie ein großer Experimentator, und wenn ich der Kölling von Deutschland wäre, würde ich sie mit Macht belehnen und dann studieren, wie sie sich verhalten. Ich würde einem Hausbesetzer ein Haus in guter Lage schenken, es von Obdachlosen besetzen lassen und abwarten, wie sich der frischgebackene Hausbesitzer verhält. Wie er sich entscheidet zwischen einer halben Million pro Eigentumswohnung und dem Blick in den Mond. Der Mond ist schön und sieht manchmal wie ein Käse aus. Verspeisen kann man ihn nicht.«

»Absurd«, sagte Fischbeck und horchte in sein Sprechfunkgerät.

»Nicht absurder, als wenn Kinder die Groschen verpulvern, die ihre Eltern in den großen Topf eingezahlt haben.«

»Scheiße«, fluchte Fischbeck los.

»Na, na«, sagte die Frau.

»Arbeit für Sie, Kölling«, sagte Fischbeck.

»Herr Kölling«, verlangte der Angesprochene, auch wenn die Welt längst nicht mehr vornehm zugrunde gehen würde. Gerade deswegen forderte der unaufhaltsame Absturz Contenance.

3

Schon wieder gab es Tränen. Es waren zwei Jungen, die ihren Empfindungen freien Lauf ließen, und obwohl Dietrich Kölling eigentlich nur keine Frauen weinen sehen mochte, berührte es ihn peinlich. Beide Jungen trugen schwarze Kapuzenshirts und schwarze Jeans, der eine auch schwarze Springerstiefel, der zweite blaue Turnschuhe. Seine vorstehenden Wangenknochen und die dunklen Augen verrieten die südländische Herkunft.

Ratlos und in seltener Eintracht umstanden sowohl Autonome als auch Polizisten den Ort des Geschehens, und auch Adler zwei war da und ließ die Schwingen hängen. Blut sickerte in die Gosse. Der Tote schaute sich den Himmel an. Der Himmel war blau. Mit dem Blutmai begann das schöne Wetter. Nur für Konstantin Hamann nicht mehr.

»So«, sagte Dietrich Kölling zu einem Polizeioffizier, der womöglich etwas zu sagen hatte, »jetzt treten erst einmal alle ein paar Schritte zurück. Lassen Sie die Umgebung absichern, ich möchte, daß keiner verlorengeht. Becker?« Adler zwei sprang herbei. »Sieht so aus, als ob sich die Tatwaffe schon wieder auf die Socken gemacht hat. Schnappen Sie sich ein paar Grüne und wühlen Sie jeden Quadratzentimeter um. Und lassen Sie jeden filzen. Jeden, verstehen Sie? Auch die Beamten.«

»Und wie soll ich das machen?«

»Ihre Sache«, sagte Dietrich Kölling.

Aber Becker mußte sich nichts mehr einfallen lassen. Unter den Demonstranten, von einer Doppelreihe Bereitschaftspolizei in Schach gehalten, erhob sich plötzlich ein Geschrei und Gejohle. Die Doppelreihe schwankte, zwei Beamte gingen in die Knie und brachten ihre Geschoßwerfer in Stellung.

»Mörder!« schrie jemand.

»Mörder!« fiel die Meute ein. »Mörder! Mörderstaat!«

Dietrich Kölling hörte ein Zischen, dann das Zerplatzen der Granaten. Tränengasschwaden zogen über die Köpfe der Demonstranten und auch der Polizisten. Das Geschrei wurde unerträglich, wieder folgten Steine. Bevor Dietrich Kölling reagieren konnte, wurde der Kordon durchbrochen, und ein Schwall von Menschen ergoß sich über ihn. Nicht alle waren vermummt. Dietrich Kölling lugte aus den Augenwinkeln nach einem Fluchtweg, behielt die Menge aber im Blick. Er sah Gummiknüppel, die in die Höhe und dann niedersausten, die Plastikschilde der Polizisten blitzten im Sonnenlicht, Granaten zerplatzten. Aus einer Seitenstraße jagte ein Wasserwerfer herbei. Dietrich Kölling bekam einen Schlag in die Magengrube, ein zweiter traf ihn am Arm. Er trat wahllos zu, dann stürzte er. Schreiende, hechelnde, keuchende Menschen rannten an ihm vorbei, er sah Hosenbeine und Jackenärmel, Uniformen, Schutzhelme und manchmal ein Gesicht. Jemand griff nach ihm, ließ ihn aber wieder fallen, ein anderer rief ihm etwas zu. Dann schien sich der Spuk zu verziehen. Dietrich Kölling hob den Kopf. Vor ihm stand ein Ungetüm aus einem Science-fiction-Film und hatte zwei Fühler auf ihn gerichtet. Dietrich Kölling biß die Zähne zusammen und erhob sich. Dann bekam er einen Schlag auf den Kopf.

4

Das Nirwana war weiß, nun wußte es Dietrich Kölling endlich. Es war eine Schneewüste. Eine weißverschleierte Frau lief barfuß über das Eis. Durch den Eispanzer bohrte sich eine riesige Granate. Eisbrocken segelten durch die Luft, die Frau breitete ihre Arme aus. Sie floh nicht vor dem Geschoß, sie lief direkt darauf zu. Dann umarmte sie eine Wodkaflasche. Dietrich Kölling schlug die Augen auf. Über ihm wölbte sich ein Autohimmel.

»Na?« fragte ihn jemand, den er nicht sehen konnte. Dann kam eine Brille in sein Gesichtsfeld. Hinter der Brille befanden sich Augen, zwischen den Gläsern eine Nase. Die Nase hatte große Nüstern, aus denen Haare wuchsen. Der Mund war schmal, die Lippen zusammengekniffen. Ein weißer Kragen verriet den Arzt.

»Ruhestand», flüsterte Dietrich Kölling, dessen Erinnerungsvermögen zurückkehrte.

»Was?«

Dietrich Kölling erwiderte nichts, sondern er versuchte, sich aufzurichten. Es gelang mühsam, aber es gelang. Dietrich Kölling befand sich in einem Krankenwagen. Der Arzt packte ihn bei den Schultern.

»Sie müssen ein paar Tage liegenbleiben«, sagte er. »Für den Fall, daß Sie eine Gehirnerschütterung haben. Seien Sie bloß froh. Wir mußten Sie den Bullen förmlich aus der Hand reißen, sonst hätten die Sie zur Sammelstelle gekarrt.«

»Sammelstelle?« fragte Dietrich Kölling; womöglich träumte er noch.

»In Ihrem Alter sollten man nicht mehr demonstrieren«, meinte der Arzt. »Ich verstehe Sie ja. Wahrscheinlich haben Sie durch die Wende alles verloren und geben nun dem Staat die Schuld.«

»Hören Sie auf mit dem Blödsinn«, fuhr Dietrich Kölling dem Mediziner über den Mund. »Haben die mich nicht durchsucht?«

»Nein. Die Mühe machen sie sich erst auf der Sammelstelle. Und Sie hätten Bomben unterm Mantel haben können, in Ihrem Zustand ...«

»Schluß jetzt!« Mit einer Handbewegung gebot Dietrich Kölling dem Arzt zu schweigen. Dann kramte er seinen Dienstausweis aus dem Jackett.

»Oh, Schreck«, sagte der Arzt. »Da werden sich ein paar Ihrer Kollegen wohl eine Zigarre anbrennen müssen. Aber trotzdem, als Arzt rate ich Ihnen dringend, lassen Sie sich nach Hause bringen und bleiben Sie drei Tage im Bett.«

»Mein Gehirn ist schon so oft erschüttert worden«, sagte Dietrich Kölling und kletterte von der Pritsche, »einmal mehr macht den Kohl nicht fett.«

Der Arzt zuckte die Achseln, Dietrich Kölling sprang aus dem Wagen. Kaum war er mit den Füßen aufgekommen, wurde ihm schwindlig, und er mußte sich an der Tür festhalten.

»Sehen Sie«, sagte der Arzt. Aber Dietrich Kölling sah nichts mehr.

5

Woher die Unsitte stammte, Kranke nicht nur mit Besuchen, sondern auch mit Geschenken zu überraschen, wußte Dietrich Kölling nicht. Becker hatte gleich zwei Überraschungen dabei: einen Pralinenkasten und die Blissow. Die Oberkommissarin war also aus dem Urlaub zurück. Dietrich Kölling ließ sich schwer auf seine Couch fallen und zerdrückte dabei das Mickey-Mouse-Heft, das er schon zum drittenmal gelesen hatte, weil ihn niemand mit Nachschub versorgte. Daran hätte Becker denken können, aber der hatte nicht mal die *Bild*-Zeitung mitgebracht. Dietrich Kölling wußte trotzdem, daß ein fränkischer Priester über Jahre hinweg seine Meßknaben geschändet hatte. Priester taten das gern, und Dietrich Kölling hatte Fernsehen.

»Was macht der Kopf?« erkundigte sich die Blissow.

»Er schwirrt«, erwiderte Dietrich Kölling und klopfte auf das Buch, das neben seiner Couch am Boden lag. Die Blissow hob es auf und studierte den Einband. Aus Bildungsgründen hatte sich Dietrich Kölling schon während seines Abiturs vorgenommen, den *Ulysses* von James Joyce zu lesen, war aber nie über die erste Seite hinausgelangt und würde es wohl auch nicht mehr.

»So was Anspruchsvolles lesen Sie?« fragte die Blissow mit einem Anflug von Ironie.

»Natürlich. Schauen Sie sich doch meine Bibliothek an. Nur Bücher, die für die Ewigkeit verfaßt worden sind. Deswegen werde ich sie auch erst in der Hölle lesen.«

»Wir haben jetzt die Autopsieberichte«, meldete sich Becker zu Wort.

»Her damit«, verlangte Dietrich Kölling.

»Die habe ich natürlich im Büro. Sie sind krank, da dachte ich ...«

»Selbständig handelnde Mitarbeiter sind großartig, selbständig denkende sind ein Graus. Außerdem haben Sie die Berichte im Kopf, das sehe ich Ihnen an der Nasenspitze an. Also raus damit.«

»Tja«, begann Becker bedächtig, »Nasenspitze ist ein gutes Stichwort. Die erste medizinische Begutachtung am Tatort war nicht ganz exakt. Das heißt, sie war so genau, wie es eben unter den gegebenen Umständen möglich ist. Die Tatwaffe war nicht flach, sondern rund. Rund mit einer Spitze. Einer sehr langen Spitze. Also falls Sie an einen Schraubenzieher denken, muß ich Sie enttäuschen.«

»Schraubenzieher haben ja auch keine Spitzen«, sagte Dietrich Kölling. »Selbst bei diesen Kreuzschlitzdingern muß man eine ungeheure Kraft aufwenden, um sie jemandem in den Körper zu bohren. Und an solche Spitzen denken Sie ja wohl nicht.«

»Nein«, bestätigte Becker. »Diese Spitzen sind sozusagen zu stumpf.«

»Kann ich Ihren Worten entnehmen, daß Sie sozusagen noch immer keine Tatwaffe gefunden haben?« Becker nickte. »Und haben Sie die Videos ausgewertet?« Becker nickte abermals. »Und?«

»Nichts«, sagte der Kommissar.

»Nichts?«

»Nichts außer kopflos hin und her laufenden Leuten, deren Gesichter man nicht sieht. Der ein oder andere Steinwurf ist auch dokumentiert. Einmal sieht man für Sekunden einen Körper auf dem Boden liegen. Also ich spreche jetzt von Delikt Nummer eins. Bei Nummer zwei gibt es zwar auch mehrstündige Aufzeichnungen, aber nie aus der Umgebung des Tatortes.«

»Und das finden Sie nicht merkwürdig?«

»Nein, das ist logisch. Das Videoteam war so positioniert, daß der Tatort sozusagen … ähm … daß er in einem toten Winkel lag.«

»Soso.« Dietrich Kölling kratzte sich am Kopf. Schmerzen hatte er schon lange nicht mehr. »Wissen Sie, wie ich das finde?«

»Nein.« Becker zuckte die Schultern.

»Das, liebe Kollegen«, sagte Dietrich Kölling und griff nach seinen Schuhen, die neben seiner Couch standen, weil er trotz ärztlichen Verbots jeden Tag spazierengegangen war, »das, liebe Kollegen, finde ich umso merkwürdiger.«

6

»Sie haben es selbst erlebt«, sagte Oberkommissar Fischbeck und klopfte auf den großen Stadtplan, vor dem er auf und abschritt, »Sie haben das Chaos mit eigenen Augen gesehen. Wir halten die Aufzeichnungsteams immer abseits vom Geschehen, aber wenn es hart auf hart kommt, gibt es keine sicheren Plätze mehr.«

»Ja, ja«, sagte Dietrich Kölling entnervt, »ich weiß, daß Ihre Leute das Beste geben. Alle geben ihr Bestes, wovon sich mein Kopf überzeugen konnte. Trotzdem hätte ich gern die Namen jener Beamten, die sich mit der Kamera verlustieren durften.«

»Heute noch?« fragte Fischbeck irritiert.

»Sofort«, sagte Dietrich Kölling und verdrehte die Augen.

»Sind Sie denn wieder im Dienst?«

»Als guter deutscher Beamter, Herr Kollege? Immer, Herr Kollege, sogar wenn ich schlafe.«

Fischbeck kramte in einem Aktenschrank. Ihm waren die Argumente ausgegangen, und Dietrich Kölling fand, daß der Mann unsicher und fahrig wirkte. Ulrich Schmücker war das letzte Opfer gewesen, bei dessen Ermordung Berliner Behörden eine undurchsichtige Rolle gespielt hatten. Seither hatte sich die Demokratie auch bei den Verfassungsorganen dynamisch weiterentwickelt; das Dumme war nur, daß sich die Geschichte zu wiederholen pflegte. Sie hatte nämlich einen düsteren Humor.

»Wir gehen ja mehr und mehr von einem rechtsradikalen Hintergrund der Taten aus«, schwadronierte Fischbeck während seiner Suche. »Uns ist bekannt, daß die Rechten versuchen, Spitzel in die autonome Szene einzuschleusen. Was spricht dagegen, daß einer dieser Typen den Auftrag zur

Liquidation erhalten hat und ihn bei der denkbar besten Gelegenheit ausführte?«

Dietrich Kölling antwortete nicht. Er schaute sich Fischbeck an. Der Oberkommissar wurde immer nervöser.

»Und Ihre Spitzel?« fragte er nach einer Weile.

»Wie?« Fischbeck fuhr herum.

»Haben Sie keine Informanten in der Szene?«

»Hätten wir gern.« Fischbeck förderte einen Hefter zutage, der so zerfleddert war, daß er gut und gern schon im Reichssicherheitshauptamt seinen würdevollen Dienst getan haben konnte. »Aber es ist verdammt schwer, jemanden einzuschleusen. Der harte Kern der Linksextremisten beherrscht perfekt die Grundsätze der Konspiration.«

»Und was Ihnen nicht gelingt, das sollen die Rechtsradikalen geschafft haben? Seltsame Logik. Außerdem ...«

»Uns ist auch bekannt«, setzte Fischbeck seinen unterbrochenen Vortrag fort, »daß die Rechten sogenannte Schwarze Listen publizieren, beispielsweise im Internet, aber auch als Drucksache. Auf diesen Listen steht jeder, den sie zum Feind erklärt haben, Richter, Polizeibeamte, Staatsanwälte, Aktivisten der linken Szene, Juden und andere Ausländer.«

»Sie auch?« Dietrich Kölling konnte seinen Einwurf nicht mehr unterdrücken. Fischbeck nahm ihn ernst.

»Nicht daß ich wüßte«, sagte er. »Aber einer der während der Auseinandersetzung Festgenommenen, der steht drauf. Ronald Breuer. Auch Ronny oder Broiler genannt. Ein Früchtchen, sage ich Ihnen.«

»Das mag sein.« Dietrich Kölling schnappte sich den Hefter aus Fischbecks Händen. »Allerdings lebt dieses Früchtchen noch, Herr Fischbeck.«

7

In dem Arbeitszimmer, daß sich Becker und die Oberkommissarin Blissow teilten, spielten seine Mitarbeiter gerade Familienidylle, als Dietrich Kölling den Raum betrat. Hans-Joachim Tangermann, inoffiziell nur Hajota genannt, hatte sich am Morgen offensichtlich in seine Spendierhosen gezwängt und bei einer der Ladenketten, die ihre Backwaren industriell fertigten wie andere Firmen Kugellager oder Wäscheklammern, etwas Kuchenähnliches erworben. Dietrich Kölling bevorzugte entschieden die Handwerkskunst. In seinem Weltbild bestand eine Bäckerei aus einem Meister, einem Gesellen, einem Lehrburschen und einer Verkäuferin, die Brötchen feilbot, die sie wenige Minuten zuvor aus der Backstube geholt hatte.

»Schmeckt's denn?« erkundigte sich Dietrich Kölling.

»Süß«, erklärte Becker diplomatisch und leckte sich die verklebten Fingerkuppen.

»Bißchen pappig«, bekannte Hajota schuldbewußt.

Die Blissow enthielt sich jeden Kommentars. Als ein Mahnmal wider die menschliche Ignoranz hatte sie ihren verkümmerten Ficus auf den Schreibtisch gestellt und schaute ihn an, als ob Blicke in dem Clorophyll die Lust an der Photosynthese erwecken könnten. Viel Clorophyll war nicht mehr da. Das Blattgrün hatte sich in Braun verwandelt.

»Immerhin«, sagte Dietrich Kölling und zwinkerte dem ganzen und dem halben Hahn zu, »immerhin braucht ein Ficus weitaus länger für das Vertrocknen als so ein Stück Kuchen. Das kommt schon vertrocknet aus der Maschine.«

»Ich verstehe«, sagte die Blissow giftig. »Sie haben experimentiert. Sie haben meinem Baum das Wasser verweigert und dafür Kuchen gegossen.«

Dietrich Kölling hielt es für unter seiner Würde, darauf etwas zu erwidern, und knallte stattdessen Fischbecks Mappe auf den Tisch, aber niemand interessierte sich für das historische Stück: Mappen erweckten immer den Eindruck, daß gewisse Personen überprüft werden mußten, und niemand putzte gern die Klinken. Nur Hajota, der die Schulbank drückte, schien an der Praxis Anteil zu nehmen.

»Komplexer neuer Fall, was?« wollte er wissen.

»Mhm«, brummte Dietrich Kölling und nahm sich einen Pfannkuchen. Komplizierte Fälle hatte er schon oft gehabt, und komplex waren sie eigentlich auch immer gewesen, aber vielleicht pflegte man an der Fachhochschule, die Polizeibeamte zu Verwaltungswirten ausbildete, eine geschwollene Ausdrucksweise. Dietrich Kölling hatte vor Urzeiten Geschichte und Philosophie studiert, allerdings nie einen Abschluß gemacht, deshalb war er ja schließlich zur Polizei gegangen. Die Historiker und die Freunde der Weisheit hatten auch ihr Fachchinesisch gehabt und die Dinge gern komplex betrachtet oder gar systemisch, also in den Kategorien des kompletten Blödsinns.

»Vor allem ein Fall mit vielen jungen Männern«, erklärte die Blissow giftig. Hajota wurde rot, Dietrich Kölling grinste, Becker erinnerte sich an seine Lektionen in sozialistischem Humanismus und machte ein Pokerface. Dietrich Kölling legte den abscheulichen Kuchen zurück.

»Was lernt ihr denn so auf dieser Schule?« fragte er.

»Morgen schreiben wir eine große Arbeit in Zivilrecht«, berichtete Hajota. »Notfrist ist im Zivilprozeß eine Frist, die ausdrücklich als solche bezeichnet wird«, zitierte er auswendig. »Paragraph 223 Absatz drei ZPO. Das Wesen der Notfristen besteht darin, daß sie unabänderlich sind, sie auch während der Gerichtsferien und des Ruhens des Verfahrens laufen und daß bei unverschuldeter Versäumung

Wiedereinsetzung gewährt werden kann. Mängel bei der Zustellung können nicht geheilt werden, soweit durch die Zustellung Notfristen in Gang gesetzt werden.«

»Oha«, sagte Dietrich Kölling nur.

»Mängel bei der Zustellung können nicht geheilt werden«, wiederholte die Blissow und schüttelte den Kopf. »Das mußten wir auch mal lernen.«

»Tja«, meinte Becker, »die Justiz ist eben der Arzt der Gesellschaft. Lindert die Symptome eines todkranken Patienten.«

»Der aber nicht sterben will«, fügte Dietrich Kölling hinzu.

»Und das ist ein Glück für uns«, sagte die Blissow.

»Ach, was.« Dietrich Kölling winkte ab. »Die Regierungen kommen und gehen, die Gesellschaftsordnungen kommen und gehen, der Berufsbeamte bleibt. Er ist das Salz in der Suppe, der heilige Stand, der wahre Priester. Ob nun ein Diktator an der Spitze steht oder eine gewählte Regierung, der Apparat läuft wie geschmiert. Und wissen Sie, warum? Weil er keine anderen Zwecke kennt als sich selbst. Erschüttert es uns, daß sich die Leute gegenseitig umbringen? Nein, denn das ist unser Job. Aber stellen Sie sich mal vor, unser Kommissariat würde umgebildet oder gar aufgelöst werden. Wir würden doch Barrikaden bauen und Molotowcocktails basteln. Aber hier wird nichts umgebildet und aufgelöst. Ich bin fast dreißig Jahre bei der Polizei. Seit dreißig Jahren schreien die Politiker danach, den Apparat zu verschlanken. Alle Reformen sind versickert. Wenn sich was ändert, dann die Nummern der Kommissariate. Ich finde das ziemlich raffiniert.«

»Die Bürger sehen das etwas anders«, wandte Becker ein.

»Wer? Die Bürger? Sie meinen diejenigen, die da draußen sind?« Dietrich Kölling wies zum Fenster. »Die kennen ja die Behörde nicht von innen, die sehen nur die Flure und die Formulare. Aber die verschlungenen Wege, auf denen sich das Formular in der Behörde bewegt, die bleiben unerforschlich wie Gottes Wege. Generationen von Beamten haben daran gearbeitet, immer komplexere, hören Sie zu, Tangermann, immer komplexere Entscheidungswege zu erfinden. Immer perfektere Gesetze, die keiner mehr versteht. Mängel der Zustellung sind unheilbar. Ist das nicht großartig? Verspätete Zustellung hat keine aufschiebende Wirkung, könnte man auch sagen. Aber das ist zu einfach. Nein, meine Lieben, Gesetzestexte und Verwaltungsvorschriften sind eine Form der Poesie, von der die Dichter immer geträumt haben: Es sind Produkte der Phantasie, die Wirklichkeit schaffen. Schreiben Sie das in Ihrer Arbeit, Tangermann.«

8

Dietrich Kölling hatte die Namen der Staatsschützer, die für die Videoarbeit eingeteilt worden waren, auf einen Zettel notiert und die Blissow damit beauftragt, ihnen auf den Zahn zu fühlen: Er versprach sich nicht viel davon, aber schon die Erkenntnis, daß die Herrschaften mauerten, war ein kleiner Schritt vorwärts.

Auch die Polizei war eine Behörde, also wurde vor allem Papier bewegt. Dietrich Kölling hatte gerade begonnen, sich in eine Broschüre der Anti-Antifa einzulesen, als Becker mit einem Aktenbündel in der Tür erschien. Nach einem behaglichen Nachmittag sah der Kommissar nicht aus.

»Ist das für mich?« fragte Dietrich Kölling, während er erwog, notfalls seine angegriffene Gesundheit ins Spiel zu bringen. Becker schüttelte den Kopf und warf die Akten in den Korb für die Ausgangspost.

»Hab' ich alles schon durchgesehen«, sagte er. »Der Extrakt meiner Arbeit befindet sich in der blauen Mappe unter meinem Kreuzworträtselbuch.«

»Macht das Rätselraten eigentlich noch Spaß, wenn man sowieso schon alle Begriffe kennt?« erkundigte sich Dietrich Kölling.

»Man lernt auch dazu«, meinte Becker und ließ sich auf seinen Sessel fallen.

»Aber zu welchem Nutzen?« Dietrich Kölling griff nach dem Rätselbuch und schlug eine beliebige Seite auf. »Was bringt es Ihnen, wenn ... wenn Sie erfahren, daß es im Bankwesen *zum Nennwert* bedeutet, wenn jemand *Pari* sagt?«

»So was vergesse ich sowieso immer wieder«, gab Becker zu.

»Kalkfelseninsel vor Neapel.« Dietrich Kölling schüttelte den Kopf.

»Capri«, sagte Becker sofort.

»Nein.«

»Doch.«

»Das hab' ich nicht gewußt«, murmelte Dietrich Kölling vor sich hin, »daß Capri eine Kalkfelseninsel ist. Erzählen Sie mir etwas über die blaue Mappe.«

»Ich habe mich mit den jungen Leuten beschäftigt, die zum Kreis um Donath und Hamann gehören«, begann Becker.

»Auch mit dem Früchtchen Ronald Breuer?«

»Früchtchen?«

»So hat Fischbeck ihn genannt.«

»Nun ja«, Becker zuckte die Schultern, »mit ihm kann ich gern anfangen. Vor vier Jahren stand er zum erstenmal vor Gericht, weil er nach einer Feier in der Kreutziger Straße einen Beamten als dreckiges Miststück bezeichnet hat. Vielleicht muß ich erwähnen, daß diese Feier im Hof eines besetzten Hauses stattfand und eigentlich dem Zweck diente, Geld für eine selbstverwaltete Kindertagesstätte zu sammeln.«

»Für Hunde?« platzte Dietrich Kölling dazwischen.

»Keine Hundeschule, eine Kindertagesstätte.« Becker ließ sich nicht beirren. »Einige Besetzer haben eben Kinder, die sie nicht in staatliche Kindergärten geben wollen, weil sie dort indoktriniert werden. Vermute ich. Vielleicht mit militaristischen Bauklötzen oder mit Atommeilern aus Legosteinen. Aus nicht bekannten Gründen entwickelte sich aus der Party eine Schlägerei.«

»Die werden gesoffen haben«, meinte Dietrich Kölling.

»Zumindest Breuer«, bestätigte Becker. »Er hatte eins Komma sieben Promille im Blut. Bekam aber keine Strafminderung wegen Vollrausches und wurde zu dreißig Stunden Freizeitarbeit verknackt.«

»Hart«, sagte Dietrich Kölling und nickte gewichtig.

»Aber unwirksam. Zwei Wochen später wurde er bei einem Ladendiebstahl erwischt. Er hatte aber nicht nur das Diebesgut in Form eines Sweatshirts im Werte von siebzig Mark bei sich, sondern auch zwölf Gramm Marihuana.«

»Vierzig Stunden?«

»Sechzig«, sagte Becker. »Zwanzig davon leistete er in einer Betreuungseinrichtung für geistig behinderte Kinder ab, dann war er des Anblicks der Kretins überdrüssig. Eine Woche Jugendarrest.«

»Das dürfte aber nicht das Ende der Fahnenstange sein«, vermutete Dietrich Kölling.

»Nein. Während einer Wahlkampfrede des Bundeskanzlers auf dem Alexanderplatz zündete er einen Silvesterknaller. Schwerer Landfriedensbruch. Noch einmal sechzig Stunden. Er war noch dabei, sie abzuleisten, als er einen mutmaßlichen Neonazi verprügelte. Also das war ein ganz normaler junger Mann, der ihn beim Abreißen von Wahlplakaten der Republikaner erwischt hat. Fragte nur, ob es nicht besser wäre, sich über die PDS-Plakate herzumachen. Nasenbeinbruch. Vierzig Stunden und Teilnahme am sozialen Training. Nach dem Training ging es weiter. Im Schnelldurchlauf: eine weitere BTMG-Sache, weil er in einer Diskothek Ecstasy-Pillen vertickt hat. Festnahme und Strafbefehl nach einer Plünderung während der Chaostage in Hannover.«

»Zu meiner Zeit war Hannover eine ruhige Stadt«, warf Dietrich Kölling ein, um die Ehre seiner Heimatstadt zu verteidigen, »mit einer Bevölkerung, die nur ein durchschnittliches Bedürfnis zum Töten verspürte. Die Punks klauten hin und wieder eine Handtasche, um sich ihr Bier zu finanzieren, manche setzten sich auch auf dem Bahnhofsklo den goldenen Schuß, aber geplündert haben sie nicht. Ein Niedersachse tut so was nicht. Das machen nur die Auswärtigen. Die aus Babylon.«

»Wer ausgerechnet Ihr wunderschönes Städtchen für die Chaostage ausgesucht hat, weiß ich nicht«, sagte Becker, »denn nach Ihrer Beschreibung scheint es durch und durch uninteressant zu sein.«

»Was? Und Herrenhausen? Unser Fürstenhaus? Bis nach Rußland haben wir unsere Prinzessinnen verheiratet. Oder nehmen Sie unsere Arbeitspferde. Oder die Polizeidirektion, wo einst der größte Sohn der Stadt wirkte, der legendäre Kriminalhauptkommissar Dietrich K.«

»Der die Stadt bei Nacht und Nebel verließ. Warum eigentlich?«

»Das wissen Sie doch, Becker. Um Asien zu zivilisieren. Denn von Hannover aus gesehen beginnt Asien hinter Helmstedt.«

»Das habe ich Ihnen zwar nie geglaubt«, sagte Becker, »aber vielleicht sollte ich mit der kriminellen Karriere des Ronald Breuer fortfahren. Also, es folgen vier Wochen Jugendhaft. Dann geht's wieder mit den Freizeitstunden weiter. Fünfzig Stunden, weil er während einer Hausräumung einen Polizisten geohrfeigt hat. Dreißig Stunden wegen Verwendens von verfassungsfeindlichen Symbolen. Handelt sich um eine PKK-Fahne, die er bei einer Party aus dem Fenster gehängt hat. Dann noch einmal drei Wochen Haft wegen tätlichen Angriffs auf Vollzugsbeamte. Er hat sich bis über die Ohren zugekifft und völlig die Orientierung verloren. Kam auf die Idee, sich in der ... warten Sie mal, ich muß nachschauen ... in der Petersburger Straße hat er sich auf den Straßenbahnschienen splitternackt ausgezogen und begonnen ... na, jedenfalls sah es für die Zivilstreife so aus, als hätte er onanieren wollen. Als er festgenommen wurde, hat er mal wieder die Faust eingesetzt, um seine Meinung zu sagen.«

»Finden Sie nicht, Becker, daß der Junge in medizinische Behandlung gehört?«

»Ich ja, der Gutachter nicht.« Kommissar Becker kramte in seinen Unterlagen. »Das Gericht hat vor der letzten Verurteilung eine psychiatrische Untersuchung angeordnet. Der Doktor kam zu dem Schluß, daß keine schwerwiegenden Persönlichkeitsstörungen vorliegen. Das starke Aggressionspotential begründete er damit, daß Breuer wie viele ostdeutsche Jugendliche noch immer nicht mit dem neuen Gesellschaftssystem zurechtkommt, und mit der allgemeinen Perspektivlosigkeit. Lehrstellenmangel, Sie wissen doch.«

»Da bin ich aber gespannt, wie die anderen Jungs aus dem informellen Gruppenzusammenhang auf die allgemeine Perspektivlosigkeit und den Lehrstellenmangel reagieren«, sagte Dietrich Kölling schnippisch.

»Über Donath und Hamann sind wir ja im Bilde«, sagte Becker. »Von denen, die außer Breuer und Konstantin am Biesdorfer Baggersee dabei waren ... zur Erinnerung, es handelte sich um Sven Wiechmann, Alejandro Gonzalez und Sascha Krüger ... von denen hat nur Gonzalez eine Akte. Dazu später. Unbeschriebene Blätter sind auch die beiden Mädchen, die am Tatort Hagenauer Straße festgenommen worden sind, also Brit Szypanski und Sybil Krüger, übrigens die Schwester von Sascha. Einer der besten Freunde von Donath, wie wir wissen.«

»Das sind aber noch immer nicht alle«, mahnte Dietrich Kölling.

»Ich bin auch nicht fertig. Auf meiner Liste steht noch Tilman Weiß. Seine kriminelle Energie ist ebenfalls wenig entwickelt, wobei ... Ich meine, daß Krüger, Weiß und die Mädchen nicht polizeibekannt sind, bedeutet ja nicht, daß es sich bei ihnen um unbescholtene Staatsbürger handelt. Bei Weiß gibt es im übrigen was. Eine Bagatelle. Hat vor einem Jahr gemeinsam mit Breuer und Gonzalez einem Jugendlichen den Rucksack geraubt. Ihn abgezogen, wie sie es nennen. Geringfügige Tatbeteiligung. Keine Verurteilung.«

»Was ist denn nun mit Gonzalez? Sie machen es ja sehr spannend.«

»Zuerst die drei Kreuzberger. Karsten Hoff, David Uhlmann und Jo Bienert alias Jim Beam. Alles mittelschwere Kaliber. Lassen keine Aktion aus. Spezialisten für Landfriedensbruch, Eigentumsdelikte und Kleinstdealerei. Uhlmann und Bienert haben die Jugendstrafanstalt bereits von innen gesehen. Sie haben in Amsterdam Afghanen, Marokkaner und Libanesen eingekauft und sich an der Grenze erwischen lassen. Sind auch immer dabei, wenn es gilt, Kapital und Staat mit Steinen zu bewerfen oder besetzte Häuser gegen Räumungen zu verteidigen. Hoff scheint der Ideologe von ihnen zu sein. Hat an seinem Gymnasium ein Autonomenbrevier herausgegeben mit dem Titel *LeftWingsPowder*. Als er dazu aufrief, den Schulleiter, einen Herrn Mussmann, ebenso öffentlich auszustellen wie einst Mussolini, wurde er nicht nur gefeuert. Die Schulbehörde hat auch die Polizei eingeschaltet. Ermittlungen wurden eingestellt.«

»Powder? Wirklich Powder?« erkundigte sich Dietrich Kölling.

»Ja, er scheint Humor zu haben. Schreibt auch Gedichte mit schuhfetischistischen Inhalten. Also über seine Kampfstiefel.«

»Wenn ich zusammenfassen darf«, Dietrich Kölling brannte sich eine Zigarette an, »haben wir es also mit Jugendlichen zu tun, die mehr oder minder kaputt sind. Zwei sind nicht mehr zu reparieren, da tot. Einer onaniert auf Straßenbahngleisen, einer mit seinen Stiefeln. Jetzt halte ich es nicht mehr aus und brenne darauf, die Macken unseres Kubaners kennenzulernen.«

»Dessen Macken sind amtlich«, erklärte Becker, »und heißen MPS.«

»Militantes Polizistenhaßsyndrom?«

»Nein«, Becker schüttelte den Kopf, »nicht MPHS, sondern MPS. Multiple Persönlichkeitsstörung.«

9

»Mit dem behandelnden Arzt habe ich noch nicht sprechen können«, sagte Becker und langte in die Durchreiche nach dem Teller mit dem Krautgoulasch, »aber ich habe jemanden vom Psychologischen Dienst konsultiert.«

»Wo kaputte Polizisten repariert werden?« Dietrich Kölling hatte sich für ein Hacksteak mit Mischgemüse entschieden, das gerade von einer Küchenhilfe auf den Teller geklatscht wurde.

»Und wo man sich mit den menschlichen Macken auskennen sollte«, meinte Becker. »Diplompsychologin Knopp mußte aber erst ihre Bücher wälzen, um eine halbwegs brauchbare Antwort geben zu können.«

»Interessant. Ich habe gerade eine multiple Entscheidungsstörung«, sagte Dietrich Kölling. »Nehme ich ein Bier, ein Wasser oder einen Kaffee?«

»Bei einer multiplen Persönlichkeit leben sozusagen mehrere Personen unter einem Dach«, dozierte Becker ungerührt weiter. »Man sollte das aber nicht mit der Schizophrenie verwechseln, denn diese Leute bilden sich nichts ein. Das Ich ist einfach ein Wir, verstehen Sie?«

»Nein«, sagte Dietrich Kölling und verfrachtete das Steak auf sein Tablett.

»Ich versuche mal, es Ihnen zu erklären.« Becker reichte der Kassiererin seinen Essenbon und ein paar Münzen für seinen Sprudel. Dietrich Kölling wußte noch immer nicht, was er trinken wollte. »Sie sind die meiste Zeit des Tages Dietrich Kölling.«

»Aha.«

»Aber in bestimmten Situationen, denen Sie nicht gewachsen sind, oder wenn sich Situationen aus Ihrer Kindheit scheinbar wiederholen, als traumatisch empfundene Situationen, dann lebt plötzlich eine Person aus Ihrer Vergangenheit wieder auf. Und diese Person sind Sie dann. Klein-Dieti, der Junge, der immer artig sein wollte. Klein-Kölli, der ungezogene Junge, der etwas Verbotenes tat. Oder Klein-Dieti-Kölli, dem etwas Schlimmes angetan wurde.«

»Und warum nicht Klein-Molli, Klein-Transpi, Klein-Barri? Wenn schon infantil, dann konsequent.« Dietrich Kölling nahm sich ein Bier aus dem Kühlfach. »Verstanden habe ich Sie immer noch nicht. Hat das was mit Rollenspiel zu tun? Rollenspiel war doch mal sehr modern in der Idiotentherapie.«

»Nein, eine Rolle spielt man mehr oder minder bewußt. Wenn Sie etwas von mir wollen, spielen Sie den guten Onkel. Wenn Sie verschnupft sind, spielen Sie den Racheengel.«

»Dann bin ich der Racheengel«, stellte Dietrich Kölling richtig. »Aber um eines zu begreifen: Wenn man also eine solche Störung hat, dann ist man, wie die Gutachter immer so schön sagen, irgendwann einmal traumatisiert worden?«

»Ja.« Becker nickte.

»Aber das sind doch alle.« Dietrich Kölling schaute sich nach einem Tisch um, der frei war. »Jeder Jugendliche, der eine alte Frau vom Fahrrad schubst, ist bekanntlich das Opfer eines Traumas. Überhaupt geschehen Verbrechen nur aufgrund von frühkindlichen Traumata. Man setzt ein Baby zu früh auf den Topf, und schwups wird es zum Mörder. Warum hat Hitler denn die Juden ausgerottet? Weil er als Kind einen harten Stuhlgang hatte.«

»So stellt sich Klein Fritzchen die Psychoanalyse vor«, behauptete Becker. Dietrich Kölling wies auf einen Tisch am Fenster.

»Klein-Kölli auch«, sagte er. Wie ein Akrobat balancierte er sein Tablett einhändig über die Polizistenköpfe.

»Ich habe mir ein Buch bestellt«, gestand Becker, bevor er sich setzte.

»Ein Buch?«

»Ja. Über MPS. Das war gar nicht so einfach.«

»Und wer soll das bezahlen? Die unter der Armutsgrenze vegetierende Berliner Polizei vielleicht?« Dietrich Kölling schnupperte an seinem Fleisch. Das Steak roch wie ein Stück gewürzte Pappe und nicht wie die Hackbraten, mit denen ihn seine Mutter dereinst traumatisiert hatte. »Befassen Sie sich lieber mit Alejandro Gonzalez höchstselbst. Wir wissen, daß er zu grundlosen Aggressionen neigt. Daß er plötzlich ausflippt, auf Deutsch gesagt. Und daß er nicht nur einer ist, sondern mehrere, wie Sie mir gerade erklärt haben. Was bedeutet das für uns? Ist einer von denen, die er ist, zu einem Mord fähig? Und wenn ja, wann und warum? Ich meine, Irre brauchen keine Motive ... Nein, schon gut, Becker, ich weiß, auch Irre haben welche. Ganz tief innen drin schwelt ein Feuer, und ab und zu verbrennt sich jemand daran. Das steht alles in Büchern, aber der Fall Gonzalez nicht.«

»Wie gesagt, der behandelnde Arzt ...«

»Glauben Sie, daß der sich in die Karten gucken läßt? Ein Seelenklempner gehört auch zu den gesetzlich geschützten Geheimniskrämern. Nur weil in der Nähe eines Patienten zwei Morde geschehen sind, wird ihn niemand von seiner Schweigepflicht entbinden. Zumal ich annehme, daß in einer Stadt voller Irrer jeder Mord in der Nähe von Patienten passiert.«

»Und woher«, fragte Becker, »woher soll ich meine Informationen dann beziehen? Ich kann ja schlecht in die Praxis einbrechen.«

»Können schon.« Dietrich Kölling zersäbelte das Steak zu Gabelbissen. »In einer Demokratie sind solche Stasimethoden allerdings illegal. Und wer kann schon eine Arztklaue entziffern. Contusio cerebri.«

»Bitte?«

»Gehirnerschütterung. Solche Worte benutzen die Medizinmänner für eine vergleichsweise einfache Angelegenheit. Und nun stellen Sie sich das im nervösen Schreibstil eines überlasteten Kassenarztes vor. Da lesen Sie glatt Colibri heraus.« Dietrich Kölling feixte. »In diesem Sinne: Guten Appetit.«

DRITTES KAPITEL

1

Der Fürst hatte gerufen, alle Vasallen waren herbeigeeilt. Wenn der Chef aller Mordkommissionen zum außerordentlichen Appell blies, verhieß das selten etwas Gutes, von jenen Fällen abgesehen, daß ein Wechsel auf dem Gestühl des Polizeipräsidenten oder der LKA-Chefs verkündet werden mußte. Dietrich Kölling hatte schon mehrere Männer in den sogenannten Spitzenpositionen überstanden, und da sie ihn nie gestört hatten, waren sie ihm herzlich gleichgültig.

Der Oberrat erwartete seine Kommissariatsleiter am Konferenztisch und hatte einen Stapel Zeitungen vor sich. Für eine Presseschau war Dietrich Kölling eigentlich seine Zeit zu schade, aber mitunter reagierte die Polizeiführung empfindlich auf das Geschmiere der Journalisten und verteilte an den nächstbesten Sündenbock Ohrfeigen. Dietrich Kölling, auf alles gefaßt, nahm Platz im Windschatten der Hauptkommissarin Winterlich, die ihn um Haupteslänge überragte, allerdings nur halb so breit war. Überhaupt war Dietrich Kölling der mit Abstand Dickste, aber darunter litt er nicht mehr. Mit Diäten jedenfalls mochte er sich nicht kasteien, und auch Sport kam für ihn nicht in Frage; alle ihm bekannten Menschen, die sich mit Hungerkuren und Problemzonengymnastik gequält hatten, waren entweder nach einiger Zeit noch dicker geworden oder gestorben.

Dietrich Kölling klaubte seine Zigarettenschachtel aus der Jackentasche und schaute sich nach einem Ascher um. Ein Ascher war nicht da. Der Oberrat hatte also beschlossen, ihn zu foltern. Dietrich Kölling machte sich vorsorglich klein.

»Kollege Kölling«, begann der Oberrat. Die Winterlich atmete auf. »Halten Sie Tageszeitungen?«

»Ich habe es versucht«, sagte Dietrich Kölling und schaute sich hilfesuchend um. Niemand bedachte ihn mit einem aufmunternden Blick. »Ich habe es versucht, aber sie sind mir alle verhungert.«

»Ihre Fähigkeiten als Entertainer sind allgemein bekannt«, sagte der Oberrat und schlug eine der Gazetten auf. Es war die *tageszeitung*, die seit Jahren schon am Konkurs entlangschlitterte, aber die Menschheit bisher noch nicht damit beglückt hatte. Allgemein wurde sie alternativ genannt, und das machte sie ungenießbar. »In der *taz* wären Ihre Witzchen sicher gut aufgehoben. Leider steht mir der Sinn jedoch nicht nach Scherzen. Im Gegenteil. Darf ich zitieren? *Man fühlt sich an den Blutmai in der verendenden Weimarer Republik erinnert, wenn man sich die Bilanz der Polizeieinsätze in der zurückliegenden Woche anschaut. Nicht nur die üblichen Erfolgsmeldungen erfreuen das Herz, nicht nur die Zahl der Festnahmen konnte plangerecht gesteigert werden. Nein, diesmal hat die Deeskalation auch zwei Tote hinterlassen. Wir wollen nicht in das Horn der revolutionären DemonstrantInnen stoßen …* DemonstrantInnen mit großem I …, *aber wir fragen uns doch, warum die Ermittlungen so schleppend vorangehen. Nicht einmal die Tatwaffe konnte die emsig ermittelnde Kripo bisher finden.* Na, Kollege?«

»Das stimmt«, bestätigte Dietrich Kölling.

»Was stimmt?«

»Die Tatwaffe haben wir nicht gefunden. Oder die Tatwaffen.«

»Nicht einmal die seriösen Zeitungen können umhin, die eine oder andere Ungereimtheit zu konstatieren«, sagte der Oberrat. »Vor den Augen der Polizei werden zwei Jugendliche erstochen. Niemand sieht etwas. Der Tatort wird abgesperrt, es werden Verdächtige festgenommen. Trotzdem ... Ich lese noch etwas vor. Aus dem *Tagesspiegel. Das ist wie der vertrackte Fall aus der Kriminalliteratur: In einem geschlossenen Raum wird ein Mord begangen. Niemand konnte den Raum verlassen. Nur der Täter mit seinem Mordwerkzeug.*«

»Geschlossener Raum«, Dietrich Kölling schüttelte den Kopf, »das ist Unfug. Wer sich eine Vorstellung von dem Tohuwabohu machen kann, das an den Tatorten geherrscht hat, der würde so etwas nicht schreiben. Natürlich konnte der Täter überall hindurchschlüpfen. Wenn jemand in einer Tränengaswolke töten kann, erleichtert ihm der Nebel zweifellos das Geschäft.«

»Moment.« Der Oberrat hob die Hände. »Im Fall eins wurden neun Jugendliche festgenommen und durchsucht. Waffen wurden zwar gefunden, aber nicht die fragliche. Wie erklären Sie sich das?«

»Was halten Sie von der einfachsten Erklärung? Keiner von ihnen war es.«

»Ist die Umgebung gründlich untersucht worden?« fragte der Oberrat.

»Im Rahmen der Möglichkeiten«, sagte Dietrich Kölling.

»Im Rahmen der Möglichkeiten«, wiederholte der Oberrat sarkastisch. »Gründlich also nicht.«

»Waren Sie jemals bei diesen ... bei diesen bürgerkriegsähnlichen Auseinandersetzungen dabei? Das war kein normaler Tatort. Auch im Fall Nummer zwei nicht. Ich hatte veranlaßt, daß alle Personen gefilzt werden, die sich in der Nähe des Opfers aufhielten. Alle Demonstranten, sogar alle

Einsatzkräfte. Aber wie? Wer hätte das tun sollen? Die nämlichen Einsatzkräfte selbst? Und bevor wir überhaupt handeln konnten, wurden wir von den Demonstranten überrannt. Was ich davon hatte, wissen Sie. Eine Gehirnerschütterung.«

»Ja, das ist bedauerlich«, bestätigte der Oberrat halbherzig.

»Kann man sagen«, mischte sich die Winterlich plötzlich ein, »daß das Aufwallen des Hasses unter den Demonstranten für den Täter gerade rechtzeitig kam?«

»So ist es«, sagte Dietrich Kölling.

»Sieht nach einer perfekten Inszenierung aus, oder?« wollte die Hauptkommissarin wissen.

»Daran glaube ich nicht«, widersprach Dietrich Kölling. »Da müßte schon ein Halbgott Regie geführt haben. Und Sie wissen doch, Perfektion ist leicht durchschaubar. Nein, dem Täter oder den Tätern hat gerade das Unorganisierte und Chaotische in die Hände gespielt. Falls sie nicht ganz und gar spontan gehandelt haben.«

»Kann ich mir nicht vorstellen«, meinte der Oberrat. »Wenn man spontan handelt, ist man erschrocken über sich selbst und haut die Tatwaffe sonstwohin. Und Spontaneität in zwei Fällen?«

»Erstens«, entgegnete Dietrich Kölling, »wäre es gut möglich, daß wir die Waffe deshalb nicht finden konnten, weil sie sonstwohin gehauen wurde. Und zweitens, mitunter zieht ein spontan begangenes Verbrechen ein geplantes nach sich.«

»Alles richtig«, sagte der Oberrat, »und alles Spekulation.«

»Ich frage mich«, sagte Dietrich Kölling, der zum Ende kommen wollte, weil ihm die Lunge pfiff, »warum wir diese Angelegenheit im großen Kreis besprechen müssen.«

»Ganz einfach.« Der Oberrat wies in die Runde. »Wir bilden eine Sonderkommission unter Ihrer Leitung. Jedes Kommissariat stellt zwei Mitarbeiter für Sie ab.«

»Dann komme ich ja gar nicht mehr vom Schreibtisch weg«, rief Dietrich Kölling voller Entsetzen.

»Aber Herr Kölling«, der Oberrat klopfte sich vor den Bug, »Sie bewegen sich doch sowieso nicht gern.«

2

Dietrich Kölling bewegte sich. Er nutzte allerdings die Vorzüge der modernen Welt, sich im Sitzen fortbewegen zu können, und raste in einem verdreckten Dienstwagen nach Ostberlin. Eigentlich hätte er anderes zu tun gehabt: Die neuen Mitarbeiter der Sonderkommission waren in den Fall und ihre Aufgaben einzuweisen, aber zuvor hätten diese Aufgaben geplant werden müssen. Dietrich Kölling hatte weder Lust, Dienstpläne zu entwerfen, noch darauf, Vorträge zu halten. Er raste lieber. Das war nicht einfach in einer Stadt, die von idiotischen Verkehrsplanern regiert wurde, deren Straßen daher an allen Ecken und Enden aufgerissen und ständig verstopft waren. Überhaupt hatte Dietrich Kölling den Eindruck, es in seinem Beruf nicht mehr nur mit vereinzelten Wahnsinnigen zu tun zu haben, sondern mit einer komplett durchgedrehten asiatischen Metropole. Wahrscheinlich gab es zu viele Verlierer, die sich dadurch Aufmerksamkeit zu verschaffen suchten, daß sie verrückt spielten und alten Kriminalkommissaren das Leben schwer machten: schlechtbezahlte Redakteure von alternativen Gossenblättchen, traumatisierte Hauptschüler, die sich mit ihrem Abgangszeugnis zugleich den Totenschein in die

Tasche steckten, mental gestörte Jugendliche, die Polizisten mit Steinen bewarfen und das Revolution nannten, vom Sozialhilfebetrug lebende Ausländer, die ihre Deklassierung dadurch wettmachten, daß sie an jeder Kreuzung mit dem Gaspedal spielten wie mit einem Schwanz. Dietrich Kölling hatte gerade einen Vertreter dieser Gattung neben sich und war drauf und dran, ihn mit einer häßlichen Geste herauszufordern, ließ es aber bleiben. Seitdem die Deutschen wieder überall auf der Welt als Rassisten galten, konnte man mit Ausländern überhaupt nicht mehr umgehen: Sie weigerten sich standhaft, auch nur eine Spielregel ihrer Gastgeber anzuerkennen, nannten das ihre Kultur und waren über jeden Zweifel erhaben. Nur noch mit leiser Stimme wagte der Polizeipräsident bei der Vorstellung der jährlichen Kriminalitätsstatistik darauf einzugehen, daß es auch gelegentlich ein paar nichtdeutsche Straftäter gab, was man aber keineswegs irgendwie interpretieren dürfe und was sowieso nichts bedeute. Jugoslawen, die nicht mehr Jugoslawen hießen, richteten ihre unmündigen Kinder zum Taschendiebstahl ab, aber wer darin etwas anderes sah als eine Bereicherung des kulturellen Lebens, wurde mit dem Hinweis auf Auschwitz mundtot gemacht. Wahrscheinlich gab es nur noch eine Lösung: Deutschland zur geschlossenen Abteilung einer psychiatrischen Klinik zu erklären und die Kriminalpolizisten zu Psychiatern zu qualifizieren. Hauptkommissare würden dann als Chefärzte in weißen Kitteln durch die Städte schweben, nach den frühkindlichen Traumata in der Volksseele forschen, Beruhigungsmittel verordnen und einmal im Jahr vor der EU-Kommission in einem Gutachten darlegen, daß es um die Heilungsaussichten schlecht stünde. Am Ende bliebe dann nur noch die Notschlachtung. So neu war diese Idee ja nicht.

Dietrich Kölling legte den ersten Gang ein, ließ die Kupplung kommen und gab Gas. Er war kein guter Autofahrer, der Wagen machte einen Satz nach vorn, aber das war ihm gleichgültig. Schon daß er auf das Brandenburger Tor zu fuhr, regte ihn auf. Wie jedes gewöhnliche Bauwerk war auch dieses Tor aus Stein errichtet worden, aber es war dermaßen zum Symbol mutiert, daß man es als Tor nicht mehr benutzen durfte und es umfahren mußte, und da fragte es sich natürlich, warum es überhaupt als Tor errichtet worden war und nicht als Säule oder Gruft.

Dietrich Kölling folgte den vorgeschriebenen Wegen und fand sich auf einem Bauplatz wieder. Der Potsdamer Platz sollte die größte Baustelle Europas sein, aber das genoß Dietrich Kölling mit Vorsicht wie jeden Superlativ, schließlich hatte er schon oft die Berge kreißen gesehen, und entbunden hatten sie bloß eine Maus. Wenn man sich die Pläne der Architekten ansah, erkannte man, daß auch sie sich von Sinn und Zweck verabschiedet hatten, aber sie hatten immerhin ein Ziel. Dietrich Kölling wurde, je näher seine Pensionierung rückte, zunehmend bewußt, daß ihm die Ziele abhanden gekommen waren. Die Staatsrente war kein solches. Noch hatte er ein paar Jahre Zeit, aber irgendwann würde er sich vorstellen müssen, wie er den Ruhestand verbringen wollte; er wußte es nicht. Er hatte gespart, nicht üppig, aber genug, um sich den Rentnertraum einer Weltreise zu erfüllen, aber die Welt interessierte ihn nur mäßig; wenn er sich Armut und Elend anschauen wollte, brauchte er nur in seinen Akten zu stöbern, Wolkenkratzer und Palmenstrände, buddhistische Tempel und exotische Tiere kannte er aus dem Fernsehen, auf einem Schiff würde er garantiert seekrank werden, Fliegen war langweilig, in Eisenbahnabteilen fühlte er sich eingeengt, und die Einsamkeit ferner Inseln konnte er gut und gern in seinen vier Wänden genießen. Eine große, romantische Altersliebe, das wäre natürlich etwas. Verliebt hatte er sich schon. Er gab es nicht gern zu, nicht einmal vor sich selbst; weil es keinen Sinn hatte, keinen Zweck.

3

»Oh, entschuldigen Sie«, sagte Frau Donath und fuhr sich verlegen durch ihr Haar, das trotz der späten Vormittagsstunde noch unfrisiert war. »Sie haben sich nicht angemeldet.« Das war kein Vorwurf, eher eine Bitte um Nachsicht.

»Natürlich, ich hätte mich anmelden sollen«, erklärte Dietrich Kölling schuldbewußt und schaute der Frau direkt in die Augen. Sie wich seinem Blick nicht aus. »Der Grund meines Kommens ist übrigens, daß ich mir das Zimmer Ihres Sohnes anschauen möchte.«

»Wenn es notwendig ist«, sagte Frau Donath und bedeutete Dietrich Kölling mit einer Geste, daß er eintreten möge. Sie führte Dietrich Kölling zu einer Tür, auf der eine weiße Papptafel mit der Aufschrift *Don't disturb!!!* klebte. Frau Donath öffnete sie, und Dietrich Kölling betrat Michaels früheres Reich.

Der Raum war nicht sehr groß und wirkte trotz sparsamer Möblierung vollgestellt; Dietrich Kölling wußte von Becker, der aus dem Osten stammte, daß man solche Räume in der DDR eine Zeitlang halbe Zimmer genannt hatte. Die Liege links hinter der Tür stammte garantiert aus DDR-Produktion, und der gelbbraun melierte Stoff war ein wenig verschossen. Über der Liege hingen Bücherregale an der Wand. Dietrich Kölling überflog die Titel. Neben den Schulbüchern befanden sich jene Werke, die man seit einigen Generationen in der Jugend zu lesen pflegte, falls man überhaupt noch las: *Der Fänger im Roggen* von Salinger, *Unter-*

wegs von Jack Kerouac. Ein paar Titel von Jack London und Karl May gehörten zur Bibliothek fast jedes Jungen und mittlerweile wohl auch die *Startrek*-Paperbacks. Eines der Bücher war ein amerikanisches Original, es hieß *The Entropy Effect*; Dietrich Kölling nahm es zur Hand und blätterte darin.

»Ihr Sohn konnte das lesen?« fragte er.

»Er hat es sich vorgenommen«, sagte Frau Donath. »Michi hatte ein Faible für Fremdsprachen. Besser gesagt, er träumte davon, später einmal im Ausland zu arbeiten, und da braucht man schließlich ein paar Sprachkenntnisse. Leicht gefallen ist ihm das Lernen nicht. Die Grammatik, wissen Sie? Die Syntax.«

»Er wollte im Ausland arbeiten?« Dietrich Kölling wandte sich dem Schreibtisch unter dem Fenster zu.

»Ja. Er hat immer gesagt, daß er es in Deutschland nicht lange aushalten würde. Alles würde immer schlimmer werden.«

»Nun ja«, meinte Dietrich Kölling und zog die Schubladen auf, »alles wird überall immer schlimmer. Und zwar seit zweitausend Jahren.« Die Schubladen enthielten Schulmaterialien. Dietrich Kölling schaute sie flüchtig durch. Im Biologiehefter fand er dort, wo sich Michael Donath den Menstruationszyklus notiert hatte, das *Antifa Jugendinfo* der Edelweißpiraten. Die Frau bemerkte es.

»Michael war sehr engagiert in diesen Gruppen«, erklärte sie. »Gegen rechts, Sie wissen schon. Gegen Faschismus und Rassismus. Er meinte auch, daß in Deutschland die Schere zwischen arm und reich immer größer wird. Deshalb wollte er fort.«

»Aber wohin, Frau Donath?« Dietrich Kölling drehte sich abrupt zu ihr um. »Wo wird die Schere zwischen arm und reich nicht immer größer?«

»Er war eben noch sehr jung«, sagte Frau Donath mit Tränen in den Augen. Dietrich Kölling widmete sich, peinlich berührt, dem Schrank, an dessen Türen zwei Poster gepinnt waren. *Galaxy Punk forever alive*, verkündete das eine, auf dem ein extraterrestrisches Wesen mit Irokesenschnitt auf einer riesigen Zunge Gitarre spielte, während das zweite, für Dietrich Köllings Geschmack kulturvollere Plakat für eine Edvard-Munch-Ausstellung warb, natürlich mit dessen Gemälde *Der Schrei*. »Ich war ja nicht mit allem einverstanden, was Michi getrieben hat, aber mir war es immer lieber, daß er sich als Linker begriff. Daß er gegen den Kapitalismus war, der uns übergestülpt wurde.«

»Mhm«, brummte Dietrich Kölling bloß und untersuchte den Schrankinhalt. Er enthielt das, was man gemeinhin Streetwear nannte und was ein alter Kriminalkommissar nicht mehr tragen konnte, ohne sich lächerlich zu machen: eine violette und eine grüne Bomberjacke, Kapuzenshirts verschiedener Couleurs, T- und Sweatshirts, bei deren Anblick sich Dietrich Kölling fragte, ob die jungen Leute überhaupt wußten, wozu man diese Schweißhemden ursprünglich erfunden hatte, zwei Paar Jeans, diverse weiße Socken und eine Sammlung von Turnschuhen in verschiedenen Stadien der Verschmutzung. Aber auch für besondere Anlässe hatte Michael Donath Kleidung parat, ein weinrotes Seidenhemd nämlich, eine schwarze Stoffhose mit Aufschlag und ein schwarzes Sakko, Relikte seiner Konfirmation vermutlich oder seiner Jugendweihe; die Ostjugendlichen zogen diese befremdliche Einrichtung den kirchlichen Initiationsritualen vor, die Dietrich Kölling über sich hatte ergehen lassen müssen, ohne damit zum rechten Glauben gefunden zu haben. Dietrich Kölling filzte alle Taschen.

»Sie hören das nicht gern, nicht wahr?« stellte Frau Donath fest.

»Was? Die Überstülpungstheorie? Ehrlich gesagt, nein.« In der Innentasche einer der Bomberjacken stieß er auf einen Gegenstand aus Glas. »Ihre Landsleute sind für den Kapitalismus auf die Straße gegangen, nun dürfen Sie sich nicht wundern, daß sich der Kapitalismus kapitalistisch gebärdet. Oder haben Sie früher nie etwas von Arbeitsplatzkonkurrenz gehört? Nichts vom Wettbewerb, nichts von Konkursen, nichts von Rationalisierung? Soziale Marktwirtschaft, nicht wahr? Alle haben nur das Wörtchen sozial zur Kenntnis genommen, niemand wollte an die gnadenlosen Regularien des Marktes denken. Angebot und Nachfrage, Frau Donath. Es gibt ein Überangebot an Arbeitskraft, aber keine Nachfrage. Das ist der Markt. Und den haben Sie alle gewollt.« Der Gegenstand war eine kleine Wasserpfeife.

»Was ist denn das?« wollte Frau Donath wissen.

»Damit raucht man Drogen«, sagte Dietrich Kölling.

»Drogen? Aber ... Das glaube ich nicht.«

»Viele Eltern bekommen nicht mit, wenn ihre Kinder kiffen«, meinte Dietrich Kölling. »Wobei, man sieht es eigentlich. An den Augen. An den vergrößerten Pupillen. An einem unnatürlichen Glanz.«

»Daß er Bier getrunken hat und rauchte, habe ich gewußt. Und es war nicht leicht, dagegen etwas zu unternehmen. Mein Mann raucht selbst, und wenn er nach einem harten Tag nach Hause kommt, trinkt er seine zwei, drei Flaschen Bier. Wie sollte ich es Michi da ausreden?«

»Zumal seine Freunde ja auch trinken und rauchen, wie ich annehme«, bemühte sich Dietrich Kölling, einen kleinen Trost zu spenden. Zwischen den Socken förderte er ein Sparbuch und ein Röhrchen Aspirin zutage. Frau Donath nahm die Wasserpfeife in die Hand.

»Es ist schon seltsam«, sagte sie leise.

»Was?« wollte Dietrich Kölling wissen.

»Daß man als Mutter ... wider besseres Wissen ... daß man seine Liebe nicht gleichmäßig verteilen kann. Keiner gibt es gern zu, aber für drei Kinder ist manchmal nicht genug Platz. Dort, wo die Liebe sitzt, meine ich. Ob es nun im Herzen ist oder in der Nebennierenrinde. Verstehen Sie mich? Man verlangt von Müttern, daß sie jedes ihrer Kinder gleich behandeln. Daß man seine Zuneigung wie eine Torte in gleichgroße Stücke schneidet. Normalerweise ist es ja so, daß immer das jüngste Kind die meiste Aufmerksamkeit erfährt, weil man sich sagt, es hat am meisten nötig. Aber bei mir ... Und es ist nicht nur deshalb, weil er jetzt weg ist ... Ich habe Michael am meisten geliebt. Er ist ja mein erstes Kind.«

»Das Herz ist es sicher nicht«, meinte Dietrich Kölling, weil ihm nichts Besseres einfiel, und es kam ihm ziemlich grob und einfältig vor, »das ist bloß ein Muskel. Aber die Nebennierenrinde? Ich weiß nicht, es ist womöglich mehr als nur Biochemie. Und eigentlich ist es ganz egal, wo es sitzt. Man spürt schließlich, daß es irgendwo sein muß, oder?« Viertausendzweihundert Mark hatte Michael Donath auf seinem Konto. Vor drei Wochen waren es noch sechstausend gewesen. Und die Pillen in dem Röhrchen waren kein Aspirin. »Hat sich Ihr Sohn vor kurzem etwas Größeres angeschafft?«

Frau Donath schüttelte den Kopf.

»Wenn er abends und nachts mit seinen Freunden unterwegs war, wohin ist er eigentlich gegangen?«

Frau Donath zuckte die Schultern.

»Kennen Sie das *Côte d'Or*?«

»Nein«, sagte Frau Donath.

4

»Nein«, sagte der junge Mann, schüttelte den Kopf und zuckte die Schultern. Er war glattgeschoren bis auf einen breiten Streifen auf der rechten Seite des Schädels, aus dem ein kunstfertiger Friseur ein *More Sex* herausgearbeitet hatte.

Das *Côte d'Or* war zu dieser Stunde noch geschlossen, aber der junge Mann hatte schon eine verantwortungsvolle Tätigkeit zu erledigen, die darin bestand, leere Colakästen in einen Nebenraum zu verfrachten. Dietrich Kölling ließ die Fotos von Michael Donath und Martin Hamann noch auf dem Tresen liegen, zündete sich eine Zigarette an und ließ das Ambiente der Diskothek auf sich wirken. Vermutlich war das *Côte d'Or* einst die Kantine eines sozialistischen Großbetriebs gewesen, der man mit ein paar Holzmasken und einigen Graffiti, die Rapper unter Palmen darstellten, einen unzweifelhaft afrikanischen Charme eingehaucht hatte, während Fischernetze unter der Decke das Maritime der Goldküste betonten. Dietrich Kölling verzog das Gesicht und wandte sich wieder dem schwer schuftenden jungen Mann zu.

»Die beiden waren oft Gäste Ihres ... Ihres Etablissements«, sagte er.

»Mag sein.« Das Bürschchen, das mehr Sex wollte, atmete schwer. »Wir haben an den Wochenenden bis zu vierhundert Gäste. Und wenn einmal im Monat *DJ Barbar* die Platten auflegt, ist es noch voller.«

»Wer ist das?« wollte Dietrich Kölling wissen.

»DJ Barbar? Das ist der Kult-DJ der Saison. Die Mädchen kriegen nasse Höschen, wenn der losrappt, und den Knaben wächst ein Riesenständer.«

»Ist wohl eine Goldgrube, die Goldküste, was?«

»Ich bin bloß Angestellter«, meinte der junge Mann, »die Kohle scheffeln die Gesellschafter. Die *BlueHour gGmbH*, falls Ihnen das was sagt. Die betreibt noch zwei andere Schuppen im Osten.«

»Und warum ist sie gemeinnützig?«

»Das begreift kein Mensch, nicht mal das Finanzamt. Also die *BlueHour*, die auch BH genannt wird, inoffiziell, also die gehört zum *Verein Netzwerk CultOst*, und das ist so 'ne Art Eintopf, ja? Die machen alles Mögliche, wenn es nur Fördergelder einspielt. Eine Medienwerkstatt, ein Mädchenprojekt, was für die Wiedereingliederung von jugendlichen Straftätern, eine Arbeitslosenhilfsorganisation und ein Kindertheater. Die Diskos sind ihr Wirtschaftsbetrieb. Werden eben bloß junge Bösewichter und Arbeitslose beschäftigt, ist also 'ne höhere Form von Sozialarbeit.«

»Sind Sie auch ein junger Bösewicht?« erkundigte sich Dietrich Kölling.

»Klar«, sagte der Kistenträger und grinste. »Ich bin ein Mörder.«

»Darauf scheinen Sie auch noch stolz zu sein«, stellte Dietrich Kölling fest.

»Und ob. Ich habe jemanden abgestochen, der es verdient hat.«

»Verraten Sie mir, wer das war?«

»Meine Mutter«, sagte der junge Mann. Dietrich Kölling ließ vor Schreck seine Zigarette fallen.

5

Die Oberkommissarin Blissow hatte schon unter verschiedenen Chefs gedient, aber solche diffizilen Gemeinheiten wie Dietrich Kölling hatte sich keiner von ihnen ausgedacht.

Er hätte auch Becker oder einen anderen Mitarbeiter an das Erste Gymnasium schicken können, um Erkundigungen über diese jugendliche Rasselbande einzuziehen, aber natürlich hatte er die Blissow damit beauftragt; er wußte schließlich, daß sie diese supercoolen Typen mitsamt ihren Basecaps und Markenturnschuhen, ihrem pubertären Gehabe und ihren blöden Sprüchen in den hintersten Winkel des Universums wünschte. Becker hatte Kinder, er war prädestiniert für den sensiblen und verständnisvollen Umgang mit Halbstarken. Die Blissow hatte einen Geliebten, der nicht dreißig werden konnte, und damit war ihr Bedarf an Kinderkrankheiten gedeckt. Auch Hajota wäre geeignet gewesen, der hätte sich in die hübschen Burschen verlieben können, aber er war ja auf Schule. Die Blissow warf mit Schwung die Autotür zu.

Als man einst damit begonnen hatte, Gymnasien einzurichten, war dies mit dem Ziel geschehen, die gesellschaftliche Elite auf ihre künftige Verantwortung vorzubereiten, jene Elite, zu der auch sie sich zählte. Wenn sie schon tagtäglich durch den Sumpf stapfen mußte, wollte sie zumindest selbstbewußt den Kopf erheben können über all das selbstverschuldete oder vom Schicksal verordnete Elend. Mittlerweile genügte es jedoch, seinen Namen buchstabieren zu können, um eine Zulassung für das Abitur zu erhalten. Jeder Tropf besuchte das Gymnasium, unzählige Minderbemittelte stürmten die Hochschulen. Einst hatten gebildete Menschen die Universitäten verlassen, Menschen wie Professor Reginald Blissow, der nicht nur Generationen von Physikern ausgebildet hatte, sondern die gesamte Weltliteratur auswendig kannte und sich mittlerweile verbittert aus dem Lehrbetrieb zurückgezogen hatte. Ihren Vater hatte die Blissow lange nicht mehr besucht, obwohl sie doch in derselben Stadt wohnte, und sie nahm sich vor, ihn am Abend zumindest anzurufen.

Auf den ersten Blick machte das Schulgelände einen verlassenen Eindruck, aber wenn man genauer hinschaute, konnte man in den Klassenzimmern des Parterre die in Reih' und Glied sitzenden Schüler erkennen. Mißmutig und mit spitzen Fingern öffnete die Blissow die Schulpforte, und der übliche Geruch nach Bohnerwachs und kaltem Essen schlug ihr entgegen.

Ein Pfeil wies ihr den Weg zum Lehrerzimmer. Sie erklomm eine Treppe, deren Wände mit Schülerzeichnungen dekoriert worden waren, durchschritt einen Flur und blieb vor einer Aushängetafel stehen. Sie war offenbar von Schülern gestaltet worden, denn die Bildunterschriften und der auf liniertem Papier niedergeschriebene Artikel zeugten von einer noch ungefestigten Handschrift. *Drogen und Drogenmißbrauch* lautete das Thema. Unter dem allbekannten Foto eines Armes, in den eine Spritze gestochen wurde, hatte jemand mit roter Tinte die Drogen notiert und ihre Wirkung beschrieben. Den Anfang machte der Alkohol. Auch das Nikotin wurde aufgezählt. Nikotin war keine Droge. Die Blissow, die selbst rauchte, schüttelte den Kopf. In dem Augenblick schrillte die Schulglocke.

Es verging keine Minute, da wurden mehrere Türen aufgestoßen, und die jugendliche Brut ergoß sich lärmend in den Flur. Es waren noch Kinder, Siebt- oder Achtklässler, und die Blissow flüchtete sich ins Lehrerzimmer. Dort saß ein großer, breiter und bärtiger Mann in einem verfilzten blauen Pullover über Heften und einer Tasse Kaffee.

»Bitte?« fragte er.

»Ich suche Herrn Koller.«

»Frau Blissow?«

»Ja.«

»Bitte, nehmen Sie Platz.« Herr Koller wies auf einen Stuhl neben sich. Bevor die Blissow sich setzen konnte, betraten weitere Lehrer den Raum, vor allem Frauen. Wahrscheinlich angesteckt von ihren Schülern, schwatzten sie laut miteinander. Die Blissow trat ans Fenster und warf einen Blick auf den Schulhof. Die kleineren Schüler stürmten durch das Tor auf die Straße, die größeren folgten ihnen gemächlicheren Schrittes. Drei Jungen, um die sechzehn, siebzehn Jahre alt, standen auf der Raucherinsel zusammen, und einer ließ eine Schachtel herumgehen. Es war Ronny Breuer. Die Blissow winkte Herrn Koller zu sich.

»Warum ich hier bin, wissen Sie sicher«, begann sie. »Und bevor Sie mir kondolieren … Das ist nicht notwendig. Sie kennen als Klassenleiter doch sicher die Freunde von Donath? Zum Beispiel den da?« Die Blissow wies zur Raucherinsel. Mittlerweile war am Zaun ein junger Mann aufgetaucht, der sich durch Winken Aufmerksamkeit zu verschaffen suchte.

»Ronald Breuer?« fragte Koller. »Ja, die beiden waren wohl befreundet. Es heißt, sie seien die größten Kiffer der Schule … gewesen. Aber was ich nicht weiß, macht mich nicht heiß.«

Nach einer Weile nahmen die Raucher den Winkenden wahr, und Ronny Breuer machte ihm ein Zeichen. Er trat seine Zigarette aus und näherte sich dem Zaun. Die Blissow starrte gebannt auf den Kopf des jungen Mannes. Er war kahl bis auf einen Haarstreifen auf einer Seite.

»Erzählen Sie mir, was Sie heiß machte«, bat die Blissow. Der junge Mann redete auf Breuer ein, der abwehrend die Hände hob.

»Die Leistungen«, sagte Koller. Er war eben ein Pauker. »Ronald dürfte auch für die Polizei kein unbeschriebenes Blatt sein, aber die Schule ist ja keine moralische Anstalt mehr wie in der DDR. Wegen seiner Vorstrafe können wir ihn schlecht feuern. Und was seine Leistungen betrifft: Er schlittert immer ein paar Millimeter an der Relegierung vorbei. Wenn es nach uns ginge ... Die Eltern sind vehement dagegen. Notfalls wehren sie sich mit denunziatorischen Schreiben ans Landesschulamt.«

»Dummheit ist kein Haftgrund«, meinte die Blissow. Breuer und der junge Mann debattierten noch immer. »Ist Ihnen eigentlich bekannt, daß sich Breuer und Donath auch politisch betätigen?«

»Na ja«, sagte Koller gedehnt. »Sie meinen, weil die sich manchmal solche Aufnäher auf die Jacken machen? Zerschlagt Nazis, und solche Sachen?«

»Bei Aufnähern ist es nicht geblieben.«

»Donath hat mal eine Erörterung zu einem freien Thema geschrieben. Über Hausbesetzer. Er schien sich gut auszukennen.«

»Woher?«

»Das habe ich nicht gefragt. Ich glaube aber, er war dabei, als in der Kreutziger Straße gegen die Räumung eines Abenteuerspielplatzes gekämpft wurde. Und bei der Verteidigung von besetzten Häusern ist er wohl auch dabeigewesen. Mit Breuer. Man hört so einiges, aber nichts Genaues weiß man nicht.«

»Was hört man außerdem?« Breuer und der junge Mann mit der seltsamen Frisur schienen sich geeinigt zu haben. Sie gaben sich über den Zaun hinweg die Hand, der Mann machte sich auf den Weg zu einem dunkelblauen Volvo, Breuer begab sich zum Tor.

»Häßliche Gerüchte«, sagte Koller.

»Welcher Art?«

»Ich möchte sie nicht kolportieren.«

»Welcher Art?« Die Blissow war sprungbereit.

»Breuer ist angeblich schwul«, sagte Koller. Die Blissow lief aus dem Zimmer.

6

Die Gemeinschaftspraxis für Psychiatrie und Psychotherapie der Doctores Ingeborg und Jens-Uwe Marx befand sich im Lichtenberger Nibelungenviertel, einem Wohngebiet, das an drei Seiten von Industrie- und Bahnanlagen begrenzt wurde und auf Becker einen abgeschiedenen und ruhigen Eindruck machte. Das Haus in der Hagenstraße, errichtet in der Wohnbauarchitektur der späten zwanziger und frühen dreißiger Jahre, präsentierte sich noch in seinem Vorkriegsputz, aber es wurde bereits eingerüstet, vermutlich um ihm einen Anstrich in den Bonbonfarben zu verpassen, die den Charakter der Gebäude verdarben, aber offenbar den westlichen Standard bildeten. Einige Häuser in der Umgebung hatten schon dran glauben müssen. Sie waren frisch renoviert und sahen nicht mehr wie Häuser aus, die Geschichten zu erzählen hatten.

Auch die Praxisräume im Hochparterre schwankten unentschieden zwischen dem alten Sprelacart-Charme der DDR und dem hygienisch hellgrauen Ambiente einer Gesellschaft, in der man sich wegen des Infektionsrisikos nur ungern die Hand gab. Hinter dem ultramodernen Anmeldetresen blinzelte Becker ein Computerdisplay an, aber keine Sprechstundenhilfe, die genoppte graue Auslegeware roch noch nach Teppichmarkt, doch die Stühle und Tische im Wartezimmer gehörten einer verflossenen Ära an. Becker, der angemeldet war, faßte sich in Geduld und studierte die Sprüche, mit denen die Seelenklempner ihre Patienten aufzumuntern suchten und bei denen es sich womöglich um die Lösungsworte von Kreuzworträtseln handelte. *Der Preis der Größe ist Verantwortung*, war da zu lesen, aber auch ein gewisser Marmontel wurde zitiert. *Où peut-on être mieux qu'au sein de sa famille?* lautete seine Frage, und für die weniger Gebildeten wie Becker war gleich die Übersetzung hinzugefügt: Wo kann man besser aufgehoben sein als im Schoße der Familie? 1769 hatte dieser Mann das wissen wollen.

Becker schaute sich die beiden Patienten im Wartezimmer an. Eine dicke Frau mit Wasser in den Beinen hielt sich ängstlich an ihrer Handtasche fest und starrte auf den Teppich, während der vielleicht dreißigjährige Mann, der ihr gegenübersaß, gar nicht den Eindruck machte, bekloppt zu sein. In seinem dunkelblauen Anzug sah er aus wie ein Versicherungsvertreter im besten Lebensalter, der selbst an schweren Ödemen leidenden Frauen Versicherungen gegen Flutwellen aufschwatzte, obwohl die das Wort Wasser bestimmt nicht mehr hören konnten. Seine braunen Augen waren vollkommen ausdruckslos, sein Vertretergesicht nichtssagend. Vielleicht litt er darunter.

Ob diese beiden Menschen im Schoße einer Familie gut aufgehoben waren, wußte Becker nicht; er jedenfalls war es. Er erfüllte seine Berufspflichten und mochte seine Arbeit zu einem gewissen Grade, aber seine Frau und die beiden Kinder waren sein Heiligtum. Becker machte sich Sorgen um sie. Fast fünf Jahre arbeitete er nun schon in Berlin, aber seine Familie war ihm erst vor knapp zwei Jahren aus Leipzig gefolgt; so lange hatte es gedauert, bis Becker eine geeignete Wohnung, vor allem aber, bis seine Frau einen Job in der Hauptstadt gefunden hatte. Becker hatte sich an Berlin gewöhnt, seine Frau hatte sich in ihre Arbeit beim Bezirksamt Neukölln eingefuchst, aber Tochter und Sohn kamen immer noch nicht zurecht. Fast ständig mußte sich Becker den Vorwurf anhören, eine Wohnung im Westteil der Stadt angemietet und seine Kinder auf diese Weise gezwungen zu haben, ein Westberliner Gymnasium zu besuchen. Dort wurden sie wegen ihres sächsischen Idioms behandelt wie Ausländer, und schlimmer noch. Jedermann machte sich über sie lustig, sie hatten keine Freunde, und obwohl sie sich in ihrer Kleidung vollkommen angepaßt hatten, behaupteten ihre Mitschüler, man würde in ihnen das Provinzgewächs aus dem Osten erkennen. Vielleicht übertrieben Mark und Lilo, um ihren Wunsch zu rechtfertigen, umgehend nach Leipzig zurückzuziehen, aber ein Körnchen Wahrheit steckte sicher auch darin.

Ingeborg und Jens-Uwe Marx konnten sich doch eine Sprechstundenhilfe leisten, und sie erschien an ihrem Terminal, um Becker abzufertigen. Der Oberkommissar präsentierte ihr seinen Dienstausweis.

»Ach, Sie sind's«, meinte die junge, weißbekittelte Frau mit der Ausstrahlung einer Oberschülerin. »Komisch.« Sie blickte den Ausweis weiterhin an.

»Naja, ist nicht das neueste Foto«, bekannte Becker.

»Nicht deshalb. Aber Ihr Ausweis ist ja rot.«

»Wie sollte er denn Ihrer Meinung nach sein?« wollte Becker wissen.

»Ich dachte ... Grün, dachte ich.«

»Nein«, Becker lachte, »weil Polizeiuniformen grün sind, müssen es doch die Ausweise nicht sein.«

»Und dann, die Kripo, die hat doch immer solche Marken, oder?«

»Sie meinen die Kriminaldienstmarke? Nun, wenn es Ihnen Spaß macht ... Schauen Sie, hier. Das ist die Marke, und da ist eine Nummer drauf. Die Dienstmarkennummer. Und die finden Sie auch auf dem Ausweis. Ich bin also echt.«

Die Anwesenheit eines Kriminalbeamten löste im Warteraum einige Bewegung aus. Der Versicherungsvertreter war käseweiß geworden und überprüfte seine Bügelfalten, während die Frau ihre Tasche noch fester hielt. Offenbar erzeugte Becker kein Gefühl der Sicherheit, sondern eines der Bedrohung.

»Was haben die beiden eigentlich?« erkundigte er sich.

»Das darf ich nicht sagen«, beschied ihm die Gehilfin.

Becker wurde zu Doktor Jens-Uwe gebeten, denn er war der Arzt, der Alejandro Gonzalez behandelte. Sein Sprechzimmer sah nicht nach einem Ordinationszimmer aus, sondern wie die Bibliothek eines gutbürgerlichen Haushalts; allerdings sah man den Möbeln an, daß sie den Stil nur vormachten und aus Spanplatten bestanden, denen man ein Furnier aufgeklebt hatte. Becker hatte mit einer Couch gerechnet, und eine Couch war tatsächlich da. Zum Liegen war sie jedoch nicht gedacht. Die Patienten sollten einfach entspannt dasitzen und sich ihre Not von der Seele reden. Becker streckte seine Hand nach Doktor Marx aus. Doktor Marx erhob sich aus seinem Sessel und ergriff sie.

»Wenn ich Sie am Telefon richtig verstanden habe, Herr Becker«, sagte er, »handelt es sich um eine Tötungssache, die Sie zu mir führt? Und mein Patient Alejandro Gonzalez ist daran beteiligt? Oder wird verdächtigt?«

»Keineswegs«, Becker nahm Platz, »der Junge ist nur mit den Opfern bekannt und war in beiden Fällen in der Nähe, als die Verbrechen geschahen. Und da wir uns immer ein Bild machen von dem Umgangskreis der Opfer und erfahren haben, daß Alejandro an dieser Krankheit leidet ... an MPS ... «

»Nun ja, MPS.« Auch der Doktor setzte sich. Becker fühlte sich sofort unbehaglich. Wie Arzt und Patient saßen sie zusammen, und wahrscheinlich würde der Mediziner

Becker sofort bis in die Tiefen seiner Seele durchschauen. »Multiple Persönlichkeitsstörung, der Begriff ist mittlerweile umstritten. Insbesondere in den USA, wo viel über dieses Thema geforscht wird. Man spricht dort lieber von DID, von Dissociative Identity Disorder. Der Patient hat schließlich nicht mehrere Persönlichkeiten, sondern er hat eine Persönlichkeit mit mehreren, wechselnden Identitäten. Noch präziser, er hat ein wechselndes Identitätsempfinden oder Ich-Gefühl. Das ist aber nur ein Aspekt der Krankheit und auch nicht bei jedem stark ausgeprägt.«

»Was gehört denn noch dazu?« fragte Becker.

»Aktuelle Symptome sind Alpträume, Panikattacken und Phobien, plötzliches Wegtreten bei vollem Bewußtsein, ein Sich-Verlieren in bestimmten Situationen, oft auch in irrealen Situationen wie beim Lesen oder Fernsehen ... da wird irgendeine verborgene Erinnerung mobilisiert, der Kranke hat das Gefühl, beteiligt zu sein an der erfundenen Geschichte ... eine Art Déjà-vu ... Starker Alkoholkonsum kann Zeichen einer dissoziierten Persönlichkeit sein, überhaupt Drogenmißbrauch. Und dann: Viele Patienten haben ständig wechselnde Lebensgeschichten. Sie erinnern sich an etwas, und wenig später erinnern sie sich an das komplette Gegenteil. Manche sind übrigens extrem leistungsbereit. Ihre Umwelt bemerkt überhaupt nichts.«

»Aber wie ist es nun bei Alejandro?« fragte Becker.

»Tut mir leid, konkret kann ich nicht werden.«

»Gut«, Becker nickte, denn das hatte er erwartet. »Wie ist es mit der Neigung zu Gewalt? Anders gefragt, trauen Sie einem solchen Patienten ein Gewaltverbrechen zu?«

»Tja«, Doktor Marx lächelte, »Gewaltverbrechen traue ich prinzipiell jedem zu, auch mir und Ihnen. Bei Kranken wie Alejandro richtet sich die Gewalt allerdings in der Regel gegen sich selbst. Drogenmißbrauch ist ja bereits eine Form der Selbstzerstörung, aber diese Patienten haben auch eine erhöhte Selbstmordneigung. Obwohl sie eigentlich jemand anderen zerstören müßten. Aber sie geben sich unbewußt selbst die Schuld an dem, was ihnen angetan wurde. Kein seltenes Phänomen übrigens und auch bei vielen anderen psychischen Krankheiten anzutreffen. Die perfekteste und perfideste Form der Folter besteht darin, dem Gefolterten einzureden, er habe die Folterung selbst verschuldet. Eigentlich ist sie was Gutes. Eine Art Heilung.«

»Ich verstehe im Moment noch nicht, wie Sie auf das Thema Folter kommen«, gestand Becker.

»Weil Folteropfer häufig unter einer dissoziativen Identitätsstörung leiden«, erklärte Doktor Marx. »Wir haben ja hier in Berlin ein Zentrum zur Behandlung von Gefolterten, da sollten Sie sich auch erkundigen, um etwas über MPS zu erfahren.«

»Aber Alejandro Gonzalez ist doch nicht gefoltert worden«, meinte Becker irritiert.

»Woher wissen Sie das?« entgegnete der Psychiater.

7

Dietrich Kölling und die Blissow rauchten um die Wette, und auch beim Kaffeekonsum versuchten sie sich gegenseitig zu übertreffen. Dietrich Kölling blätterte in der Akte, die einer seiner neuen Mitarbeiter auf seine Veranlassung aus dem Archiv geholt hatte. Auch die Blissow hatte einen Vorgang vor sich.

»Als Peter Benedix seine Mutter erstach, war er achtzehn«, erklärte Dietrich Kölling und schlug eine Seite um. »Die Frau muß wirklich furchtbar gewesen sein und hat keine Gelegenheit ausgelassen, ihren Sohn zu quälen. Nach seiner Aussage vor Gericht hat sie ihm zeitlebens vorgeworfen, daß er Ähnlichkeit mit seinem Vater hatte. Sozusagen stellvertretend hat sie den gehaßten Kerl im Sohn verprügelt. Der Anlaß für die Tat war vergleichsweise nichtig. Benedix hat zu dicke Scheiben vom Brot abgeschnitten, die Mutter hat sich fürchterlich darüber aufgeregt. Dafür bekam sie dann das Messer in die Brust.«

»Wie lange hat er gesessen?« erkundigte sich die Blissow.

»Acht Jahre. In der DDR ist er allerdings zu lebenslänglich verurteilt worden. Wegen Mordes. Die DDR-Richter neigten ja bekanntlich zu rigiden Strafen, wollten vielleicht auch ein Exempel statuieren. Benedix kam ins Zuchthaus Brandenburg. Nach der Vereinigung hat der Bundesgerichtshof das Urteil aufgehoben und nach dem Jugendstrafrecht in zehn Jahre Haft umgewandelt. Benedix wurde in die Jugendstrafanstalt Plötzensee verlegt und kam zwei Jahre später frei. Mußte nicht alles absitzen.«

»Und zu dem steigt also Ronny Breuer ins Auto«, sagte die Blissow nachdenklich.

»Das allerdings gar nicht Benedix gehört«, warf Dietrich Kölling den Ball zurück.

»Nein. Es ist polizeilich zugelassen auf Herrn Rüdiger von Wartenberg. Auch kein Unbekannter. Zweimal hat die Staatsanwaltschaft in den letzten zehn Jahren gegen ihn ermittelt, beide Verfahren wurden eingestellt. Zu dünne Beweisdecke.«

»Was soll der Blaublüter denn verbockt haben?« Dietrich Kölling schenkte Kaffee nach.

»Herr von und zu scheint ein windiger Geschäftsmann zu sein«, meinte die Blissow. »Gegen ihn wurde wegen Anlagebetrugs ermittelt und wegen Förderung der Prostitution. Aber Sie wissen ja: In dubio pro reo.«

»Und dieser Herr befördert nun den Aufschwung Ost?«

»So sieht es aus. Er hat sich vor vier Jahren mit Windhunden aus dem Osten zusammengetan und den *Verein Netzwerk CultOst* gegründet. Da stecken sogar EU-Gelder drin, vor allem allerdings Mittel von der Bundesanstalt für Arbeit. Reine Abzockerei, wenn Sie mich fragen. Zur Zeit brilliert Herr von Wartenberg als Geschäftsführer der *Blue-Hour GmbH.*«

»Anlagebetrug, Prostitution, Kultur, Sozialarbeit und Tanzvergnügen. Eine bizarre Zusammenstellung«, stellte Dietrich Kölling fest.

»Geld stinkt nicht«, sagte die Blissow. »Ob es nun illegale Gelder sind oder Fördergelder.«

»Vielleicht«, überlegte Dietrich Kölling, »vielleicht ist diese durch und durch gemeinnützige Konstruktion aus Verein und Wirtschaftsbetrieb nur eine höchst eigennützige Geldwaschanlage.«

»Möglich. Fragt sich nur, woher die Penunse stammt, die da gewaschen wird.«

»Wir wär's mit Drogen?« Dietrich Kölling präsentierte der Oberkommissarin eine Plastiktüte, die mehr als ein Dutzend Pillen enthielt; seine Entdeckung in Michael Donaths Wäscheschrank.

»Was ist das?«

»Hierbei, liebe verehrte Kollegin, hierbei handelt es sich um 3, 4-Methylenedioxymethamphetamine. Handelsname: Ecstasy. Wird von seinen Fans aber auch Herzchen, YinYang, Perestroika oder Eva genannt.«

»Eva? Das ist frech«, sagte die Blissow.

»Sie meinen, weil man auf diese Weise den Vornamen einer hochgeschätzten Kriminalbeamtin mißbraucht?«

»Weil es frauenfeindlich ist«, sagte die Blissow. »Man hätte es schließlich auch Adam nennen können.«

»Aber Eva war die Sünderin«, sagte Dietrich Kölling.

8

Dietrich Kölling hatte sich und dem Oberrat an diesem Tag nachdrücklich bewiesen, daß er sich bewegen konnte, so daß er den Rest der Arbeitszeit getrost im Büro verbringen konnte, aber er war dazu auch gezwungen. Für fünfzehn Uhr waren die Eltern von Konstantin Hamann zur Zeugenvernehmung bestellt, da konnte Dietrich Kölling nicht aus der Dienststelle fliehen. Seine Sonderkommission arbeitete mit Hochdruck. Derzeit waren alle fremden Kollegen damit beschäftigt, dem Wunsch des Oberrates nachzukommen und den Prenzlauer Berg auf den Kopf zu stellen; Dietrich Kölling war froh, sie los zu sein.

Die Hamanns warteten bereits in einem Nebenraum, und Dietrich Kölling hatte einen flüchtigen Blick auf sie geworfen, um sich davon zu überzeugen, daß sie wie trauernde Eltern aussahen. Die Mutter hatte ein vom Weinen teigiges Gesicht, der Vater kaute auf seiner Unterlippe. Dietrich Kölling kippte schnell einen Schnaps aus der Flasche, die er seine Notreserve nannte und im Panzerschrank bei den Dienstwaffen aufbewahrte. Die Blissow, die gerade einen Kugelschreiber auseinanderschraubte, schaute ihm dabei zu.

»Jedem seine Droge«, meinte sie.

»Ja, ich bin ein armer Polytoxikomane«, gestand Dietrich Kölling. »Nikotin, Coffein, Äthylalkohol, das sind schon drei Gifte, die ich meinem geschundenen Körper zuführe.«

»3, 4-Methylenedioxymethamphetamine klingt allerdings besonders ungesund.«

»Alles eine Frage der Menge, pflegte mein Chemielehrer an der Penne immer zu sagen«, erklärte Dietrich Kölling. »Ich glaube, er hat damit so ungefähr Paracelsus zitiert. Selbst Wasser kann als Gift wirken. Trinken Sie mal einen Liter Aquadest und versuchen Sie, das zu überleben.«

»Ich weiß, ich weiß. Umgekehrt wirken Gifte in geringen Mengen als Heilmittel. Homöopathen verschreiben null-komma-null-null-prozentige Arseniklösungen und so weiter, und früher wurde Morphium als Hustenmittel eingesetzt.«

»Aber niemand hat es liebevoll Eva genannt«, sagte Dietrich Kölling und schloß den Panzerschrank ab. Die Blissow bemühte sich, ihn mit einem Blick zu durchbohren, aber sie fand nicht die Stelle, die bei Dietrich Köllings Bad im Drachenblut von einem Ahornblatt bedeckt worden war. »An die Arbeit«, befahl er.

Wie alle anständigen Menschen besaßen Herr und Frau Hamann einen Personalausweis, einen polizeilich gemeldeten Hauptwohnsitz sowie Geburtsdaten, die Dietrich Kölling eifrig notierte, und auch die Rückseite des Formblattes *Pol 1021 Vorladung mit Zeugenentschädigung* hatten sie vorbildlich ausgefüllt. Dietrich Kölling erfuhr auf diese Weise, daß Frau Hamann für eine Arbeitszeit von vierzig Wochenstunden ein monatliches Bruttogehalt von zweitausendsechshundert Mark einstrich, was nicht eben üppig war. Sie besaß ein Konto bei der Berliner Bank, auf das die Entschädigung überwiesen werden sollte, falls Dietrich Kölling das Blatt sachlich richtig zeichnete. Herr Hamann dagegen bezog kein Einkommen aus einer Berufstätigkeit, hatte aber trotzdem seine Kontonummer angegeben; vielleicht machte ihm als früherem Stadtrat das Ausfüllen von Formblättern noch immer Spaß.

Dietrich Kölling räusperte sich. Die Formalitäten waren erledigt, jetzt stand ihm der heikle Part bevor. Doch er kam nicht dazu, den schweren Anfang zu machen.

»Warum wurde Konstantin … warum?« Das Wort für das, was mit ihrem Sohn geschehen war, kam Frau Hamann noch nicht über die Lippen, aber ansonsten sprach sie mit fester, beinahe aggressiver Stimme, so als sähe sie in Dietrich Kölling einen Schuldigen.

»Ich weiß es nicht«, sagte dieser.

»Vielleicht deshalb?« Frau Hamann öffnete ihre Handtasche und zog ein Briefkuvert heraus. Ihr Mann legte ihr seine Rechte auf den Arm, aber Konstantins Mutter schleuderte den Umschlag auf den Schreibtisch. Dietrich Kölling rührte sich nicht. »Schauen Sie nur hinein«, verlangte die Mutter.

Das Kuvert enthielt eine Schenkungsurkunde. Die Urkunde war zweimal gefaltet worden, einmal längs, einmal quer, so als ob sie jemand in eine Jacken- oder Hosentasche gesteckt hätte. In dem Dokument gerierte sich ein Herr Luis Alberto Gonzalez als Weihnachtsmann und vermachte Konstantin Hamann einen blauen Jeep Wrangler mit dem polizeilichen Kennzeichen B-JW 511.

»Seltsam«, meinte Dietrich Kölling, »in mehrfacher Hinsicht ungewöhnlich. Ihr Sohn hätte den Wagen doch gar nicht fahren dürfen.«

»Schauen Sie auf das Datum«, riet Herr Hamann. »Die Urkunde ist vordatiert. Auf Konstantins achtzehnten Geburtstag.«

»Wo haben Sie es gefunden?« wollte die Blissow wissen.

»In einem Buch«, sagte der Vater. Deshalb also war das Blatt zusammengefaltet worden: um es verstecken zu können.

»Der Name Gonzalez ist uns nicht ganz fremd«, meinte Dietrich Kölling.

»Uns auch nicht. Einer von Konstantins Freunden heißt so. Aber der verschenkt keine Autos.«

Dietrich Kölling überlegte, ob er so unhöflich sein und vor den Hamanns rauchen könnte, die er für Nichtraucher hielt, weil sie ausgezehrt wirkten wie Menschen, die sich alles versagten, entschied sich aber vorerst dagegen.

»Davon abgesehen, daß uns diese Urkunde einige Rätsel aufgibt«, sagte er, »was veranlaßt Sie zu der Annahme, dieses Dokument könnte uns etwas über das an Ihrem Sohn begangene Tötungsverbrechen mitteilen?« Dieses Satzungetüm hatte Dietrich Kölling einige Anstrengung abverlangt, aber immerhin hatte er das Wort Mord geschickt umschifft, das vielen Angehörigen von Ermordeten Ohrenschmerzen verursachte; Tötungsverbrechen klang in seiner ganzen bürokratischen Schönheit nicht so hart.

»So ein Wagen kostet doch keinen Pappenstiel«, sagte der Vater, »den verschenkt man nicht ohne weiteres. Konstantin muß in irgend etwas verwickelt gewesen sein. Es tut weh, das anzunehmen, aber eine andere Erklärung haben wir nicht gefunden. Wahrscheinlich hat ihn sein schlechter Umgang verleitet.«

»Und woran denken Sie?«

»Na, diese Kreise ... autonom nennen die sich ja wohl ... Hausbesetzer, Randalierer ... die nehmen doch alle Drogen.«

»Und Ihr Sohn?« fragte die Blissow. »Vermuten Sie, daß auch er Drogen konsumierte?«

»Ich weiß es«, sagte die Mutter und schaute zu Boden. »Konstantin ... « Frau Hamann versagte die Stimme. Solche Gefühlsregungen waren immer unangenehm, und Dietrich Kölling meisterte sein Unbehagen, indem er kleine, unförmige Trommelrevolver auf seinen Notizblock zeichnete. »Konstantin«, fuhr die Mutter fort, die sich wieder in der Gewalt hatte, »er hatte ein paar Eigenheiten. Seine Jeans zum Beispiel, eine Fünfhunderteinser, die er sich von seinem Taschengeld zusammengespart hatte, also mit der wäre er am liebsten ins Bett gegangen. Wenn ich sie waschen wollte, mußte ich sie ihm quasi unterm Hintern wegziehen.« Frau Hamann lächelte, ihr Mann wischte sich verstohlen ein paar Tränen aus den Augen. »Tja, einmal war ich gerade dabei, sie einzuweichen, da kommt er ins Bad und macht ein Riesenspektakel. Na, ich kenne doch meinen Bengel und sehe, daß er was vor mir zu verbergen hat. In der Hosentasche hab ich's dann gefunden. In Silberpapier eingewickelt. Konstantin wollte mir weismachen, daß es eine organische Chemikalie ist, die er in der Schule geklaut hat. Das wußte ich besser. Ich habe solche Brocken schon im Fernsehen geschehen.«

»Na, was Organisches wird es wohl auch gewesen sein«, vermutete Dietrich Kölling.

»Cannabis«, sagte Frau Hamann, »also THC.«

»Sie kennen sich gut aus«, lobte Dietrich Kölling.

»Ich habe mich danach mit diesem Zeug beschäftigt«, berichtete Frau Hamann. »Wissen Sie, ich sitze gewissermaßen an der Quelle. Ich arbeite nämlich im Jugendamt Friedrichshain. Als Sekretärin. Mein Chef hat so einige Broschüren über Drogen, die habe ich mir ausgeliehen.«

»Haben Sie Konstantin zur Rede gestellt?« erkundigte sich die Blissow.

»Im ersten Moment nicht. Ich war einfach geschockt. Und wie verhält man sich als Mutter in einer solchen Situation? Hätte ich es ihm verbieten sollen? Verbotene Früchte schmecken besonders gut, und ich hätte ihn ja nicht ständig kontrollieren können. Und mit ihm sprechen? Ihn warnen? Die Gefahren ausmalen? Was hätte er geantwortet? Haschisch ist eine weiche Droge, total harmlos. Nachdem ich mich belesen hatte, da habe ich ihn mir mal vorgeknöpft. Und genau das hat er mir gesagt. Harmlose weiche Droge. Ich wußte inzwischen, daß man auch von Cannabis abhängig werden kann, psychisch. Das habe ich ihm vorgehalten. Und er? Aber Mutti, ich habe das vollkommen unter Kontrolle.«

»Das sagen alle«, meinte Dietrich Kölling.
»Ich weiß.«
»Hat er erwähnt, woher er den Stoff bezieht?« Dietrich Kölling schaute auf Herrn Hamann, der bisher wenig gesagt hatte. Konstantins Vater machte immer mehr den Eindruck eines gebrochenen Menschen, der lieber schwieg, weil alle Worte vergeblich waren. Dietrich Kölling wußte, daß er recht hatte.
»Nicht direkt«, sagte die Mutter. »Manchmal, wenn er abends noch runter ging und ich ihn gefragt habe, wohin er will ... Er hat mit meinen Sorgen gespielt und gesagt, er würde zu seinem Dealer gehen. Ich bin mir nicht sicher, ob er mich wirklich nur aufziehen wollte.«
»Frau Hamann«, Dietrich Kölling griff nach einer Mappe und schlug sie auf, »ich nenne Ihnen jetzt ein paar Namen. Sagen Sie mir bitte, welche der Personen Ihr Sohn erwähnt oder mit denen er womöglich mal telefoniert hat. Peter Benedix? Rüdiger von Wartenberg? Karsten Hoff, David Uhlmann, Jo Bienert?« Konstantins Mutter schüttelte bei jedem den Kopf. »Und Sie, Herr Hamann?« Das Resultat war dasselbe.
»Vielleicht hilft Ihnen dies hier weiter«, sagte Frau Hamann. Aus ihrer Handtasche, derzeit offensichtlich ein Depot für Beweismittel, zog sie eine jener Tüten hervor, in denen man entwickelte Fotos ausgehändigt bekam. Diese Tüte stammte von der Firma *Wegert*, und auch die Filiale war angegeben, die den Auftrag entgegengenommen hatte; sie befand sich auf der Karl-Marx-Allee. Die Auftragsnummer lautete 261471. Damit ließ sich womöglich im Fall der Fälle einiges anfangen. Dietrich Kölling zog die Bilder heraus.
Es handelte sich um sieben Farbfotos im Standardformat auf *Fujicolor*-Papier, und sie waren bei einer Party aufge-

nommen worden. Diese Party fand augenscheinlich auf einem Hinterhof statt, und die Fassaden, die den Hintergrund bildeten, hatten nicht nur Farbe nötig, sondern stellenweise auch Putz. Auf einigen Aufnahmen war ein Grill zu sehen, auch den Bierkästen hatte die Aufmerksamkeit des Fotografen gegolten, es gab Punks in zerschlissenen Klamotten, zwei Frauen in Sackkleidern poussierten mit einem Schäferhund, ein junger Mann in Ledermontur schlief auf einer versifften Matratze, aber diese Personen bildeten nur die Staffage für die eigentlichen Motive. Den Mittelpunkt aller Fotos bildete Konstantin Hamann. Er stocherte für den Knipser in der Grillkohle, er hob ein Bier zum Gruß, er küßte einen anderen Jungen auf die Wange: Alejandro Gonzalez. Auch andere Bekannte waren zu sehen, Ronald Breuer, der mit Konstantin anstieß, Jo Bienert, der so tat, als würde er Hamann mit einem Springmesser die Kehle durchschneiden. Dieses Foto legte Dietrich Kölling den Eltern als erstes vor.

»Das ist Jo Bienert«, sagte er. »Wird auch Mister Bean oder Jim Beam genannt.«

»Nein, den haben wir nie gesehen«, beharrte Frau Hamann.

»Erkennen Sie sonst jemanden auf diesen Bildern? Außer Ronny Breuer und Gonzo?«

»Wirklich nicht.«

»Naja«, Dietrich Kölling grinste, um der Vernehmung einen leichten Abschluß zu geben, »nach diesem Arm brauche ich Sie auch nicht zu fragen.«

Dietrich Kölling tippte auf eines der Bilder. Konstantin und Jim Beam hatten je ein Bein gehoben und klatschten ihre Schuhsohlen aneinander. Die Aufnahme war ungeschickt gemacht, am linken Bildrand war ein nackter Arm zu sehen. Der Arm war tätowiert. Ein paar Zentimeter über dem Handgelenk präsentierte eine Nixe ziemlich fleischige Brüste.

»Doch«, sagte Herr Hamann plötzlich. Dietrich Kölling zuckte zusammen, denn damit hatte er nicht gerechnet.

»Auf dem Hauptbahnhof«, sagte Herr Hamann. »Wir wollten nach Marzahn. Zur Oma. Meine Frau mußte noch arbeiten und wollte mit dem Auto nachkommen. Deshalb sind wir mit der S-Bahn gefahren.«

»Und?« Dietrich Kölling hatte sich über den Schreibtisch gebeugt und befand sich wie ein Raubtier in Lauerstellung.

»Da war so ein Typ, den Konstantin kannte. Sie haben sich begrüßt. Also auf ihre Art, die Handflächen gegeneinandergeschlagen. Mir ist dabei diese Tätowierung aufgefallen.«

»Noch etwas?«

»Wiedererkennen würde ich diesen Typen aber nicht«, sagte Herr Hamann leise und schuldbewußt.

9

Das Bild, das sich Dietrich Kölling in der Hagenauer Straße bot, erinnerte an einen Belagerungszustand. Der Oberrat hatte an Polizeikräften aufbieten lassen, was Berlin hergab, und nicht nur Kripoleute und Bereitschaftspolizisten fischten im Trüben, auch Polizeischüler und sogar die Studenten der Fachhochschule für Verwaltung und Rechtspflege. Dietrich Kölling machte sein Nesthäkchen Tangermann zwischen den Suchenden aus und winkte ihm zu. Bevor er Hajota erreichte, war jedoch der Oberrat zur Stelle. Dietrich Kölling brannte sich eine Zigarette an, dann wies er zu den Fenstern, von denen aus etliche Anwohner das Spektakel beobachteten.

»Sie bieten den Bürgern ja ein billiges Feierabendvergnügen«, meinte er.

»Die Waffe muß hier sein«, sagte der Oberrat verbissen.

»Ich weiß zwar nicht, was Sie zu dieser Überzeugung veranlaßt, aber irgendwie müssen die Steuererhöhungen ja gerechtfertigt werden.«

»Ich mache Ihnen keinen Vorwurf, Herr Kölling«, sagte der Oberrat, »Sie waren ja außer Gefecht gesetzt. Wir machen uns jetzt jedenfalls über die Gullys her.«

Dietrich Kölling nickte, obwohl er eigentlich den Kopf hätte schütteln müssen. Mittlerweile war er davon überzeugt, daß keiner der festgenommenen Jugendlichen etwas mit der Tat zu tun hatte, sondern eine noch unbekannte Person, die sich mitsamt der Waffe über die Hinterhöfe davongemacht hatte.

»Am Kollwitzplatz suchen Sie auch?« wollte er wissen. Dort hatte der Mörder noch bessere Bedingungen für seine Flucht gehabt.

»Natürlich«, entgegnete der Oberrat und ging davon, um das Abnehmen der Gullydeckel zu überwachen. Dietrich Kölling hatte Staatsschützer Fischbeck entdeckt, der gerade aus einer Haustür trat, und gesellte sich zu ihm. Fischbecks Hände waren voller Kohlenstaub, und der Oberkommissar sah nicht sehr glücklich aus.

»Wem haben Sie denn eingeheizt?« wollte Dietrich Kölling wissen.

»Das Messer könnte zum Beispiel durch ein offenes Kellerfenster entsorgt worden sein.« Fischbeck zuckte die Achseln; daran zu glauben schien er nicht.

»Ein Messer suchen Sie?« fragte Dietrich Kölling hinterfotzig.

»Na, die Jungs sind schließlich erstochen worden.«

»Den Autopsiebericht haben Sie jedenfalls nicht gelesen«, stellte Dietrich Kölling fest.

»Wie sollte ich. Den haben Sie ja. Im übrigen haben sich einige meiner Kollegen bei mir beklagt. Ihre Frau Blissow hat sie behandelt, als hätten sie absichtlich nur Schrott aufgenommen.«

»Haben Sie nicht?«

»Herr Kölling«, Fischbeck wischte sich seine Hände an einem Papiertaschentuch ab, ein wenig sinnvolles Unterfangen, »für uns sind einige sehr brauchbare Aufnahmen darunter. Dank der Arbeit unserer Videoteams konnten wir mehrere Ermittlungsverfahren wegen schweren Landfriedensbruchs einleiten.«

»Ja, das machen Sie gern.« Dietrich Kölling kratzte sich am Kinn. »Eigentlich müßte es Stadtfriedensbruch heißen, oder sehen Sie hier irgendwo Land?«

»Spitzfindigkeiten.« Oberkommissar Fischbeck hatte die geniale Idee, sich in sein Tempo zu schneuzen. Die schwarze Nasenspitze stand ihm gut, er sah wie ein kleiner Junge aus, der mit Briketts gespielt hatte.

»Hassen Sie die Typen eigentlich, mit denen Sie tagein, tagaus zu tun haben?« fragte Dietrich Kölling unvermittelt.

»Bin ich die Stasi?«

»Ich meine nur.« Dietrich Kölling tippte sich gegen die Schläfe. »Haß erzeugt Haß. Und daß unsere jungen Revolutionäre den Staatsschutz hassen, steht ja wohl außer Frage.«

»Die hassen jeden Bullen«, sagte Fischbeck. »Auch Sie.«

10

Dietrich Kölling hatte allen Grund, die Zähne zusammenzubeißen, als er die triumphierende Miene des Oberrats sah. Den Spruch vom blinden Huhn, das auch einmal ein Korn fand, schluckte er hinunter, denn er traf auf seinen Chef nicht zu; Dietrich Kölling achtete ihn in dem Maße, wie er Vorgesetzte zu achten imstande war.

Zwei Polizisten aus der Suchmannschaft hatten einen der Eimer gehoben, die den Gullyschlamm auffingen, und über diesen Eimer beugte sich Dietrich Kölling nun. Es war unschwer zu erkennen, daß in dem Dreck eine verchromte Eisenstange steckte, die jemand mit einer scharfen, im Falle eines Falles auch tödlichen Spitze versehen hatte. Die Stange war vielleicht dreißig Zentimeter lang und daumendick, auf der Spitze hatten nicht allzuviele Engel Platz. Dietrich Kölling schnaufte, als er sich wieder aufrichtete. Der Oberrat klopfte ihm auf die Schulter.

»Suchet, so werdet ihr finden«, zitierte er. »Matthäus, siebtes Kapitel, Vers sieben.« Bibelfest war er also auch, der alte Haudegen, und sogar noch eine weitere Kostprobe davon lieferte er ab. »Wir haben also getreu der Anweisung in Matthäus sieben sechs gehandelt, wo es heißt: Ihr sollt das Heilige Heiligtum nicht den Hunden geben und eure Perlen nicht vor die Säue werfen.«

Dietrich Kölling hatte den Eindruck, daß der Oberrat in ihm eher eine Sau sah als eine Perle, er hätte gern mit einem Bibelspruch gekontert, aber ihm fiel kein passender ein. Sein Chef hingegen brillierte in einem fort.

»Sehet euch vor vor den falschen Propheten, die in Schafskleidern zu euch kommen, inwendig aber sind sie reißende Wölfe. Das könnte man jedem Polizeibeamten ins Stammbuch schreiben.«

»Jedem Wähler auch.« Dietrich Kölling hatte zu seiner alten Schlagfertigkeit zurückgefunden. Währenddessen bargen die beiden Polizisten die Stange in einem Plastikbehältnis, in dem sie zur Polizeitechnik geschafft werden sollte. Daß sie als Tatwaffe in Frage kam, stand außer Zweifel, doch ob es auch die Tatwaffe gewesen war, konnte nur eine eingehende Untersuchung beweisen.

»Sieht nach Heimarbeit aus, nicht wahr?« meinte der Oberrat.

»Allerdings«, pflichtete Dietrich Kölling ihm bei, »und nach einer geplanten Tat. Nur aus Spaß feilt man sich nicht solche Instrumente. Wobei, mich erstaunt die Mühe, die dahintersteckt. Ein Messer oder ein Schraubendreher hätte es auch getan.«

»Vielleicht hat unser Mörder Freude an hochwertigen Feilarbeiten«, schlug der Oberat vor.

»Aber Feilen ... Feilen ist doch neunzehntes Jahrhundert. Wo lernt man das heute noch?«

Der Oberrat breitete die Arme aus wie Schwingen, flog aber ebensowenig wie der Schneider von Ulm.

»Davon abgesehen, daß er seine handwerklichen Fähigkeiten ja offenbar zweimal zur Anwendung gebracht hat«, sagte Dietrich Kölling nachdenklich.

»Vielleicht übt er noch.« Der Oberrat verdrehte die Augen. »Kommen Sie, wir schauen mal zum Kollwitzplatz.«

Dietrich Kölling und sein Vorgesetzter schauten zwei Stunden lang. Als es dämmerte, brach der Oberrat die Aktion ab. Ein Erfolg genügte auch vollkommen. Dietrich Kölling hatte Sehnsucht nach seinem Bett.

VIERTES KAPITEL

1

Nach einer ebenso gründlichen wie erfolglosen Fahndung in seinen Küchenschränken hatte sich Dietrich Kölling noch einmal auf den Weg gemacht, um seinem türkischen Lebensmittelhändler einen Besuch abzustatten. Dessen Laden wirkte zwar etwas schmuddlig, und die Fertigwaren schienen aus zweiter Hand zu stammen, aber Dietrich Kölling beabsichtigte, sich zur Nacht eine Pilzpfanne zuzubereiten, und das Gemüse war immer frisch. An diesem Abend bediente der Sohn, der Anfang zwanzig war, mit seinem knackigen Hintern zweifellos ein Brausen in Hajotas Hirn ausgelöst hätte und immer mit offenen Schnürsenkeln herumlief; Dietrich Kölling, der sich gerade Austernpilze und Maronen abwiegen ließ, beschloß, bei der nächsten Vernehmung eines Jugendlichen zu ermitteln, welche Weltanschauung sich dahinter verbarg. Eine Theorie hatte er schon: Wahrscheinlich drückten offene Schnürsenkel den Freiheitsdrang der Jugend aus und mußten als Protest gegen den Normenkanon der bürgerlichen Gesellschaft interpretiert werden.

Mit einer Plastiktüte, die das Backwerk von Karamanli pries, machte sich Dietrich Kölling auf den Heimweg. Eigentlich waren Pilze eine viel zu schwere Abendmahlzeit, zumal sie sich Dietrich Kölling immer mit viel Speck briet, aber ein übervoller Magen verursachte eine angenehme Dämmerung im Gehirn, und auf sie kam es ihm an. Wie ein schlachtreifes Mastschwein würde er auf seiner Couch liegen und sich leichten Gedanken hingeben, die um ein mediterranes Licht, weiße Segel und eine braunäugige Frau kreisen sollten. Ein braungebrannter Dietrich Kölling mit bis zum Nabel offenem Hawaiihemd und kurzen Hosen vertäute den Jollenkreuzer am Bootssteg, die Frau lief auf nackten Füßen zu Giovanni, um Speiseeis zu kaufen. Während Dietrich Kölling die Straße entlangschritt, wechselte seine Phantasie die Kleidung. Sie hüllte Dietrich Kölling in einen weiten Sommeranzug und versteckte so Bauch und Krampfadern vor den Blicken der Frau. Sie liebte Dietrich Kölling zwar so, wie er war, und nannte ihn liebevoll ihr Dickerchen, aber das tat sie in ihren Liebesnächten, wo sie nicht viel sehen konnte. Wenn sie badeten, richtete es Dietrich Kölling so ein, daß er rasch aus seinen Kleidern schlüpfte und eilig ins Wasser sprang. Sein Körper war ihm peinlich. Junge Frauen verliebten sich für gewöhnlich in drahtige ältere Herren mit Siegerlächeln, dickem Konto und grauem Haar, nicht in kleine, fette Kugeln mit einer chronischen Neigung zum Zynismus und blutrünstigen Berufen. Natürlich, bei den Seglerparties konnte Dietrich Kölling schaurig schöne Geschichten aus den Niederungen des menschlichen Lebens erzählen, die in den ersten Minuten gut ankamen, aber dann war das weltgewandte Geschwätz über die Kakerlaken in südostasiatischen Luxushotels doch interessanter. Dietrich Kölling bezog seine Kenntnisse vom Leben der gealterten Jeunesse dorée vorwiegend aus dem Fernsehen. Er konnte einer jungen Frau nicht bieten, was sie erwartete, sondern nur öde Stunden mit Mickey-Mouse-Heften und zweiunddreißig Fernsehkanälen. Er war eben nur ein gewöhnlicher Kriminalhauptkommissar, der nicht einmal mehr aufsteigen würde. Vielleicht würde man ihn als Kriminalrat pensionieren. Als Kriminalrat mit einer Mietwohnung des Beamtenbauvereins. Das war alles. Dietrich Kölling schaltete sein Vorstellungsvermögen ab.

Der Beamtenbauverein war immerhin so nobel, daß er hin und wieder seine Häuser tünchen ließ. Derzeit war Dietrich Köllings Haus eingerüstet. Ausgerechnet das Gerüst erinnerte ihn wieder an seinen Fall. In der Bauindustrie fanden nicht nur Mörtel und Ziegel, Beton und Holz Anwendung, sondern auch Eisen und Stahl. Es gab Armierungseisen, aber die waren, soweit Dietrich Kölling wußte, nicht verchromt. Auch für das Gerüst wurden Eisenstreben benutzt. Eisen wurde in der gesamten Metallindustrie verwendet. Dietrich Kölling stürzte in seine Wohnung und ans Telefon.

»Sie müssen spinnen«, sagte der Mann vom Polizeilabor. »Mir wachsen die Asservate über den Kopf, und Sie löchern mich mit Ihrer blöden Stange. Schauen Sie auf die Uhr, dann wissen Sie, daß wir hier sowieso Überstunden machen. Nein, nicht vor übermorgen.«

»Schauen Sie sich das Ding wenigstens an und sagen Sie mir, was das ist.« Dietrich Kölling bettelte regelrecht.

»Sie machen mir Spaß«, stöhnte der Techniker. »Aber gut, rufen Sie in einer Viertelstunde wieder an.«

Dietrich Kölling ließ die Minuten verstreichen, ohne etwas anderes zu tun, als zu rauchen. Die Verbrechen, mit denen er befaßt war, nahmen ihn nur selten noch mit, aber in diesem Fall war es anders. Der Sohn der Frau Donath war erstochen worden, und Dietrich Kölling hatte plötzlich das Gefühl, mit ihm verwandt zu sein. Er war befangen. Befangenheit machte töricht. Dietrich Kölling hatte seine Pilze vergessen. Und als das Telefon anschlug, war er nach dem ersten Klingeln am Apparat.

»Also, was ich Ihnen sagen kann«, meldete sich der Techniker, »bewirkt hoffentlich, daß Sie mich in nächster Zeit in Frieden lassen. Bei dem fraglichen Stück handelt es sich um Chromstahl. Rund, Durchmesser anderthalb Zentimeter, Länge neunundzwanzig. Es ist aus einer längeren Stange herausgeschnitten worden, und dafür braucht man mehr als eine Laubsäge. Auch um es mit einer Spitze zu versehen, muß man schon eine ziemlich komfortable Heimwerkstatt haben. Die eine Seite ist mit sieben nahezu parallelen Kerben versehen, vermutlich damit es in der Hand nicht rutscht. An der Spitze ist Blut.«

»Ja, aber was ist es? Ein Rohling, oder ... ?«

»Mein Gott, woher soll ich das wissen? Bei einer genauen stofflichen Analyse könnte ich Ihnen was zur Werkstoffqualität sagen, und das grenzt die Anwendungsgebiete ein wenig ein. Wo werden solche Stangen verwendet? Tausend Möglichkeiten.«

»Möbel«, sagte Dietrich Kölling spontan.

»Zum Beispiel«, sagte der Techniker. »Wenn Sie einen Tatverdächtigen haben, der in der Möbelfabrikation arbeitet, sollten Sie mal schauen, was er herstellt.«

»Ich habe keinen Tatverdächtigen in der Möbelfabrikation«, erwiderte Dietrich Kölling.

»Haben Sie überhaupt einen?«

Dietrich Kölling legte auf.

2

Dietrich Kölling war unterwegs durch die abendliche Stadt. Es war nur bei Gefahr im Verzuge üblich, den gesetzlich vorgeschriebenen Respekt vor dem Feierabend zu verletzen, aber Dietrich Kölling hatte bereits die familiäre Eintracht bei Becker gestört und seinen Mitarbeiter aus der Badewanne holen lassen, nun konnte der einen Untat getrost eine zweite folgen. Gerade das Telefonat mit dem Oberkommissar hatte Dietrich Kölling bewogen, sich endgültig von seiner Pilzpfanne zu verabschieden und noch einmal die Schuhe anzuziehen.

Becker hatte gemault, sich dann aber mit dem Argument überzeugen lassen, daß schließlich sein Chef die Gesprächskosten trug, und von seinem Besuch in der Psychiatriepraxis berichtet.

Dietrich Kölling hielt nicht viel von den Theorien der Psychologen, die bei jedem Verbrecher nach schlimmen Kindheitserlebnissen suchten und alles damit erklärten, schließlich gab es genügend Leute aus miesen Verhältnissen, die keine Straftaten begingen; bei jemandem wie Gonzalez jedoch, der also wirklich krank war, war er auf die Diagnosen der Spezialisten angewiesen. Von Doktor Marx hatte er, auf dem Umweg über Becker, nicht nur erfahren, wie sich ein Mensch verhielt, der unter MPS litt; er wußte nun auch, worin die Ärzte die Ursache dieser Störung sahen. MPS, so hatte Becker erklärt, sei eine Überlebensstrategie der Seele und des Körpers; sie erlaube, hatte er gesagt, einem mißhandelten, gedemütigten oder vergewaltigten Kind, unter hoffnungslosen Umständen zu funktionieren. Das traumatische Erlebnis, hatte Becker gesagt, werde abgespalten und eingekapselt. Aber die Erinnerung sei da. Unbewußt zwar, doch für immer. Und deshalb verhalte sich der Kranke auch als Jugendlicher und Erwachsener noch so, wie es das Kind gelernt habe: scheinbar anomal.

Das wußte Dietrich Kölling also, doch er wußte noch mehr. Er wußte, daß sich die Aggressionen der seelisch und körperlich auf Lebenszeit verletzten Person zwar oft, aber nicht ausschließlich gegen sie selbst richteten. Becker hatte mit seiner mehr als holprigen Aussprache aus einer amerikanischen Fachzeitschrift zitiert, der Broschüre einer gewissen *Sidran Foundation*, die er sich absurderweise im Zentrum für Folteropfer ausgeliehen hatte. Das Zitat klang Dietrich Kölling noch in den Ohren. *What are the symptoms of DID?* hatte ihm Becker eine der sogenannten FAQs vorgelesen. Und die Antwort dazu: *Some people with DID have a tendency toward self-persecution, self-sabotage, and even violence (both self-inflicted and outwardly directed).* Gewalt nach außen, hatte sich Dietrich Kölling gedacht, konnte doch nur Gewalt gegen Gegenstände bedeuten oder Gewalt gegen andere Personen. Deshalb war Dietrich Kölling zu unchristlicher Stunde unterwegs nach Ostberlin.

Das Türschild verriet nichts. *Gonzalez* stand darauf, keine Vornamen. Dietrich Kölling klingelte. Er würde früh genug erfahren, ob es in dieser Familie einen Luis Alberto gab, der Jeeps verschenkte. Die Person, die ihm öffnete, jedenfalls nicht. Es war eine Frau. Dietrich Kölling schätzte sie auf Mitte zwanzig, und in ihren Adern floß kein südländisches Blut.

»Ja?« fragte sie.

»Landeskriminalamt«, entgegnete Dietrich Kölling, weil ihm das außerordentlich gewichtig vorkam.

»Um diese Zeit?«

»Die Kriminalpolizei schläft nie.« Ein bißchen Scherz mußte sein.

»Zu wem wollen Sie denn?«

»Zu Luis Alberto Gonzalez«, schoß Dietrich Kölling ins Blaue. Die Frau drehte sich um und rief in den Flur.

»Vati«, rief sie. Dietrich Kölling hatte ohne große Anstrengung gleich zwei Dinge herausgefunden: Hier also wohnte der Weihnachtsmann, und er hatte eine hellhäutige Tochter.

Vati kam, und Dietrich Kölling fand, daß er unzweifelhaft kubanisch aussah. Er hatte eine dunkle, verwitterte Gesichtshaut, schwarzes Haar und einen schwarzen Schnurrbart, und man ahnte noch die afrikanischen Vorfahren, die als Sklaven auf die Karibikinsel importiert worden waren. Wie er zu einer solchen Tochter gekommen war, konnte sich Dietrich Kölling nur damit erklären, daß er sie adoptiert hatte.

Dietrich Kölling wurde ins Wohnzimmer geleitet, wo man gerade mit dem Abendessen begonnen hatte. Die Herrin des Hauses verteilte gerade Fischstäbchen, von deren Anblick Dietrich Kölling übel wurde, ein junger Mann, der die Gesichtszüge der Frau hatte, allerdings mit einem karibischen Einschlag, füllte Rotwein in die langstieligen Gläser. Rotwein und Fischstäbchen, das zeugte nicht gerade von Eßkultur.

»Ja?« fragte auch die Mutter und legte ihre Stirn in Falten. Wenn sie das noch ein paarmal tat, würden die Falten nicht mehr verschwinden. Dietrich Kölling setzte sein Festlächeln auf. Noch zeigte er nicht einmal den Sack, aus dem er im Laufe des Abends die Katze lassen würde.

»Ich wollte zu Ihrem Sohn«, erklärte Dietrich Kölling.

»Zu welchem?« wollte die Mutter wissen. Dietrich Kölling war stolz auf sich; ohne eine Frage gestellt zu haben, hatte er in Erfahrung gebracht, daß der Mundschenk Alejandros älterer Bruder war. Das hätte er sich allerdings auch denken können.

»Zu Alejandro«, sagte er.

»Der ist nicht da.« Der Vater meldete sich zu Wort. »Ist unterwegs. Auf dem Highway, wie er immer sagt.«

»Macht nichts, macht nichts.« Dietrich Kölling war so liebenswürdig, als ob er der Familie Gonzalez eine garantiert betrügerische Kapitalanlage aufschwatzen wollte. »Es ist mir auch peinlich, Sie beim Abendbrot zu stören, nur ... Ich weiß nicht, ob unser Gespräch für die Ohren Ihres Sohnes und ...« Dietrich Kölling wies auf das Mädchen.

»Unsere Schwiegertochter«, sagte Luis Alberto Gonzalez.

»Die nämliche«, bestätigte Dietrich Kölling.

»Was wollen Sie denn von uns?« fragte die Mutter.

»Hilfe«, hauchte Dietrich Kölling. »Bei der Aufklärung eines ... nein, stellen Sie sich vor, bei der Aufklärung von zwei Tötungsverbrechen. Mord, Frau Gonzalez. Ungeheuerlich, was?«

Niemand antwortete. Luis Alberto Gonzalez gab Sohn und Schwiegertochter einen Wink, die beiden verließen das Zimmer. Dietrich Kölling setzte sich an den Tisch und aß eine Gewürzgurke. Das war unhöflich, aber Alejandros Eltern wagten keinen Widerspruch, und das war recht getan. Dietrich Kölling begann, Ihnen die Instrumente zu zeigen.

»Sie kennen sicher die Freunde Ihres Sohnes«, begann er. »Oder die Kumpels, wenn Sie wollen. Sie kennen Michael Donath und Konstantin Hamann, nicht wahr?« Frau Gonzalez zuckte die Schultern, Luis Alberto schwieg. »Aber, aber«, fuhr Dietrich Kölling fort und langte nach der nächsten Gurke, »Ihr Mann hat doch nicht etwa Geheimnisse vor Ihnen, gnädige Frau? Dem Konstantin hat er immerhin seinen Wagen geschenkt. Oder, besser gesagt, er wird dem Jungen seinen Wagen schenken. Noch besser: Er hätte ihm den Wagen geschenkt, wenn der Junge nicht von einer Chromstahlstange durchbohrt worden wäre. Ja, hören Sie nur, Chromstahlstange. Was es alles gibt, nicht, Herr Gonzalez? Kein Messer, nein, keine Schere, kein Schraubenzieher. Das ist doch viel zu gewöhnlich. Eine Chromstahlstange, genauer, ein Chromstahlstangenstück. Hu, was für ein Wort. Ein spitz geschliffenes Chromstahlstangenstück. So, nun haben wir es präzise.« Dietrich Kölling legte eine Pause ein und studierte die Gesichter. Herr und Frau Gonzalez waren zumindest erschrocken, und das sollten sie auch sein. »Warum, Herr Gonzalez, haben Sie Konstantin

Hamann Ihren schönen Jeep Wrangler als Geschenk in Aussicht gestellt?«

»Ich?« Der Mann fuhr sich über die Augen.

»Ja, wenn Sie Luis Alberto Gonzalez sind.« Oft würde Dietrich Kölling den Namen nicht wiederholen, aus sprachökonomischen Gründen.

»Ich, also ich verstehe das nicht.« Señor oder gar Don Gonzalez lehnte sich an die Tür und zermarterte sich das Hirn, während seine Doña an der Tischdecke zupfte. Das multikulturelle Familienidyll war zerstört, der Zerstörer war zufrieden. »Der Wagen ist noch neu und mein ganzer Stolz, wieso sollte ich ihn verschenken?«

»Das frage ich Sie. Es sei denn, ein unbekannter, von Ihnen nicht zu kontrollierender Teil Ihrer Persönlichkeit ...« Dietrich Kölling brach ab, er wollte es nicht auf die Spitze treiben. Das hatte er allerdings schon getan. Frau Gonzalez stieß einen kleinen Schrei aus, Luis Alberto ballte die Hände zu Fäusten.

»Das dürfen Sie nicht«, sagte er leise, mit unterdrückter Wut. »Unser Sohn ...«

»Über den müssen wir auch sprechen. Leider.« Dietrich Kölling versuchte, die Wogen wieder zu glätten. »Er hat Ihnen bestimmt erzählt, daß er dabei war, als Michael und Konstantin starben. Auch deshalb bin ich hier. Verstehen Sie mich bitte nicht falsch, ich verdächtige ihn nicht mehr als andere, und wenn es uns gelingt, ihn als Verdächtigen auszuschließen, liegt das auch in Ihrem Interesse.«

»Alejandro bringt doch keine Menschen um«, protestierte die Mutter.

»Aber es gibt bei ihm immerhin eruptive Gewaltausbrüche«, konterte Dietrich Kölling. »Was noch gar nichts bedeuten muß. Was mich interessiert: Wie haben Sie überhaupt bemerkt, daß ... daß mit ihm etwas nicht stimmt?«

»Weil …«

»Ja, was?«

»Erzähl' es ruhig«, forderte Gonzalez seine Frau auf.

»Es war … Wir hatten Besuch. Besuch aus Kuba. Die Eltern meines Mannes und seine Schwester. Wir haben gefeiert, Alejandro auch. Vielleicht hat er zu viel getrunken. Wir unterhalten uns, auf Spanisch. Nichts Besonderes. Und plötzlich, plötzlich fängt der Junge an, Deutsch zu sprechen. Er redet auf die Schwiegereltern ein, aber so, als wären nicht sie es, sondern andere Leute. Ben, hat er zu meinem Schwiegervater gesagt. Ben, du Schwein! Ich mache nicht mehr mit, hat er immerzu gesagt. Und angeschrien hat er ihn: Nimm die Hände weg, nimm die Hände weg! Wir, wir waren natürlich vor den Kopf geschlagen. Haben ihn gefragt, was denn los sei? Dann wurde er ganz still. Er sah so aus, als ob er grad aus einem Traum erwacht wäre. Hat sich entschuldigt und ist in sein Zimmer gegangen. Dann war er weg.«

»Weg? Wie das?«

»Er hat uns einen Brief geschrieben. Daß wir ihn nie wiedersehen werden. Daß er nicht mehr leben kann. Mein Gott, wir haben ihn überall gesucht. Auf dem S-Bahnhof ist er gewesen. Ostkreuz. Er … Ich glaube, er wollte sich vor einen Zug werfen.«

»Und daraufhin haben Sie ihn zum Arzt geschickt?«

»Gebracht. Er wollte nicht. Aber jetzt geht er von allein hin. Er hat mir gesagt, daß da irgend jemand in seinem Kopf sitzt und der Doktor ihn vielleicht herausbekommen kann.«

Dietrich Kölling nickte. Es war Alejandro selbst, der in Alejandros Kopf saß, aber ein anderer, früherer Alejandro: das Kind.

»Wer ist Ben?« fragte er.

»Wir kennen keinen«, behauptete der Vater. Das mochte zutreffen oder nicht, Dietrich Kölling ließ es vorerst dahingestellt. Er hatte allerdings eine Idee. Auch sie behielt er noch für sich.

»Die Krankheit, die bei Ihrem Sohn diagnostiziert wurde, wissen Sie, wie die heißt?«

»Na ja«, die Mutter war wieder am Zuge, »der Arzt meinte, daß er zwar noch nicht hundertprozentig sicher ist, aber er hat so eine Abkürzung benutzt. M? MPS?«

»Genau«, sagte Dietrich Kölling, »MPS. Multiple Persönlichkeitsstörung. Auch Dissoziative Identitätsstörung genannt. Eine Erkrankung der Psyche, die verbreiteter ist, als man gemeinhin annimmt, und die oft gar nicht festgestellt wird. Es ist auch einiges bekannt über die Ursachen. Die Wurzeln liegen in der Kindheit. Kinder schützen sich mit einer Identitätsaufspaltung gegen Gewalt. Herr Gonzalez, gegen körperliche, emotionale oder sexuelle Gewalt. Ist Alejandro geschlagen worden?« Die Katze war aus dem Sack.

»Selten.« Luis Antonio Gonzalez konnte nicht mehr stehen, aber er mochte sich auch nicht setzen, also ging er zum Fenster und schaute hinaus. Auf diese Weise konnte er sein Gesicht vor Dietrich Kölling verbergen. Dietrich Kölling erhob sich und trat an den Mann heran.

»Ein Kind muß gehorchen lernen«, meinte dieser.

»Sie haben ihn also geschlagen«, stellte Dietrich Kölling mit kalter Stimme fest. »Wie und womit?«

»Manchmal gab's schon eine Ohrfeige«, sagte der Mann.

»Mit einer Hundepeitsche«, schrie die Mutter.

3

»Morgen ist wieder Schule, also gehst du jetzt nicht mehr runter«, sagte Becker eine Spur zu laut. Sein Sohn grinste nur. Becker hatte nicht übel Lust, ihm eine zu scheuern. Aber er beherrschte sich. »Und wohin überhaupt? Ich denke, du hast keine Freunde? Außer in Leipzig natürlich.«

»Der Herr versuchen sich als Erziehungsberechtigter?« fragte Beckers Frau ironisch und strich dem Jungen übers Haar.

»Ein bißchen Gehorsam könnte dem Frechdachs nicht schaden«, meinte Becker.

»Wer hört denn auf dich?« mischte sich nun auch noch Tochter Lilo ein, bei der recht üppige Brüste zu wachsen begonnen hatten. »Dein dicker Chef macht doch auch mit dir, was er will.«

»Was um alles in der Welt hat mein dicker Chef mit dieser verblödeten Familie zu tun?« Becker lief in den Flur und nahm seine Aktentasche von der Garderobe. Im Wohnzimmer tuschelten die drei Verschwörer; wahrscheinlich beratschlagten sie, wie sie das Familienoberhaupt endgültig in den Wahnsinn treiben konnten. Becker lächelte. Eine Familie war etwas furchtbar Anstrengendes, aber ohne Familie wurde man schrullig, wie man an Dietrich Kölling erkennen konnte. Der Alte kutschierte nachts durch die Weltgeschichte, weil er sich verliebt hatte wie ein Pennäler und die Einsamkeit in seinen vier Wänden nun noch weniger ertrug. Becker kehrte zu seinen Lieben zurück, knallte die Aktentasche auf den Couchtisch und ließ die Schlösser aufschnappen.

»Killst du uns jetzt?« wollte Mark wissen. Brüste bekam der Junge zwar nicht, aber Becker hatte an anderen untrüglichen Zeichen erkannt, daß auch sein Sohn der Kindheit entwuchs.

»Nö«, sagte er, »ihr seid die Kugeln in der Trommel meiner Smith & Wesson nicht wert.«

»Kugeln, so'n Quatsch«, meinte Mark. »Wo wird denn mit Kugeln geschossen?«

»Im *Freischütz*«, sagte Becker und entnahm seiner Aktentasche ein paar Unterlagen. »So, und da ihr mich als Erziehungsberechtigten nicht wollt, akzeptiert ihr mich vielleicht als jemanden, der die Kohle für eure verwöhnten Ansprüche ranschaufelt. Ich ziehe mich also zum Arbeiten zurück.«

»Aber nicht in die Küche«, sagte Beckers Frau. »Ich muß abwaschen.«

»Wenn du die Bälger nicht so verwöhnt hättest«, erwiderte der Oberkommissar und küßte sie aufs Ohr, »dann würden sie jetzt den Haushalt schmeißen.«

»Und wenn ich dich nicht verwöhnt hätte?«

»Würde ich mich jetzt nicht aufs Bett legen«, sagte Becker.

4

Nach dem Ausbruch der Frau Gonzalez, der auch ein Zusammenbruch war, hatten Sohn und Schwiegertochter in das Geschehen eingegriffen, was Dietrich Kölling nicht gefiel, womit er sich aber abfinden mußte. Da man eine Frau nicht unter den Teppich kehren konnte, war sie hinausgeschafft worden, schließlich hatten die Krankheit ihres Jüngsten, die beiden Morde und der unerträgliche Bulle ihre Psyche angegriffen, und sie hatte sich Ruhe verdient. Dietrich Kölling spielte mit einem Cornichon und warf hin und wieder einen

Blick auf Luis Antonio, der sich nun doch gesetzt hatte und vor sich hinschnaufte.

»Mit einer Hundepeitsche«, sagte Dietrich Kölling.

»Hören Sie auf«, verlangte Gonzalez.

»Noch lange nicht.« Dietrich Kölling schaute sich nach einem Aschenbecher um. Auf der Fensterbank stand einer, also wurde hier auch geraucht. »Zum Beispiel haben Sie mir noch immer nicht erklärt, warum Sie Ihren Wagen verschenken wollen.«

»Das will ich nicht, und das werde ich nicht. Vielleicht hat Alejandro diese Urkunde gefälscht. Sie wissen ja …«

»Ich weiß, ich weiß.« Dietrich Kölling präsentierte seine Zigarettenschachtel, Gonzalez nickte. Auch er holte ein zerknittertes Päckchen *Golden American* aus seiner Hosentasche und begann zu paffen. »Alejandro neigt zu absurden Handlungen. Mag sein, daß er auch das Auto seines Vaters verschenkt. Die Hundepeitschen-Geschichte reicht mir nicht.«

»Was wollen Sie denn noch, verdammt!« Luis Antonio schlug mit der flachen Hand auf den Tisch. Zwei Weingläser fielen um, aber sie waren zum Glück noch nicht gefüllt worden.

»Zum Beispiel wissen, ob Sie einen Peter Benedix kennen.«

»Wie?«

»Peter Benedix.«

Gonzalez nickte. Die Hand, die seine Zigarette hielt, zitterte wie im Tremor.

»Woher?« Dietrich Kölling war dicht dran, das spürte er.

»Flüchtig«, sagte Gonzalez.

»Das ist keine Antwort auf meine Frage.«

»Von der Arbeit«, sagte Gonzalez. Dietrich Köllings Körper spannte sich. »Er arbeitet im selben Unternehmen wie ich.«

»Sie haben etwas mit den Diskotheken zu tun?«

»Nein, nein, ich arbeite bei *Netzwerk CultOst*. Das ist so ein Verein, und die Diskotheken ...«

»Mir bekannt«, unterbrach Dietrich Kölling. »Was machen Sie dort?«

»Ich bin Lehrausbilder«, erklärte Gonzalez. »Wir haben Werkstätten für Jugendliche, die keine Lehrstelle gefunden haben. Man kann Maler werden, Zimmermann, Möbeltischler, Karosseriebauer oder Damenschneider.«

»Und Sie? Wie ein Damenschneider sehen Sie nicht aus.«

»Ich bilde die Tischler aus.«

»Stellen Sie nur Holzmöbel her?«

»Tischler«, sagte Gonzalez, »und das müßten Sie eigentlich wissen, Tischler arbeiten mit Holz.«

»Und Karosseriebauer?«

»Die lernen nebenan«, sagte Gonzalez.

»Aha«, meinte Dietrich Kölling nur und drückte seine Kippe in der Gewürzlake aus.

5

Becker hatte sich die Nazi-Postillen mit nach Hause genommen, in denen zwar nicht direkt zum Töten aufgerufen wurde, wo die anoymen Autoren aber doch durchblicken ließen, daß sie ihren Feinden den Tod nicht bloß an den Hals wünschten. Und die armen Nazis waren von Feinden regelrecht umstellt; der Zentralrat der Juden wollte ihnen und dem gesamten deutschen Volk ans Leder, die korrupten politischen Parteien, die kommunistisch unterwanderte Polizei und die organisierten Antifaschisten sowieso. Wie ihre autonomen Pendants litten sie unter Verfolgungswahn und gehörten eigentlich auf die Sitzcouch des Doktor Marx.

Becker war Polizist und hatte den Staat gegen rechts und links zu schützen, aber wenn er tief in sich hineinhorchte, waren ihm die Autonomen sympathischer. Ihre Ideale, die sie zumindest auf den Lippen trugen, viele von ihnen aber gewiß auch im Herzen, diese Ideale erinnerten ihn an seine Vergangenheit. Auch er hatte eine sozial gerechte, tolerante Gesellschaft gewollt und sich eine Zeitlang sogar eingebildet, einer solchen Gesellschaft zu dienen. Daß dieser sogenannte Sozialismus extrem intolerant gewesen war, das war ihm erst allmählich aufgegangen; intolerant waren die autonomen Toleranzverfechter allerdings auch. Becker hatte einer Diktatur gedient, allerdings hatten ihre Ideologen nie verschwiegen, daß es sich um eine Diktatur handelt; sie hatten sie allerdings demokratisch genannt, und das war natürlich ein Widerspruch in sich.

Es gab keine soziale Gerechtigkeit, und es würde keine geben, selbst wenn sie nicht nur in der Theorie, sondern auch in der Praxis möglich wäre: Die Menschheit hatte einfach keine Zeit mehr, eine solche Ordnung zu installieren, denn sie würde zuvor an der allgemeinen Ungerechtigkeit zugrunde gehen. Daran gab es für Becker ebensowenig Zweifel wie an seiner Rolle; als Bulle und Beamter konservierte er den Status quo.

Becker blätterte die Listen mit den Namen und Anschriften jener Menschen durch, die nach Meinung der Verfasser ins Konzentrationslager und eigentlich sogar ins Gas gehörten. Natürlich, wer arm war, träumte noch immer von einer gerechten Verteilung des Reichtums. Nur waren nicht alle Autonomen wirklich arm, viele spielten oder kultivierten die Armut nur. Trotzdem würde Becker zögern, wenn man von ihm verlangte, einen Schlagstock gegen diese jungen Leute zu erheben. Bei Nazis hätte er diese Skrupel nicht.

Fischbeck vom Polizeilichen Staatsschutz hatte Dietrich Kölling kein X für ein U vorgemacht, und in der Rubrik *Organisierte Zecken* stieß Becker tatsächlich auf Ronald Breuer. Und nicht nur ihn fand er dort, sondern auch Karsten Hoff und die Redaktion des *LeftWingsPowder*, während Uhlmann und Mister Bean nicht aufgeführt waren. Im Visier hatten die Neofaschisten das *X-trem*, jene Kneipe also, in der sich Michael, Konstantin und die anderen Streetfighter vor ihrem revolutionären Einsatz nach der Walpurgisnacht Mut angetrunken hatten; das *X-trem* rangierte unter den Zeckentreffpunkten. Warum man den autonomen Antifas ausgerechnet den Namen eines kleinen Blutsaugers verliehen hatte, der mit sehr wenig Nahrung sehr lange überdauern konnte, wußte Becker nicht, aber es war auch nicht wichtig.

Ronny Breuer schien in der linksradikalen Szene jedenfalls ein mittelgroßes Licht zu sein. Angeblich hatte er mehrere Überfälle auf Klubs organisiert, in denen sich rechte Jugendliche trafen, und um ihn richtig madig zu machen, wurde auch noch behauptet, daß er ein schwuler Kinderficker sei. Wahrscheinlich diente dieser Hinweis nur dazu, ihn als besonders widerwärtiges Exemplar der Gattung Zecke zu denunzieren; jedenfalls war Breuer ausdrücklich zum Abschuß freigegeben. Nur hatte ihn bisher niemand abgeschossen.

Becker legte die Hetzblätter angeekelt zur Seite und schaute sich die Decke des Schlafzimmers an. Auf Wunsch seiner Frau hatte er sie lindgrün gestrichen, weil diese Farbe angeblich beruhigte. Daß seine Frau im Dunkeln zu schlafen pflegte und sich von der Decke also gar nicht beruhigen lassen konnte, war ein Argument, daß an ihrer weiblichen

Logik abgeprallt war. Die Männer, so hatte sie ihm klargemacht, hätten die Rationalität erfunden, die Frauen das Irrationale. Becker hielt das für einen Trugschluß: In jeder Erfindung war nämlich ihre Negation bereits aufgehoben.

In der Diele läutete das Telefon, und wenig später balgten sich seine Kinder darum, wer den Hörer abnehmen durfte. Becker, der ahnte, wer am Apparat war, setzte sich auf und schlüpfte in seine Hausschuhe. Um diese Zeit riefen nur seine Eltern an, seine Schwiegereltern, die nicht begreifen konnten, wie man im hochkriminellen und lebensgefährlichen Westberlin überhaupt existieren konnte, oder Dietrich Kölling. Becker tippte auf seinen von plötzlichem Eifer beseelten Chef und latschte in den Flur. Seine geizigen Schwiegereltern würden nicht anrufen: Vor drei Jahren waren sie von ihren Freunden überredet worden, sich das hochkriminelle und lebensgefährliche New York anzuschauen, und seitdem konnten sie nicht genug kriegen von dieser Stadt, die Becker vermutlich nie zu Gesicht bekommen würde; sie interessierte ihn auch nicht besonders.

»Der Dicke«, sagte Mark und hielt ihm den Hörer hin. Becker nahm ihn seufzend entgegen.

»Es geht auf dreiundzwanzig Uhr zu«, schimpfte er.

»Eben«, entgegnete Dietrich Kölling. »Ich weiß ja, daß Sie nie vor Mitternacht das Licht ausmachen, weil Sie Ihre Bälger nicht früher in die Falle zwingen können. Versuchen Sie es mit einer Hundepeitsche, um sich Respekt zu verschaffen.«

»Hundepeitsche? Haben Sie getrunken?«

»Keinesfalls. Ich habe ein paar Gewürzgürkchen verschlungen, aber ich glaube, die sind nicht gefährlich. Wissen Sie, wo ich weile?«

»Das habe ich mir gedacht«, sagte Becker.

»Was haben Sie sich gedacht?«

»Daß Sie weilen. Gewöhnliche Sterbliche sind irgendwo, Sie weilen.«

»Ich habe ja auch Abitur.« Beckers Chef wirkte aufgeräumt, als würde er unter dem Einfluß von Drogen stehen. Womöglich berauschte er sich derzeit an einem erhöhten Spiegel von Testosteron und Adrenalin. »Nehmen wir die Welt in der Art eines Kriminalbeamten wahr, also im Uhrzeigersinn. Ich sitze in einem Auto. Links von mir befindet sich ein Neubaublock. Vor mir ist Straße. Rechts von mir befindet sich ein Neubaublock. Hinter mir erstreckt sich meine Biographie.«

»Wenn Sie noch lange orakeln, schaffe ich es nicht bis Mitternacht«, meinte Becker.

»Orakeln, Donnerwetter.« Dietrich Kölling prustete. »Und das nach dem Besuch einer DDR-Fachschule für Kriminalistik. Oder haben Sie dieses klassische Wissen im Parteilehrjahr erworben?«

»Mitternacht«, drängelte Becker.

»Ja, schon gut. Ich stehe vor einem Haus. In diesem Haus wohnt die Familie Gonzalez mit ihrem durchgeknallten Sprößling. Er ist in seiner Kindheit mit der Hundepeitsche erzogen worden, deshalb meine Anspielung. Alejandro ist aushäusig. Ich warte auf ihn.«

»Bei Hajota würde ich das verstehen«, sagte Becker, »aber bei Ihnen? Ziemlich spätes Coming-out, wenn ich ehrlich bin. Oder haben Sie den Sozialarbeiter in sich entdeckt?«

»Steckt nicht in jedem Bullen ein verkappter Sozialfuzzi?« Dietrich Kölling war offenbar in philosophischer Stimmung, dabei war der Himmel bedeckt, der Mond also nicht zu sehen.

»Also gut, ich bin einverstanden. Halten Sie mir Ihren Vortrag.«

Dietrich Kölling brauchte eine Viertelstunde. Becker, der sich in sein Schicksal gefügt hatte, flocht an den dafür vorgesehenen Stellen Ausrufe des Erstaunens ein, manchmal brummte er auch bloß etwas halbwegs Zustimmendes, aber schließlich wurde es ihm doch zu bunt.

»Haben Sie eine Vorstellung davon, wann in Großbritannien die Prügelstrafe abgeschafft worden ist?« fragte er.

»Wie kommen Sie denn jetzt darauf?« Der Chef war tatsächlich verwundert.

»Ich entnehme Ihren Worten einen unterschwelligen Rassismus«, erklärte Becker. »Ich habe den Eindruck, bei einem Kubaner erwarten Sie, daß er seine Kinder schlägt. Weil bei Menschen, die auf Bäumen leben, die Aufklärung versagt hat.«

»Falsch, Becker.« Dietrich Kölling räusperte sich. »Erstens: Ich bin der Erfinder des Multikulturellen. Alle Kulturen befruchten sich gegenseitig, und unsere Sprache kann durch die häufige Benutzung fremdländischer Vokabeln nur reicher werden. Das ist hip, tough und top. Und crazy sowieso. *De nada* fehlt uns noch. Zweitens: Daß die Kubaner nicht auf Bäumen leben, weiß ich selbst. Sie bevorzugen Wellblechhütten.«

»Weil sie arm sind, Mensch«, wies Becker seinen Chef zurecht.

»Und daran sind wir schuld, nicht wahr? Wir haben ihnen unsere Maschinen geschickt, ihnen aber nicht erklärt, daß man mit Mähdreschern weder Glasperlen noch Absinth ernten kann. Und Goldkettchen sehen auf brauner Haut bestimmt hübsch aus, aber sie eignen sich nicht zum Betreiben eines Kraftfahrzeugs. So, gut, ich bin ein Rassist.«

»Manchmal ja«, bestätigte Becker.

»Und jetzt will ich Ihnen mal was zeigen. Den anderen Dietrich Kölling, die weiche, mitleidige Seele. Der Junge tut mir leid, verstehen Sie? Er tut mir leid, weil ihm etwas angetan wurde, was man Kindern nicht antun darf, niemals. Vielleicht haben Sie immer den Eindruck gehabt, daß ich Kinder nicht ausstehen kann, aber das gilt nur für Säuglinge. Ansonsten ist mir scheißegal, ob der Vater nun braun, weiß, grün oder blau ist. Ob er Grönländisch spricht oder Suaheli. Es gibt Ausländer, die sich schlecht benehmen, und es gibt Deutsche, die sich schlecht benehmen. Falls schlechtes Benehmen überhaupt ein angebrachter Begriff ist. Säuisch. Gemein. Brutal. Und das wirklich Säuische, Gemeine und Brutale ist: Nicht diese Rabenväter kriegen einen Knacks, sondern ihre Kinder. Das schreit nach Rache.«

»Ihre neue Mütterlichkeit hat nicht zufällig etwas mit Frau Donath zu tun?« wollte Becker wissen.

»Also gute Nacht«, sagte Dietrich Kölling und kappte die Verbindung.

6

Während er in seinem Wagen wartete, fragte sich Dietrich Kölling, wo denn das pulsierende Leben war, auf das sich Berlin so viel einbildete. Niemand war in der Straße unterwegs, niemand betrat oder verließ eines der Häuser. Dietrich Kölling benötigte keine Uhr, um sich vom Fortschreiten der Zeit zu überzeugen; hinter einem Fenster nach dem anderen erlosch das Licht. Ein paarmal schrie ein Mann. Dietrich Kölling rauchte. Der Mann schrie vielleicht, weil er an einer schweren Krankheit litt oder vor Lust oder weil er Lust am Schmerz empfand. Auch Katzen schrien. Hin und wieder war eine Sirene zu hören, manchmal das Fallen einer Jalousie.

Dietrich Kölling hatte sich schon lange nicht mehr eine Nacht mit einer Observation um die Ohren geschlagen, denn dafür gab es Spezialisten. Was er tat, war vollkommen überflüssig, schließlich hätte er Alejandro Gonzalez zur Befragung vorladen können. Ihn interessierte allerdings, was einen Gymnasiasten, der früh aus den Federn mußte, dazu bewog, so spät heimzukehren. Vielleicht ertrug er sein Elternhaus nicht, vielleicht feilte er heimlich an Chromstangen herum. Oder er stand auf einem Bahnsteig und wartete auf den nächsten Zug. Oder er war bereits gesprungen. Dietrich Kölling rief das Lagezentrum. Bisher hatte es in dieser Nacht noch keine Suizide und Suizidversuche gegeben, es war also eine ungewöhnliche Nacht.

Dietrich Kölling dachte an die Hundepeitsche. Er hatte einen Fall untersuchen müssen, bei dem ein junger, überforderter Vater seinen Säugling aus dem Fenster geworfen hatte, weil er dessen Schreien nicht ertragen konnte. Das war eines jener Ermittlungsverfahren gewesen, die man im Handumdrehen über die Bühne brachte, denn der Täter stand von Anfang an fest und sein Motiv auch. Dietrich Kölling hatte dem Mörder eine Menge Verständnis entgegengebracht, obgleich er sein Problem auch auf andere Weise hätte lösen können, nämlich indem er einfach die Wohnung verließ. Das Baby hätte sich um Kopf und Kragen brüllen können, der Mann hätte ein paar Schnäpse gekippt und sich im schlimmsten Fall wegen Verletzung der Aufsichtspflicht verantworten müssen. Stattdessen hatte er zehn Jahre eingesackt.

Gonzalez hatte seinen Sohn geschlagen, als dieser kein Kleinkind mehr war. Kinder konnten kleine Terroristen sein, das wußte auch Dietrich Kölling, aber wer zur Peitsche griff, war entweder ein Sadist, oder er litt unter Minderwertigkeitskomplexen. Die DDR war mit ihren Gastarbeitern noch schlimmer umgesprungen als die Bundesrepublik und hatte sie in Ghettos gesperrt, die sich Wohnheime nannten, und vielleicht war dies auch Luis Antonio Gonzalez widerfahren. Irgendwann hatte er zwar eine deutsche Frau geheiratet, aber auch deswegen mochte er Spießruten gelaufen sein, er, der Ehemann einer Negerhure. Man hatte seinen Stolz verletzt, und er hatte sich an seinem Sohn dafür gerächt, indem er dessen Stolz durch Peitschenhiebe brach. Denkbar war natürlich auch, daß er Lust dabei empfunden hatte und ihm ein Ständer gewachsen war, wenn er seinen Sohn auf die Folterbank legte. Dietrich Kölling war von Berufs wegen mit fast allen Abgründen der menschlichen Seele und fast allen Perversitäten des menschlichen Verlangens vertraut, aber daß man sich daran aufgeilen konnte, Kinder zu quälen oder gar langsam zu Tode zu martern, das würde er nie verstehen. Wer so etwas tat, der war nicht einfach krank; es war nur ein bequemer Schutzmechanismus, derartige Praktiken zu Krankheiten zu erklären. Nein, diese Täter waren wie viele andere auch nur feige, machtgierige und impotente Krüppel, die ihre Schwäche und Erbärmlichkeit kompensierten, indem sie Kinder schlugen oder vögelten. Dietrich Kölling wollte mit diesem Abschaum nichts zu tun haben.

Alejandro Gonzalez tauchte vollkommen unerwartet vor Dietrich Köllings Wagen auf. Dietrich Kölling hatte zwar gegrübelt, aber die Straße nicht aus den Augen gelassen; eigentlich hätte er den Jungen schon seit einiger Zeit sehen müssen. Alejandro stand in der Lücke zwischen zwei geparkten Autos und schaute hinauf zu den dunklen Fensterhöhlen, ungefähr dorthin, wo Dietrich Kölling die Wohnung der Eltern vermutete. Er stand ganz still, wie angewurzelt. Dietrich Kölling hielt den Atem an. Er spürte, daß gleich etwas passieren würde. Es passierte auch etwas. Alejandro zog seine Jacke aus, dann sein T-Shirt. Ein Ruck ging durch seinen Körper, dann sprang er auf die Straße. Dietrich Kölling zog unwillkürlich den Kopf ein.

Der Junge reckte seine nackte Brust, senkte den Kopf und schaute sie sich an. Mit der linken Hand zog er etwas aus seiner Hosentasche, das er in der Faust verborgen hielt. Dietrich Kölling beugte sich vor. Dann blitzte es. Was Alejandro in der Hand hielt, war ein Springmesser, und die Schneide ragte aus seiner Faust. Dietrich Kölling faßte an den Türgriff. Alejandro hob die Hand und setzte sich das Messer auf die Brust. Er streichelte sich mit der Spitze. Dietrich Kölling schob langsam die Tür auf. Viel würde er nicht tun können. Bis er den Jungen erreicht haben würde, konnte dieser sich das Messer zweimal ins Fleisch rammen, und es ihm aus der Hand schießen, wie man es in Filmen so oft sah, war unmöglich: Dietrich Kölling hatte seine Dienstpistole nicht dabei, aber er würde auch nicht treffen. Der Schuß würde entweder vorbeigehen oder Alejandro ins Jenseits befördern. Dietrich Kölling hatte noch nie auf einen Menschen geschossen. Es war auch nie notwendig gewesen.

Alejandro hatte Dietrich Kölling entdeckt und lachte. Dietrich Kölling, der neben seinem Wagen stand, legte beide Hände aufs Dach.

»Wie finden Sie mich, Dicker?« wollte der Junge wissen. »Schön? Finden Sie mich schön? Möchten Sie mich nackt sehen? Ganz nackt? Wollen Sie mich anfassen? Angrapschen? Mit Ihren fetten Flossen?«

»Nein«, sagte Dietrich Kölling fest.

»Nein? Bin ich nicht schön? Bin ich nicht dein kleiner, süßer Alex? Du kriegst alles, Dicker. Alles. Vorn, hinten, oben, unten. Alles. Wo ist Ben?«

»Kommt gleich«, sagte Dietrich Kölling. Alejandro schüttelte den Kopf und zitterte. Speichel floß ihm aus den Mundwinkeln, und soweit Dietrich Kölling es im Laternenlicht erkennen konnte, waren seine Augen starr.

»Ich hab' auch eine Muschi«, meinte der Junge. »Das glaubst du nicht? Doch, doch. Eine kleine, süße Alex-Muschi. Wohin fahren wir?«

»Ans Meer?«

»Oh, ja, ans Meer. Meer, Meer, Meer. Mehr Meer. Palmen? Hast du nicht auch Palmen in deinem Studio, Ben?« Alejandro ließ die Hand mit dem Messer sinken, Dietrich Kölling atmete auf und tastete sich unmerklich vorwärts. Der Junge fummelte an seinem Hosenschlitz.

»Ich schneide ihn ab«, schrie er.

Dietrich Kölling setzte sein gesamtes Gewicht ein. Alejandro taumelte, schlug mit dem Rücken gegen eines der Autos, rutschte zu Boden. Blitzschnell griff Dietrich Kölling nach dem Messer, das auf den Asphalt gesegelt war. Alejandro wimmerte.

»Bitte nicht«, sagte er leise, als sich Dietrich Kölling über ihn beugte. »Bitte nicht.«

7

Eine halbe Stunde hatte Dietrich Kölling gebraucht, um eine Kneipe zu finden, die noch offen war. Sehr vielversprechend sah die Kaschemme nicht aus, in der er sich mit Alejandro schließlich niedergelassen hatte, und auch das Publikum rekrutierte sich offenkundig aus dem Stand der ewigen Verlierer; ein zahnloses Muttchen mümmelte an einem Apfelkorn, zwei tätowierte Trinker debattierten lallend über Fußballmannschaften und schlugen ständig mit ihren Händen in die Alkoholpfütze auf ihrem Tisch, der Wirt schlurfte durch den Raum, wenn er die Getränke brachte. Alejandro tanzte. Er tanzte mit geschlossenen Augen zwischen den schmierigen Resopaltischen, ein hübscher, junger Mann mit einem kaputten Gehirn. Sein Körper bildete einen starken Kontrast zu den vergilbten Tapeten und den vom Rauch gebräunten Gardinen, sein Gehirn war hier goldrichtig. Dietrich Kölling schwieg und schaute zu. Als Alejandro zu tanzen begonnen hatte, hatte ihn der Wirt vor die Tür setzen wollen. Dietrich Kölling hatte sich mit seinem Ausweis Respekt verschafft.

Alejandro schwitzte. Das Wasser lief ihm über Gesicht und Hals, sein T-Shirt war naß, sein Haar klebte an der Kopfhaut. Er tanzte. Nicht wild und leidenschaftlich, sondern selbstversunken. Das Wasser lief. Dietrich Kölling zündete sich eine Zigarette an. Er hatte die Augen des Jungen genau betrachtet und den Irrsinn in ihnen gesehen. Vielleicht litt er unter einem Anfall seiner Krankheit, aber Dietrich Kölling nahm eher an, daß er unter Drogen stand. Die Jacke des Jungen, die neben ihm über dem Stuhl baumelte, hatte er schon durchsucht. Pillen hatte er nicht gefunden, aber einen Fünfhundertmarkschein, der aussah, als wäre er gerade gedruckt worden. Feucht war auch er.

»Scheiße«, schimpfte der Wirt, als Alejandro ihn anrempelte.

Dietrich Kölling hatte vorgehabt, sich mit dem Jungen in der Kneipe zu unterhalten, nun sah er ein, daß dies unmöglich war. Alejandro brauchte einen Arzt, zumindest ein Bett. Wenn er seine Zigarette zu Ende geraucht hatte, würde er ihn heimfahren. Es war bereits halb zwei. Auch Dietrich Kölling war müde.

Alejandro fiel um, als hätte ihn ein Blitz getroffen. So einen Sturz hatte Dietrich Kölling noch nie gesehen.

8

Niemand sah glücklich aus, Becker nicht, die Blissow nicht, und Dietrich Kölling am allerwenigsten. Seine Mitarbeiter hatte er aus dem Schlaf geholt, und niemand liebte es, vor dem Aufstehen geweckt zu werden. Dietrich Kölling aber war noch gar nicht zum Schlafen gekommen, und er wurde allmählich zu alt für durchwachte Nächte.

Die Uhr am Ende des Krankenhausflures zeigte vier Uhr fünfzehn. Unter der Uhr hockten Luis Antonio Gonzalez und dessen ältester Sohn. Die Mutter war auch dagewesen, aber lange hatte sie den Geruch von Krankheit, Sterben und Tod nicht ausgehalten. Der Arzt hatte ihr eine Spritze gegeben und sie nach Hause fahren lassen. Auch Krankentransportunternehmen mußten verdienen. Dietrich Kölling nickte vor sich hin.

Alejandro Gonzalez' Körper hatte nicht mehr verkraftet, was der Junge ihm zugemutet hatte. Daß der Puls des Jungen extrem flach war, während sein Herz raste wie besessen, hatte Dietrich Kölling noch selbst feststellen können. Für die Diagnose, daß dieser junge Körper im Begriff stand auszutrocknen, hatte es eines Arztes bedurft. Der Arzt war nicht sehr freundlich gewesen. Auch ihn hatte man geweckt.

Alejandro lag in einem Zimmer, in dem er zwischen Apparaten fast verschwand. In seine Adern tröpfelten klare Flüssigkeiten. Eine Maschine beatmete ihn. Eine Maschine zeichnete seine Lebenszeichen auf. Es gab noch welche. Wie lange es so sein würde, hatte der Arzt nicht gesagt. Er hatte überhaupt wenig gesprochen, denn fürs Reden wurde er nicht bezahlt. Dietrich Kölling gab Alejandro wenig Chancen. Die Maschinen würden ihn vielleicht retten, es fragte sich nur, ob er auch gerettet werden wollte. Dietrich Kölling fixierte den Vater. Er war nicht mehr dunkelhäutig, sondern grau. Wenn er jetzt nicht den Mund aufmachte, war er wirklich ein Schwein. Dietrich Kölling gesellte sich zu ihm.

»Es war nicht nur die Peitsche, stimmt's?«

»Lassen Sie ihn doch«, bat der Sohn.

»Warum soll ich ihn lassen? Weil es ihm wehtut? Das soll es auch, mein Lieber. Ihr Vater sieht nicht besonders gut aus, nicht wahr? Glauben Sie, daß er traurig ist? Wegen Alejandro? Ich glaube es nicht. Er hat Angst. Er hat verdammten Schiß in der Hose. Zu recht hat er den. Denn jetzt werden wir die ganze Scheiße aufwühlen, und dann bleibt von ihm nichts übrig.«

»Ich habe keine Angst«, behauptete Gonzalez.

»Oh, doch. Ihre Existenz steht auf dem Spiel. Und Sie haben noch ein Fünkchen Hoffnung, daß der Kelch an Ihnen vorbeigeht. Irrtum, mein Herr. Oder denken Sie, daß Doktor Marx jetzt noch an seiner Schweigepflicht festhält? Und wenn … Es besteht die Möglichkeit, ihn davon zu entbinden.«

»Was denken Sie denn von mir?« Gonzalez bemühte sich, entrüstet zu wirken.

»Das will ich Ihnen sagen.« Dietrich Kölling setzte sich neben ihn. »Ich denke, daß Alejandro ein kleines, süßes Kind war. Mit einem kleinen, süßen Schwanz. Einem kleinen, süßen Po. Der kleine, süße Alex, richtig? Und wer waren Sie? Ein Kubaner in der DDR. Gott, vielleicht haben sich die Mädchen um Sie gedrängelt, vielleicht hatten Sie ständig Affären. Naja, und verheiratet waren Sie auch. Aber haben die Frauen wirklich Sie gemeint? Den Mann Luis Antonio Gonzalez? Oder nur den Exoten? Den Vertreter der Karibik, die unerreichbar war? Hat Ihre Frau Sie wirklich geliebt, oder wollte sie bloß mit Ihnen angeben? Schaut her, ihr dummen Ossitrinen, ich habe einen Mann aus der fernen, fremden Welt! War es so? Sicher war es so. Oder ähnlich. Aber da war noch der kleine, süße Alex. Der liebte Sie bedingungslos. Und zur Liebe gehört auch Sex, nicht? Da schleicht man schon mal nachts ins Kinderzimmer. Da liegt dann das Kind. Wehrlos, hilflos. Habe ich recht, Herr Gonzalez? Mein Gott, das Kind bettelt. *Bitte nicht*, sagt es. *Bitte nicht*. Es weiß ja, was kommt. Aber sagen nicht auch die Frauen manchmal *Bitte nicht*, wenn sie einen aufreizen wollen? Doch bei Frauen muß man Leistung bringen. Die wollen einen Stier. Dachten Sie jedenfalls, Gonzalez. Den karibischen Deckhengst. Der immer kann. Niemand kann immer. Beim süßen, kleinen Alex ist es egal. Und komisch, bei jemandem, bei dem es egal ist, kommt man ohne Schwierigkeiten. War es so? Gonzalez, ich will wissen, jetzt und hier, Gonzalez, will ich wissen, ob es so war.«

»Nein«, sagte der Sohn.

»Sie habe ich nicht gefragt.«

»Nein«, wiederholte der Sohn trotzdem. »Wenn, dann kamen sie alle.«

»Alle? Wer?«

»Er«, der junge Gonzalez zeigte auf seinen Vater, »und diese Typen aus dem Westen. Sie haben dafür bezahlt. Oder etwas mitgebracht. Schnaps. Pralinen. D-Mark.«

»Haben diese Typen auch Namen?«

»Ja«, sagte der Sohn. »Dietmar und Rüdiger.«

»Und die sind damals aus Westberlin angereist, um sich an Ihrem Bruder zu vergreifen?«

Alejandros Bruder nickte.

»Sogar Videos haben sie manchmal gemacht.«

»Rüdiger von Wartenberg?«

»Das ist der Cousin meiner Mutter«, sagte der Junge.

Dietrich Kölling hatte eine Festnahme durchzuführen. Er winkte Becker und die Blissow herbei. An Luis Antonio Gonzalez würde er sich nicht die Hände schmutzig machen.

Dann ging er hinaus. Vor das Krankenhaus. Es dämmerte. Der Leichenwagen, der die über Nacht Gestorbenen zur Prosektur transportierte, befuhr den Klinikhof. Der Fahrer lachte. Niemand konnte ihm das Lachen verbieten. Auch Dietrich Kölling würde es nicht tun. Lachen bedeutete Leben, und noch lebte er. Dietrich Kölling stand mit dem Tod auf Duzfuß, Leichen waren sein täglich Brot. Plötzlich hatte er Angst zu sterben.

FÜNFTES KAPITEL

1

Ein Kriminalbeamter war gezwungen, sich an den obskursten Plätzen aufzuhalten, aber im Augenblick war die Blissow unterwegs zu einem Ort, der ihr in ihrem bisherigen Leben erspart geblieben war: das Arbeitsamt. Das Ostberliner Arbeitsamt Nummer zehn befand sich in einem Hochhaus, das einst dem Ministerium für Staatssicherheit gehört hatte, aber nicht deshalb wirkte es einschüchternd. Das Gebäude war ein grausamer architektonischer Fauxpas, in dem man unmöglich Menschen beherbergen konnte, selbst wenn es sich nur um Beamte handelte, die nach Feierabend heimgehen konnten. In diesem Haus mußte man stumpfsinnig werden. Die Blissow lenkte ihren Wagen auf einen Parkplatz, der den Mitarbeitern vorbehalten war. Und sie benutzte auch den Personaleingang.

Doktor Piesnack, der Herr über die Arbeitsbeschaffungsprogramme, residierte im fünften Stock. Die Blissow benutzte den Paternoster. Es gab Menschen, die davor Angst hatten, kopfüber in die Tiefe zu stürzen, wenn sie den rechtzeitigen Absprung verpaßten, deshalb wies eine Tafel darauf hin, daß diese Art von Aufzügen ungefährlich war. Die Blissow genoß die Fahrt mit kindlicher Freude. Es war ein kleines Abenteuer, in die Kästen hinein und aus ihnen wieder hinauszuspringen.

Auf dem langen, unpersönlichen Flur schaute sie sich nach den Arbeitslosen um. Sie hatte lange Reihen verzweifelter Menschen erwartet, aber es war niemand zu sehen, auch keiner der Angestellten. Die Blissow klopfte an Tür fünfhundertdrei. Beamter fünfhundertdrei rief sie herein.

Das Büro sah aus wie nahezu alle Büros der Welt. Es gab einen Schreibtisch, Aktenschränke, eine Ablage, eine Topfpflanze und einen schlanken, vermutlich recht großen Mann, bei dem die Blissow sofort spürte, daß er schwul war. Vor ein paar Jahren hätte man ihn womöglich noch geschaßt oder zumindest ins Archiv verbannt, doch mittlerweile leisteten sich die Behörden ihren Quotenhomosexuellen. Sogar Karriere konnte man machen. Es war einfach politisch unkorrekt, einem Homo Steine in den Weg zu legen. Aber die Blissow wußte, wie wetterwendisch das Schicksal all jener war, die am Rande des großen Stroms schwammen.

»Guten Morgen«, sagte Doktor Piesnack und strahlte. Sein Singsang verriet, daß er aus Hessen stammte. Und die Blissow war vermutlich seine erste Kundin.

»Wir haben telefoniert«, sagte sie.

»Dann sind Sie die Dame von der Kripo? Sie haben auch Stellennot, was? Aber eine Arbeitsbeschaffungsmaßnahme kann ich Ihnen nicht bewilligen.«

Die Blissow lächelte. Nach dem unangenehmen Auftakt dieses Tages war eine scherzhafte Plauderei genau das, was sie brauchte.

»Aus bestimmten Gründen«, erklärte sie, »befasse ich mich mit dem *Verein Netzwerk CultOst*, und mich interessiert alles, was Sie mir darüber berichten können. Auch das hatte ich Ihnen bereits angekündigt.«

»Und deshalb«, sagte Piesnack und klopfte auf ein Aktenbündel, »deshalb liegen diese Vorgänge auf meinem Tisch. Ich habe bereits darin geblättert, um Ihnen einen allgemeinen Überblick verschaffen zu können. Details können wir im Gespräch klären. Also«, Piesnack griff nach einem Zettel, »*Netzwerk CultOst* wurde als Verein 1990 gegründet und am 27. Mai 1990 beim Amtsgericht Charlottenburg ins Vereinsregister eingetragen. Im Vorstand saßen und sitzen immer noch ... gleich werden Sie staunen ... also, dort sitzen der ehemalige Bezirksbürgermeister Rolf Hanisch als Vorsitzender, der Internist Professor Wildenbruch als Stellvertretender Vorsitzender und die Schriftstellerin Annegret Königsstein als Kassiererin. Es gab außerdem noch zwölf weitere Gründungsmitglieder, unter ihnen viel ostdeutsche Prominenz. Die Idee war eben, die ostdeutsche Kultur zu erhalten und zu fördern, aber auch etwas Soziales zu leisten, na, so was in dieser Richtung. Zum Geschäftsführer wurde Herr Rüdiger von Wartenberg berufen, ein Unternehmer aus den alten Bundesländern. Aus Westberlin, genauer gesagt.«

»Gegen den zeitweise die Staatsanwaltschaft ermittelte«, warf die Blissow dazwischen.

»Aber erfolglos. Außerdem wurde uns das erst in letzter Zeit bekannt. Und immerhin gilt auch für Herrn von Wartenberg die Unschuldsvermutung. Ihm vor allem ist es zu verdanken, daß *Netzwerk CultOst* über die Jahre ein recht großes Unternehmen wurde. Deshalb auch die vielen Akten. Insgesamt haben wir vierzehn Arbeitsbeschaffungsmaßnahmen bewilligt, von denen fünf zur Zeit noch laufen. Insgesamt hundertneunundsiebzig Arbeitnehmer hatten seit Vereinsgründung die Gelegenheit, zumindest für ein Jahr wieder in Arbeit zu sein. Das ist doch sehr löblich, finden Sie nicht? Ganz zu schweigen von der Kultur- und Sozialarbeit, die durch den Verein geleistet wurde. Und jetzt auch im Bereich der Förderung der schulischen und beruflichen Ausbildung nach Paragraph dreizehn KJHG.« Doktor Piesnack prahlte ein bißchen mit seinem Fachchinesisch, und die Blissow gönnte ihm seinen bescheidenen Triumph. Sie hätte auch mit Paragraphen und Gesetzeskürzeln um sich werfen können, fragte aber lieber artig nach. »Das Kinder- und Jugendhilfegesetz«, erläuterte der Herr der Arbeitsförderung im Arbeitsamtsbereich zehn. »Eigentlich ist die Förderung der schulischen und beruflichen Ausbildung eine staatliche Pflichtaufgabe, und es gibt auch entsprechende Maßnahmen von seiten des Senats und der Arbeitsämter. Da das nur ein Tropfen auf den heißen Stein ist, unterstützen wir auch Projekte in nichtöffentlicher Trägerschaft.«

»Gut«, die Blissow nickte eifrig, »ich habe begriffen, daß der Verein zutiefst edle Ziele verfolgt und den Gemeinnutz über den Eigennutz stellt. Wie ist es dann möglich, daß er mit Wirtschaftsbetrieben wie der *BlueHour GmbH* Profite erwirtschaftet?«

»Das ist eine Konstruktion, die ich persönlich sogar favorisiere«, sagte Piesnack und schlug nun doch eine Aktenmappe auf. »Kulturelle und soziale Aktivitäten erbringen ja in seltenen Fällen eine Rendite, sondern sind auf Förderung angewiesen. Bei der auf lange Sicht angespannten Haushaltslage in den öffentlichen Kassen wird die Subventionierung immer schwieriger. Wenn ein gemeinnütziger Verein nun einen ebenfalls gemeinnützigen Wirtschaftsbetrieb unterhält, benötigt er nur noch einen Teil an Zuwendungen und finanziert sich auch durch die Einnahmen. Niemand kann sich dabei in die eigene Tasche wirtschaften, denn die Erlöse kommen satzungsgemäß den Vereinszwecken zugute. So ist das bei *Netzwerk CultOst.* Kurz gesagt, die Diskotheken erwirtschaften zwar Profit, aber es werden keine Dividenden ausgeschüttet. Alles bleibt im Verein. Und das Raffinierte ist, daß in den Diskos Streetworker arbeiten, so daß selbst hier die sozialen Ziele verfolgt werden. Wo erreicht man denn Jugendliche am besten? In ihrem Lebensumfeld.«

Die Blissow nickte noch immer, aber sie tat dies nur, um Piesnack nicht zu verprellen; alles, was sie bisher gehört hatte, machte sich auf dem Papier sicher sehr gut, aber daß es auch etwas mit der Realität zu tun hatte, bezweifelte sie. Ein Mann wie Wartenberg tarnte sich womöglich mit den gemeinnützigen Zwecken seines verschachtelten Imperiums, aber die Blissow war mittlerweile davon überzeugt, daß hinter der schönen Fassade die eine oder andere Schweinerei ablief. Die meisten Angestellten wußten davon sicher nichts, und wer etwas ahnte, würde schweigen, schließlich waren gerade die von der Arbeitslosigkeit noch immer schockierten Ostdeutschen froh, wenn sie eine Anstellung fanden, so beschränkt sie auch immer sein mochte. Auf eine Spur würde die Blissow bei Doktor Piesnack jedoch nicht stoßen, denn der bewegte vermutlich nur Papiere. Trotzdem wagte die Oberkommissarin einen Vorstoß.

»Sie sind es doch, der die eingereichten Projekte bewilligt, nicht wahr?« fragte sie.

»Nein.« Piesnack schüttelte vehement den Kopf. »Nur in ganz wenigen Fällen gibt es eine Einzelentscheidung, aber die trifft ausschließlich der Direktor. In der Regel werden ABM-Projekte vom ABM-Ausschuß bewilligt. Dort sitzen nicht nur Mitarbeiter meiner Abteilung, sondern auch Kollegen aus dem Finanzbereich und von AVuAB.«

»Bitte?«

»Arbeitsvermittlung und Arbeitsberatung.«

»Und welche ist Ihre Rolle?« wollte die Blissow wissen.

»Ich entscheide, was überhaupt in den Ausschuß geht«, sagte Doktor Piesnack und lächelte überlegen. »Außerdem hängt von meiner fachlichen Stellungnahme einiges ab.«

»Haben Sie sich eigentlich schon mal in den Vereinen und Betrieben umgesehen, denen Sie Stellen und Gelder bewilligt haben?«

»Wie gesagt, ich bewillige nichts. Meine Mitarbeiter und ich erarbeiten nur die Entscheidungsvorlagen.«

»Wie auch immer. Haben Sie oder haben Sie nicht?«

»Leider nicht«, sagte Doktor Piesnack. Er lächelte noch immer und klopfte auf seinen Schreibtisch, der bis auf die Akten von *Netzwerk CultOst* und bis auf eine Kaffeetasse leer war. »Wir haben einfach zu viel zu tun.«

2

Dietrich Kölling hatte einen halben Liter Kaffee intus und bereits zehn Zigaretten geraucht, aber todmüde war er immer noch. Daß er nach einer Nacht ohne Schlaf putzmunter war, wenn auch überdreht und nervös, das lag schon etliche Jahre zurück; er konnte es drehen und wenden wie seine Zigarettenschachtel, in seinem Alter war ein Achtstundentag die einzig angemessene Arbeitszeit. Der Oberrat hatte schon recht gehabt, außer zur Besichtigung von Tatorten bewegte er sich nicht gern von seinem Schreibtisch fort. Daß er seine Fälle lösen wollte, stand außer Frage, aber nur, weil er so erzogen worden war: Eine nicht zu Ende geführte Arbeit empfand er stets als persönliches Scheitern. Jetzt jedoch folgte er auch einem vollkommen irrationalen Impuls. Er wollte einer jungen Frau seine Fähigkeiten beweisen. Er wollte Sühne für den Tod ihres Sohnes. Das Wort Sühne war relativ neu in seinem privaten Vokabular. Bisher hatte er Täter nur zur Strecke gebracht, weil es sein Job war. Weder über ihr Schicksal hatte er sich Gedanken gemacht noch darüber, daß er einer so diffusen Angelegenheit wie der Gerechtigkeit diente. Im Moment kam er sich wie ein von Idealen beseelter Polizeianwärter vor. Dietrich Kölling hatte nie Ideale besessen. Ideale gehörten in die Pubertät. Es gab kaum etwas Unbrauchbareres als sie, und mit dem ersten selbstverdienten Geld stellten sie sich zumeist als Illusion heraus.

»Nachdenklich, Chef?« fragte Becker, der in einer Lasagne stocherte, die er sich bei einem italienischen Imbiß beschafft hatte. Wenn er Dietrich Kölling Chef nannte, war mit einer patzigen Bemerkung zu rechnen. Dietrich Kölling reagierte nicht. »Sie planen wohl Ihre Vernehmungsstrategie und suchen einen erstklassigen ausländerfeindlichen Spruch zum Auftakt?«

»Hören Sie endlich auf, mir ständig Rassismus zu unterstellen«, fuhr Dietrich Kölling auf. »Ich bin Realist, mehr nicht. Ich weiß, Sie können Ihre vorgeblich antifaschistische Erziehung nicht verleugnen und träumen von der multikulturellen Gesellschaft, die es in der DDR ja wohl am allerwenigsten gab. Ich will Ihnen was ins Stammbuch schreiben, Becker. Das Gedöns von der multikulturellen Gesellschaft regt mich nicht auf, es belustigt mich. Es gibt Kulturen, die sind nicht miteinander vereinbar. Oder können Sie mir erklären, wie die Scharia mit unserer abendländischen Rechtsauffassung zusammengehen soll? Wollen Sie den bei uns lebenden Moslems erlauben, ihre Frauen wegen Ehebruchs zu steinigen? Dürfen türkische Väter ihre Töchter erstechen, weil sie mit einem deutschen Jungen gehen? Oder wie wär's mit Blutrache? Jeder regt sich über die widerlichen deutschen Touristen auf, die in einem afrikanischen Dorf verlangen, daß man Deutsch spricht und ihnen Weißwürste serviert. Man solle sich den Landessitten anpassen, heißt es dann immer. Das können wir von unseren Gästen auch verlangen. Wenn sie bei sich zu Hause furzen, ist das ihre Sache. Wenn sie es bei mir tun, würde ich sie rauswerfen. Da furze nämlich nur ich.«

»Ich stimme Ihnen ja zu«, versicherte Becker. »Die multikulturelle Gesellschaft ist konfliktreich. Man muß die Widersprüche aushalten. Einebnen kann man sie nicht.«

»Mein Gott, Becker, macht Sie zu wenig Schlaf zum Philosophen? Dann verordne ich Ihnen ausreichende Nachtruhe.« Dietrich Kölling straffte sich. »Nun denn, rufen Sie Gonzalez medium herein. Falls er sich in Widersprüche verwickelt, verlange ich, daß Sie diese aushalten. Allons, enfants.«

Gonzalez' ältester Sohn Juan hatte eine Stunde vor dem Vernehmungszimmer warten müssen, aber er hatte dagegen nicht aufbegehrt; seine Verzweiflung hatte sich in Lethargie verwandelt, und wie viele Menschen reagierte er auf einen schweren Schock mit einem nahezu somnambulen Zustand. Als er vor Becker den Raum betrat, ließ Dietrich Kölling gerade den Rest der Lasagne im Papierkorb verschwinden. Den Geruch des kaltgewordenen Gerichtes konnte er auf diese Weise nicht vertreiben.

Juan Gonzalez nahm gegenüber von Dietrich Kölling Platz, Becker setzte sich an die schmale Seite des Schreibtisches. Er hatte sowohl seinen Chef als auch den Zeugen im Blick und würde den Kopf hin und her bewegen wie bei einem Tischtennismatch. Dietrich Kölling kam ein Grinsen an, das er aber unterdrückte. Viel würde er nicht sagen müssen. Dem jungen Mann war anzusehen, daß aus ihm alles heraussprudeln würde, was er viele Jahre lang mit sich herumgetragen und immer verschwiegen hatte. Wenn er seinen Bruder auch noch liebte, mußte er heftig gelitten haben. Dietrich Kölling brannte sich eine Zigarette an.

»Sie reden einfach«, schlug er vor, »und wir lauschen.«

»Ja«, sagte Juan. Das war alles. Er brauchte doch eine Brücke.

»Erzählen Sie über Rüdiger von Wartenberg«, forderte Dietrich Kölling ihn also auf.

»Der Cousin meiner Mutter. Eigentlich ist er nicht ihr richtiger Cousin. Die Schwester meiner Großmutter hat zum zweitenmal geheiratet. Ist schon viele Jahre her. In Hamburg. Da wohnt sie. Na, und der zweite Mann, das war ein Wartenberg. Aber Rüdiger war schon da. Ich meine, bevor sie geheiratet haben. Es ist kompliziert.«

»Nein, nein«, sagte Dietrich Kölling väterlich. »Ich habe schon verstanden.«

»Ja. Onkel Rüdiger mußten wir ihn nennen. Also zuerst, als ich noch klein war, da kam er vielleicht einmal im Jahr zu Besuch. Meine Mutter hat ihm immer Bettelbriefe geschrieben. Westpakete kamen öfter. Zu Weihnachten, zu Ostern, wenn einer Geburtstag hatte. Dann wurde Alejandro geboren. Rüdiger mochte ihn von Anfang an. Als er noch ganz klein war. Rüdiger wohnte da schon in Westberlin. Dauernd kam er an. Brachte Spielsachen mit und Kinderklamotten und so. Er hat meinen Eltern auch Geld gegeben. Mal zwanzig, mal fünfzig Westmark. Alejandro war begeistert von ihm. Zuerst. Später nicht mehr. Da hat er sich immer versteckt.«

»Ich ahne, warum. Sagen Sie es mir trotzdem. Bitte.«

»Ich fand ihn ziemlich doof. Onkel Rüdiger brachte ihm Matchbox-Autos mit. Eine Eisenbahn. Lauter tolle Sachen. Ich war total neidisch. Aber der blöde Kerl versteckte sich. Wenn mein Vater sagte, daß Onkel Rüdiger wieder kommt, hat er angefangen zu weinen. Und wenn Rüdiger ihn auf den Schoß nahm, da ging was ab. Weinen, Geschrei. Einmal hat er Rüdiger das Gesicht zerkratzt. Aber der hat nur gelacht. Scheiße, verdammt!« Juan Gonzalez verstummte und wischte sich die Augen aus. Dietrich Kölling schob ihm die Zigarettenschachtel über den Tisch, doch der Junge schüttelte den Kopf.

»Machen Sie weiter«, bat Becker eindringlich. Seine Stimme war belegt.

»Dieser Dietmar kam dann irgendwann auch immer mit. Dietmar Schröder, so heißt er genau. Ein Geschäftspartner von Rüdiger. Ich mußte immer verschwinden. Das habe ich nicht verstanden. Also, ich habe gedacht, die schenken dem irgendwelche Riesensachen. Darum habe ich mich einmal im Schrank versteckt. Und dann ... Scheiße!« Gonzalez begann zu weinen. Dietrich Kölling warf Becker einen Blick zu. Sein Oberkommissar hockte zusammengesunken auf dem Drehstuhl: Irgendwann war bei jedem Menschen das Maß an Schmutz erreicht, das er nicht mehr ertragen mochte.

»Sie haben Alejandro einen Bagger geschenkt. Einen Plastikbagger. Er ist in unser Zimmer gekommen und hat gespielt. Dann kamen die anderen. Rüdiger. Dietmar. Und ... Mein Vater auch. Alejandro wußte, was passiert. Er hat nicht mehr geschrien.«

»Tut mir leid«, sagte Dietrich Kölling, »es tut mir wirklich sehr leid. Wir können Ihnen jedoch die Einzelheiten nicht ersparen.«

»Alejandro hat sich ausgezogen. Von ganz allein. Er hat geweint, aber er hat sich ausgezogen. Er hat sich auf den Bauch gelegt. Hat weiter mit dem Bagger gespielt. Rüdiger hat ihm ... Mit dem Finger ... und mit einem Ding ... daß das Dildo heißt, weiß ich erst jetzt ... hinten rein ... Mein Vater hat gefilmt.«

»Oh Gott«, stöhnte Becker.

»Ja, ja«, murmelte Dietrich Kölling. »Der allerletzte Beweis, daß er tot ist.«

3

Von der Hexenküche, in der die Gesetze zubereitet wurden, hatte selbst Dietrich Kölling nur eine vage Vorstellung. Er wußte natürlich, daß Gesetzesvorlagen von den Parteien und den Ministerien in den Bundestag eingebracht wurden, und dort wurden sie entweder bestätigt oder abgelehnt oder zur Nachbesserung in die Ausschüsse verwiesen, aber wer den Namen und den Wortlaut der Gesetzestexte zu verantworten hatte, war ihm unbekannt. Für das, was man Alejandro Gonzalez angetan hatte, war eine spezielle Dienststelle der Kriminalpolizei zuständig, und diese Dienststelle beschäftigte sich mit den Straftaten gegen die sexuelle Selbstbestimmung. So wurde das Vergewaltigen von Kindern auch im Strafgesetzbuch genannt, und Dietrich Kölling fragte sich, wer diesen glatten und verharmlosenden Begriff erfunden haben mochte. Ein gewisser Rüdiger von Wartenberg hatte seinen Finger, er hatte Dildos und seinen Schwanz in den Hintern eines Kindes gerammt: eine Straftat gegen die sexuelle Selbstbestimmung. Dreizehnter Abschnitt des Strafgesetzbuches. Sexueller Mißbrauch von Kindern, Paragraph einhundertsechsundsiebzig. Mit dem sexuellen Mißbrauch von Kindern beschäftigte sich Kriminalhauptkommissarin Pfitzner. Auch mit den schweren Fällen nach Absatz drei. Vielleicht erfand man Gesetzestexte nur, um das Unerträgliche erträglich zu machen.

»Ein besonders schwerer Fall liegt vor, wenn der Täter …«, zitierte Dietrich Kölling.

»Falsch«, entgegnete Becker. »Ein besonders schwerer Fall liegt in der Regel vor, wenn der Täter, erstens: mit dem Kind den Beischlaf vollzieht, zweitens: das Kind bei der Tat körperlich schwer mißhandelt. In der Regel.«

»Das ist ja das Schöne«, sagte Dietrich Kölling und pochte kräftig an die Tür, hinter der Frau Pfitzner ihre Pflicht tat, »daß unsere Gesetze in der Regel durchnumeriert sind.«

Die Hauptkommissarin hatte alles für eine Vernehmung vorbereitet, was für eine Vernehmung vorzubereiten war. Eine Protokollantin hockte vor ihrer Schreibmaschine, der Vollzugsbeamte hatte Luis Antonio Gonzalez von seinen Handschellen befreit, mehrere Notizzettel lagen vor der Ermittlerin auf dem Schreibtisch, vermutlich voller Fragen, die abgearbeitet werden mußten. Der Aschenbecher war ausgewischt, das Fenster geschlossen. Die Protokollantin hatte das Deckblatt für das Vernehmungsprotokoll bereits ausgefüllt. Dietrich Kölling nickte zur Begrüßung. Er überreichte der Hauptkommissarin Pfitzner die Papiere, die er ihr angekündigt hatte, und nahm Platz. Auch Becker setzte sich. Frau Pfitzner überflog die Papiere, die Protokollantin roch an einem Radiergummi. Luis Antonio Gonzalez reinigte mit den Fingernägeln seine Fingernägel.

»Nun, denn«, sagte Frau Pfitzner. Die Protokollantin legte den Radiergummi fort. Gonzalez blickte auf. »Er hat schon angekündigt, daß er nichts mitzuteilen hat«, sagte Frau Pfitzner zu Dietrich Kölling und Becker.

»Hat er schon Kontakt mit einem Anwalt gehabt?« erkundigte sich Dietrich Kölling.

»Nein, nein. Er meint, da es keine Anzeige gibt, müsse er nichts aussagen. Ich weiß nicht, in welchem Film er das gesehen hat. Und meine Versuche, ihm zu erklären, daß das, was wir ihm vorwerfen, kein Antragsdelikt ist, diese Versuche scheitern an Verständigungsschwierigkeiten.«

»Er versteht plötzlich kein Deutsch, oder wie?«

Frau Pfitzner zuckte die Schultern. Die Protokollantin schaute aus dem Fenster. Becker zupfte an Dietrich Köllings

Jackettärmel; wahrscheinlich vermutete er hinter dessen Frage einen erneuten Anfall von Ausländerfeindlichkeit.

»Wir besorgen Ihnen gern einen Dolmetscher«, sagte Dietrich Kölling zu Gonzalez.

»Ich brauche keinen. Juan lügt.«

»Warum?« Dietrich Kölling spielte den Blauäugigen. »Er hat nie behauptet, daß Sie einen Dolmetscher brauchen würden. Was Sie nötig haben, ist eine Vorlesung in Rechtskunde.«

»Juan lügt«, wiederholte Gonzalez. Dietrich Kölling ließ sich nicht beirren.

»Geringfügige Straftaten werden nur auf Antrag verfolgt«, erklärte er. »Ladendiebstähle bis fünfzig Mark zum Beispiel. Oder wenn Sie Ihrem Nachbarn eins auf die Nase hauen. Sexueller Mißbrauch von Kindern, Señor Gonzalez, sexueller Mißbrauch von Kindern wird von Amts wegen untersucht. Wir brauchen nicht darauf zu warten, bis Ihr Sohn Alejandro eine Anzeige erstattet. Begraben Sie Ihre Hoffnung, daß er rechtzeitig sterben könnte.«

»Sie sind ein Schwein.« Gonzalez war aufgesprungen und fuchtelte erregt mit den Fäusten. »Ich liebe meine Söhne«, rief er. »Ich habe viel für sie getan. Aber sie sind undankbar. Vor allem Juan.«

»Jetzt setzen Sie sich wieder hin.« Schreien konnte auch Frau Pfitzner. Dietrich Kölling nickte anerkennend. »Wir sind kein Bauernhof, hier laufen keine Schweine herum.«

»Genau«, bestätigte Dietrich Kölling. »Bei uns sitzen die Schweine. Also?«

Gonzalez starrte ihn haßerfüllt an, machte aber keinerlei Anstalten, sich auf seinen Allerwertesten zu begeben. Becker zupfte wieder an Dietrich Köllings Ärmel.

»Über die Liebe zu Ihren Söhnen würden wir gern mit Ihnen reden«, sagte Frau Pfitzner streng. »Vor allem über

Ihre Liebe zu Alejandro und über all das Gute, was Sie ihm angetan haben. Haben Sie das Geld, das Sie mit ihm verdient haben, für ihn angelegt?«

»Sie haben doch Geld mit ihm verdient, nicht?« fragte Dietrich Kölling. »Onkel Rüdiger hat mit Westgeld bezahlt. Damit waren Sie in der DDR ein richtiger kleiner King, was? Haben sich und Ihrer Frau was Schönes kaufen können für die Deutschmark. Na ja, das blöde Balg hat natürlich immer geschrien und geweint, aber Sie haben es mit der Peitsche schon Mores gelehrt, nicht wahr? Irgendwann hat sich Alejandro von allein ausgezogen. Er hatte nur die Wahl zwischen zwei Arten der Folter. Entweder Rüdigers und Dietmars Schwänze, oder das Peitschchen.«

»Juan lügt«, behauptete Gonzalez noch immer.

»Was haben Sie eigentlich mit den Videos gemacht?« Jetzt kam auch Becker in Fahrt.

»Welche Videos?«

»Sie haben die Vergewaltigung Ihres Sohnes gefilmt«, erklärte Frau Pfitzner. Dietrich Kölling schaute kurz zur Protokollantin. Sie hämmerte wie unbeteiligt in die Tastatur; vermutlich ging alles Gehörte direkt von ihrem Ohr in die Finger. Das war auch eine Überlebensstrategie.

»Das ist doch bestimmt extra bezahlt worden, oder?« wollte Becker wissen.

»Was haben Sie dafür kassiert?« schloß Dietrich Kölling an.

»Erinnern Sie sich, Herr Gonzalez«, verlangte Frau Pfitzner.

»Wie oft ist Alejandro von Rüdiger und Dietmar mißbraucht worden?«

»Und vor allem: Wie alt war er?«

»Von wann bis wann liefen die Geschäfte mit seinem Fleisch?«

»Zahlen, Herr Gonzalez.«

»Fakten.«

»Wir müssen das genau beziffern können.«

Gonzalez hielt sich die Ohren zu, die Protokollantin tippte. Dietrich Kölling fand, daß man mit der Kollegin von der Abteilung für Straftaten gegen die sexuelle Selbstbestimmung ausgezeichnet zusammenarbeiten konnte.

»Los jetzt, Herr Gonzalez«, verlangte sie, »spucken Sie Ihre korrupte Seele aus.«

»Die Videos hat Rüdiger verkauft«, bekannte er mit weinerlicher Stimme.

4

Den Paragraphen dreizehn des Kinder- und Jugendhilfegesetzes brachte *Netzwerk CultOst* auf einem Industriegelände zwischen Lichtenberg und Marzahn zur Anwendung, und die von Doktor Piesnack abgesegneten Gelder reichten immerhin aus, in drei Werkhallen Lehrlinge auszubilden. Geleitet wurde der Ausbildungsbetrieb von einem gewissen Dietmar Schröder, und die Blissow wußte seit einem Telefonat mit ihrem Chef, wes Geistes Kind dieser umtriebige Diener am Gemeinwohl war. Deshalb befuhr sie das Betriebsgelände auch in Begleitung zweier Streifenwagen. Dietmar Schröder sollte festgenommen werden. Außerdem hatte Dietrich Kölling bei der Staatsanwaltschaft einen Durchsuchungsbefehl erwirkt, den irgendeiner der für die Sonderkommission ausgeliehenen Kollegen bringen sollte. Solange wollte die Blissow noch warten und sich erst einmal in den Hallen umschauen. Schröder, der von seinem

Schicksal noch nichts wußte, beim Anblick der Streifenwagen allerdings stutzig geworden war, führte sie.

»Die Jugendlichen, die wir hier ausbilden, sind zum größten Teil problematische Jugendliche«, schwadronierte er drauflos. Sie hatten die Tischlerwerkstatt betreten, in der junge Leute Bretter zuschnitten und mit Hobeln und Leim hantierten. »Viele von ihnen sind schlichtweg unfähig, sich um einen Ausbildungsplatz zu bewerben. Oder sie haben so eine No-Future-Haltung, und ihnen ist sowieso alles gleichgültig. Deswegen werden sie von Sozialarbeitern betreut. Manche von ihnen müssen jeden Morgen von zu Hause abgeholt werden, weil sie nicht aus dem Bett kommen.«

»Aber wenn sie sich nicht einmal bewerben können und ihren Hintern nicht hochkriegen«, fragte die Blissow und stippte einen Zeigefinger in Sägemehl, »wie kommen sie dann zu Ihnen?«

»Über die Jugendämter. Manche haben ziemlich dicke Akten dort.«

Die Blissow schaute sich die Jugendlichen mit den dicken Akten an. Sieben Jungen wurden hier ausgebildet und vier Mädchen. Manche von ihnen trugen Blaumänner oder Latzhosen, aber die meisten konnten sich auch auf der Arbeit nicht von ihrer Streetwear trennen, zumindest nicht von ihrer ausrangierten. Die Langhaarigen hatten sich das Haar mit Stirnbändern zurückgebunden, aber es gab auch den einen oder anderen Glatzkopf, sogar unter den Mädchen. Was sie herstellten, blieb den Blicken der Blissow verborgen: Rohre aus Chromstahl wurden jedenfalls nicht verwendet.

»Und der Zweck Ihrer Arbeit besteht darin, daß die Jugendlichen zwei Jahre später in das große, schwarze Loch der Arbeitslosigkeit fallen?« erkundigte sie sich.

»Nicht in jedem Fall«, widersprach Schröder. »Wie gesagt, sie werden auch sozial betreut, und wir helfen ihnen bei Bewerbungen. Ungefähr ein Drittel findet einen Job auf dem ersten Arbeitsmarkt. Und wer arbeitslos wird, hat bessere Leistungsansprüche beim Arbeitsamt als jemand, der gleich nach der Schule in das große, schwarze Loch fällt.«

»Am Ende ist es aber doch Augenauswischerei.« Die Blissow ließ sich nicht von ihrer Meinung abbringen. »Tausenddreihundert Berliner Schulabgänger sind im letzten Jahr außerbetrieblich ausgebildet worden. Wissen Sie, wieviel Steuergelder das verschlingt?«

»Achtzigtausend pro Platz und Jahr«, sagte Schröder. »Also über hundert Millionen.«

Die Blissow nickte nur. Der Mann, mit dem sie sprach, war ein Kinderschänder. Ob er nur kleine Jungen begehrte oder auch ein Auge auf seine männlichen Lehrlinge geworfen hatte, wußte sie noch nicht. Wenn diese Burschen in ihren Familien keine Liebe und keine Anerkennung erfahren hatten, waren sie vielleicht bereit, sich jemandem hinzugeben, von dem sie ein wenig väterliche Zuwendung bekamen. Immerhin legte Schröder einem Jungen, dem er bei der Arbeit zusah, die Hand auf die Schulter. Das machten andere Ausbilder vielleicht auch, aber bei Schröder hatte die Blissow ein merkwürdiges Gefühl.

»Herr Gonzalez ist normalerweise für die Tischlerlehrlinge zuständig, nicht wahr?« fragte sie.

»Ja. Heute ist er allerdings noch nicht zur Arbeit erschienen. Ich habe schon bei ihm angerufen, aber niemand geht ans Telefon. Vielleicht ist wieder etwas mit dem jüngsten Sohn. Der ist wohl ziemlich krank.«

»Kennen Sie Herrn Gonzalez schon lange?«

»Wieso?«

»Wieso nicht?« Die Blissow ließ ihre verspannten Schultern kreisen. »Ist das ein Geheimnis?«

»Nein, natürlich nicht. Wir haben diese Werkstatt gemeinsam aufgebaut.«

»Also kannten Sie ihn vorher schon«, stellte die Blissow fest.

»Er ist ein guter Fachmann«, entgegnete Schröder, als ob das eine Antwort wäre.

»Nach meinen Informationen haben Sie und Herr von Wartenberg die Familie Gonzalez schon zu DDR-Zeiten besucht. Sie sind gern in den Osten gefahren, richtig?«

»Rüdiger ist mit Luis' Frau verwandt«, sagte Schröder. Er war höchst gespannt und verteidigungsbereit. Die Blissow massierte ihre Schläfen.

»Auch das weiß ich. Sie hatten die Familie richtig gern, Herr Schröder. Vor allem den kleinen Alejandro.«

Schröder schwieg. Er fuhr mit der rechten Hand über ein glattgehobeltes Brett und flüsterte dem Jungen, der es hergestellt hatte, etwas Anerkennendes zu. Jetzt war ihm sicher klargeworden, was die beiden Streifenwagen bedeuteten.

»Alejandro war ein nettes Kind«, sagte er schließlich. An seinen Augen erkannte die Blissow, daß er Angst hatte.

»Sind Sie schwul, Herr Schröder?« fragte sie laut.

Die Lehrlinge, die sich bei der Arbeit unterhalten hatten, wurden schlagartig still, nur ein Mädchen begann zu kichern. Die Maschinen surrten noch, aber alle anderen Geräusche waren erstorben. Alle starrten die Blissow und Schröder an. Die Blissow lächelte.

»Ich bin verheiratet«, sagte Schröder.

»Danach habe ich nicht gefragt.« Die Blissow machte eine Kopfbewegung zum Ausgang. »Kommen Sie.«

»Haben Sie überhaupt einen Haftbefehl?«

»Hätten Sie gern einen?« fragte die Blissow zurück.

5

»Wer war ich denn?« fragte Gonzalez vier Menschen, die ihm seine Frage nicht beantworten konnten. Frau Pfitzner zuckte die Schultern, die Protokollantin schrieb, Becker kritzelte in sein Notizbuch, Dietrich Kölling machte ein Pokerface. »Der Neger. Ich war der Neger. Der sich mit seiner Hochzeit ins gemachte Bett gesetzt hat. Tischler. Ich bin Tischler. Holz. Ich muß Holz in den Händen haben. Und was habe ich gemacht? Lippenstifte verpackt. Creme verpackt. *Florena* hieß das Zeug. Gibt's immer noch. Kubaner, da haben die nur immer gelacht. Das arme Kuba mit seinem Fidel Castro. Der Säufer, haben sie ihn genannt. Was wärt ihr Kubaner denn ohne uns und die Sowjets? Wenn wir nicht euren Zucker kaufen würden und eure beschissenen Apfelsinen? Das war die internationale Solidarität. Na klar, wenn man Devisen hatte, konnte man sogar ein Affe sein, sie hätten einem trotzdem die Füße geleckt. Aber so … Ich durfte nicht mal in den Westen fahren. Aber meine Frau hatte immerhin Westverwandtschaft. Rüdiger. Rüdiger von Wartenberg. Ein Adliger. Mensch, Luis, der muß doch Kohle haben, bring den mal mit her. So haben die Kollegen geredet, als ich mal was von ihm erzählt habe. Und wenn ich Schokolade oder so mitgebracht habe: Na, Luis, hat deine Frau wieder ein Westpaket gekriegt? Meine Frau. Nicht wir. Sie. Ich war der Kubaner, der Westpakete geheiratet hat. Clever, Luis. Hast dich ja an die Richtige rangehängt. Ich war ein guter Arbeiter. Prämien habe ich nie bekommen.«

»Ich zerfließe in Mitleid«, sagte Frau Pfitzner kalt.

»Und ich bin schon zerflossen«, nahm Dietrich Kölling den Faden auf.

»Erzählen Sie weiter«, verlangte Becker. Die Protokollantin mußte beschäftigt werden.

»Rüdiger, der hatte Geld. D-Mark. Mit D-Mark war man in der DDR ein Gott. Er hat Geschenke für die Kinder mitgebracht, Kaffee, Schokolade, Kleidung, Margarine.«

»Margarine?« Frau Pfitzner legte ihre Stirn in Falten.

»Margarine«, bestätigte Gonzalez. »Rama. Das war schon was Besonderes. Wir haben uns eingebildet, daß sie besser schmeckt als Butter. Und Alejandro hatte er sehr gern. Was er dem alles mitgebracht hat. So viel Spielzeug und Anziehsachen.«

»Haben Sie Alejandro gern gehabt?« wollte Frau Pfitzner wissen.

»Er ist mein Sohn«, sagte Gonzalez.

»Das hat nichts zu sagen. Sie haben ihn geschlagen.«

»Er war ... er war anders als Juan. Immer schon. Hat als Baby viel geschrien, war immer ganz schnell eingeschnappt. Gehorcht hat er überhaupt nicht. Genau das Gegenteil von dem hat er gemacht, was ich ihm gesagt habe. Und außerdem, für die Liebe ist die Mutter zuständig. Der Vater muß erziehen.«

»Irgendwann hat Ihnen Wartenberg ein gutes Geschäft angeboten«, erinnerte Becker. Gonzalez nickte. »Wie alt war Alejandro?«

»Drei«, sagte der Mann, der erziehen mußte.

»Und wie lange währten Ihre Geschäfte?«

Gonzalez zuckte die Schultern.

»Wann haben Wartenberg und Schröder das Interesse an Ihrem Sohn verloren?« fragte Becker noch einmal.

Gonzalez ließ den Kopf sinken, und sein Körper zuckte.

»Nie«, flüsterte er.

6

Oberstaatsanwalt Henninger höchstselbst leitete die Durchsuchung von Schröders Büroräumen, und ein paar Staatsanwälte seiner Abteilung assistierten ihm; das Ermittlungsverfahren in der Leichensache Donath und Hamann war urplötzlich hoch angebunden. Mehrere Kriminalbeamte von der Dienststelle für Straftaten gegen die sexuelle Selbstbestimmung hatten sich eingefunden, ein Herr vom Bundeskriminalamt wurde jeden Moment erwartet, und sogar ein paar Typen von der Presse waren da; die Blissow fragte sich, wie sie Lunte gerochen haben konnten, aber undichte Stellen gab es immer. Die Streifenbeamten hielten die Schmierfinken auf Abstand, die Blissow hielt sich zurück. Wenn so viele Kollegen die Büros filzten, konnte sie getrost abwarten, bis jemand fündig wurde. Sie rauchte und schaute in die Runde der Lehrlinge, die vor dem Verwaltungsgebäude zusammenstanden. In ihren tristen Ausbildungsalltag war Leben gekommen, und sie wollten sich nichts entgehen lassen.

Der Mann vom BKA schien aus Wiesbaden eingeflogen worden zu sein und sich am Flughafen einen Mietwagen genommen zu haben, denn anders war nicht zu erklären, warum er bereits eine halbe Stunde nach Beginn der Durchsuchung auf dem Betriebsgelände auftauchte. Er beachtete die Blissow nicht, sondern steuerte zielstrebig auf Henninger zu. Die Blissow gesellte sich zu ihnen.

»Wie sieht's aus?« wollte der BKA-Mann wissen.

»Abwarten«, antwortete Henninger nur.

»Guten Tag«, sagte der BKA-Mann, als er die Blissow sah. »Koslowski, BKA. Und wer sind Sie?«

»Blissow. LKA Berlin. Referat Delikte am Menschen.«

»Ach ja«, Koslowski nickte, »da war ja was mit zwei toten Jugendlichen.«

»Sind Sie geflogen?« wollte die Blissow wissen.

»Nein, nein.« Koslowski lachte. »Ich bin seit drei Tagen in Berlin. Es sind ein paar Pornokassetten auf dem Markt, auf dem illegalen Markt aufgetaucht, von denen wir annehmen, daß sie in Berlin produziert worden sind. Schwulenpornos. Mit Jünglingen, die sich einen abwichsen. Mal für sich allein, mal in der Gruppe. Und da ich erfahren habe, daß Sie Rüdiger von Wartenberg unter Wind haben … Für den interessieren wir uns schon lange. Wir haben ihn im Verdacht, bereits vor Jahren Kinderpornos auf den Markt gebracht zu haben. Wir ermitteln verdeckt. Ein Kollege ist als Kunde aufgetreten. Es gibt in bestimmten Magazinen Tarnanzeigen, und den Bestellweg können wir schon zurückverfolgen. Die Bestellungen gehen an ein Postfach in Schöneberg. Und jetzt raten Sie, wer der Inhaber des Postfaches ist.«

»Wartenberg, nehme ich an«, sagte die Blissow.

»Knapp daneben ist auch vorbei«, sagte Koslowski. »Nein, eine Frau. Rosi Lewerenz. Es gibt aber eine Verbindung zu Wartenberg. Über einen seiner Angestellten, mit dem die Lewerenz liiert ist. Peter Benedix heißt der Ganove.«

»Wenn Sie das wissen, warum haben Sie das Nest noch nicht ausgehoben?«

»Weil wir auch die Hintermänner dingfest machen wollen, liebe Kollegin.«

»Hintermänner?« Die Blissow riß die Augen auf. »Hinter Wartenberg steht noch jemand?«

»Eine ganze Clique, fürchte ich.«

»Hierher«, rief einer der Beamten, die an der Durchsuchung beteiligt waren, und winkte. Er führte den Staatsanwalt, Koslowski und die Blissow in eine Abstellkammer. Von einer Luke, die offenbar in den Keller führte, hatten die Polizisten Kisten mit Bohnerwachs und Waschmitteln zur Seite geschoben, und die Blissow kletterte eine wacklige Treppe hinab. Der Kellerraum war nicht sehr groß, und es roch muffig nach altem Kohlengrus. Irgendwann hatte man hier vermutlich Kohlen gelagert, aber jetzt waren die Wände geweißt und der Boden mit einem billigen Linoleum ausgelegt. Der Raum beherbergte einen Schnittplatz, Regale mit Videokassetten und einen Aktenschrank. In dem Schrank lagerten eine Gaspistole, drei leere Colaflaschen und ein Karteikasten. Die Blissow borgte sich ein Paar Gummihandschuhe und trug den Karteikasten zum Schnittplatz. Einer Eingebung folgend, schaute sie unter dem Buchstaben P nach. Zwischen Peck und Platzeck wurde sie fündig und zog die Karte heraus. Name, Anschrift, Telefonnummer und ein paar Kürzel waren notiert. Der Name lautete Piesnack.

7

Obermeister Anselm Kassierer stieß auf. Er hatte seit dem Frühstück nichts gegessen und sich deshalb eine Currywurst einverleibt, die vor allem nach Curry, aber auch nach altem Fett geschmeckt hatte, und eigentlich widerte ihn Fastfood sowieso an; manchmal blieb einem aber nichts anderes übrig, als dieses Zeug zu verschlingen und sich auf diese Weise Magengeschwüre zu holen. Ein Magengeschwür hatte Kassierer schon. Er rülpste noch einmal und schaute sich nach Backfisch um. Backfisch war sein Spannemann, und er hieß eigentlich Backmann. Seit zwei Jahren fuhren sie gemeinsam Streife im Friedrichshain. Anselm Kassierer stammte aus Reinickendorf, Backfisch war ein Ostberliner. Er las noch immer das *Neue Deutschland*, aber nur heimlich im Streifenwagen; in der Dienststelle wußte niemand davon, und Kassierer verriet seinen Kollegen nicht.

Anselm Kassierer begab sich zum Wagen, Backfisch kam aus einem Tabakladen. Er hatte sich Zigaretten gekauft und öffnete im Gehen die Packung. Kassierer nickte ihm zu. Er hatte darauf bestanden, daß im Wagen nicht geraucht wurde. Vom Rauch bekam er Kopfschmerzen. Und sein Kopf war ohnehin empfindlich. Es sollte am Blutdruck liegen. Kassierer hatte hundertsiebzig zu neunzig. Das konnte noch lebensgefährlich werden.

Obermeister Kassierer klemmte sich hinter das Lenkrad. Obwohl er nur wenig aß, nahm sein Leibesumfang nicht ab. Er hatte eine überwiegend sitzende Beschäftigung, wie seine Ärztin es ausdrückte, und er hätte Sport treiben sollen, leichten Sport natürlich nur, doch dazu konnte er sich einfach nicht überwinden. Er war faul geworden im eintönigen Polizeidienst, das konnte er nicht leugnen.

»Flitzpiepe neun«, meldete sich über Funk der Lagedienst in der Polizeidirektion, »ich rufe Flitzpiepe neun.«

Kassierer griff nach dem Mikrofon.

»Horst, bist du's?« fragte er.

»Meldet euch anständig, Flitzpiepen«, verlangte Horst Fischbeck. Kassierer kannte ihn seit vielen Jahren und auch seinen Bruder, der beim Staatsschutz arbeitete; die Fischbecks waren eine regelrechte Bullenfamilie. Backfisch und Fischbeck, das war schon eine kuriose PD.

»Was liegt an, Horschtl?«

»Alles«, erwiderte Fischbeck, »oder denkst du, er steht mir hier? Nee, fahrt mal in den Weidendamm. Wo die Chaotenkneipe ist. Dort brennt die Luft. Kein Sondersignal.«

»Spielen die wieder Revolution?« wollte Kassierer wissen. Er gab Backfisch mit einem Handzeichen zu verstehen, daß er seine Zigarette fortwerfen solle, da ein Einsatz bevorstand.

»Wenn, dann im Vollsuff. Aus der Wohnung drüber werden Pullen aus dem Fenster geworfen. Und laute Musik spielen die auch.«

Kassierer bestätigte den Auftrag und notierte ihn ins Dienstbuch. Backfisch riß die Tür auf und warf sich auf den Beifahrersitz.

»Was'n los?« fragte er.

»Eure linken Mitbürger knallen mal wieder durch«, sagte Kassierer und gab Gas.

8

Das fünfgeschossige Haus, in dem sich die alternative Eckkneipe *X-trem* befand, schien auch besetzt worden zu sein; jedenfalls war es vom Dach bis zum Kellergeschoß mit allerlei Fratzen bemalt worden. Becker parkte den Wagen in respektvollem Abstand, obwohl er gehört hatte, daß die Polizei die Lage im Griff hatte, was immer das bedeuten mochte. Bevor Dietrich Kölling ausstieg, brannte er sich eine Zigarette an, und die Blissow folgte seinem Beispiel.

Dietrich Kölling setzte seine Füße behutsam auf den Gehsteig, der voller Hundedreck war. Ein paar Meter näher an das Haus heran war das Trottoir mit Flaschenscherben übersät. Vier Mannschaftswagen hatten das Gebäude regelrecht umzingelt, und die mit Helmen und Schilden bewehrten Beamten schleppten ein paar junge Burschen aus dem Haus. Einige trugen eine Ledermontur, andere Kapuzenshirts oder Bomberjacken. Eine Lederjacke fand Dietrich Kölling besonders faszinierend. *Ich will Randale, Saufen und Ost-*

muschis, hatte der Jackenträger mit Leuchtfarbe auf den Rücken gekliert. Dietrich Kölling stocherte mit der Fußspitze in den Scherben. Vor allem Bierflaschen waren aus dem Fenster geflogen und ein paar Behälter, die einen billigen Martini enthalten hatten.

»Moment mal«, rief Becker plötzlich und klopfte Dietrich Kölling gegen den Arm. Dietrich Kölling wandte sich seinem Mitarbeiter zu. »Die beiden da kennen wir doch«, sagte Becker.

Er hatte recht. Von zwei Uniformierten eskortiert, wurden Peter Benedix und Ronald Breuer aus dem Haus geführt. Breuer schwankte, während sich Benedix gerade hielt.

Die Festgesetzten mußten neben einem der Mannschaftswagen Aufstellung nehmen, sich mit den Armen gegen die Seitenwand stützen und die Beine breit machen. Wer nicht parierte, wurde mit einem leichten Stockschlag gefügig gemacht. Einigen der Jugendlichen fiel es dennoch schwer, sich auf den Beinen zu halten. Sie waren zumindest besoffen; Dietrich Kölling roch ihre Fahnen. Er klopfte Benedix leicht auf die Schulter. Der drehte den Kopf. Ein kurzes Erschrecken blitzte in seinen Augen auf, dann grinste er.

»So sieht man sich wieder«, meinte Dietrich Kölling.

»Hallo, Sie?« rief ihm ein Polizeibeamter zu. Er war klein und dick wie Dietrich Kölling, er atmete heftig und hatte ein gerötetes Gesicht. »Sind Sie Hauptkommissar Kölling?«

»Erster sogar«, bestätigte Dietrich Kölling. »Erster Hauptkommissar. Haben Sie etwas Aufregendes entdeckt?«

»Ich glaube, wir haben da oben eine illegale Diskothek ausgehoben«, sagte der Polizist mit der Neigung zum Schlaganfall. »Ach so, entschuldigen Sie, Polizeiobermeister Kassierer. Eine illegale Disko. Und noch was. Ein Studio.«

9

Eine ondulierte Dame, die ihre Falten nicht mehr zählen konnte, versicherte Dietrich Kölling ungefragt, daß man mit allen früheren Besetzern ordentliche Mietverträge abgeschlossen hätte und von illegalen Aktivitäten nichts wissen. Die Dame entpuppte sich als Mitarbeiterin der Wohnungsbaugesellschaft Friedrichshain, und als sie lästig zu werden begann, schob Dietrich Kölling sie einfach beiseite. Die Mietverträge der ehemaligen Besetzer interessierten ihn nicht. Sie konnten ordentlich sein oder nicht, legal oder illegal, auf grünes, blaues oder rosa Papier gedruckt und mit Kaffeeflecken gesiegelt, das war ihm schnurz. Was seine ungeteilte Aufmerksamkeit beanspruchte, waren die Möbel, mit denen man die geheime Diskothek ausgestattet hatte. Sie waren bunt zusammengewürfelt, etliche der Stühle, Sessel und Tische sahen nach Sperrmüll aus, und diese ließ er links liegen. Viel besser gefielen ihm die Stahlrohrmöbel. Sie glänzten so fein.

Die Diskothek verfügte über erstaunlich viele Räume. Nachdem er sich umgesehen hatte, war Dietrich Kölling auch klar, wie das möglich war: Die Betreiber hatten einfach alle drei Wohnungen auf der Etage mittels Wanddurchbrüchen miteinander verbunden. Das war zweifellos verboten, aber ebenfalls nicht Dietrich Köllings Problem.

»Darf ich's Ihnen zeigen?« fragte Obermeister Kassierer. »Das Studio, meine ich.«

Dietrich Kölling nickte. Kassierer öffnete eine Tür. Hinter der Tür wurde es mediterran.

Der Raum hatte die Größe eines Wohnzimmers. Das Fenster, das zum Hinterhof ging, war mit einer schwarzen Folie abgeklebt worden, und davor hatte man eine große Leinwand aufgespannt. Vor der Leinwand wiederum stand ein erstaunlich großer Wechselrahmen aus Holz. Derzeit war in diesem Rahmen ein Foto eingespannt, das den Blick aus einem Fenster auf Palmen, Meer und Himmel suggerierte. Auch ein paar Plastikpalmen waren an der Wand aufgereiht, Requisiten für andere Szenen. Mehrere Scheinwerfer leuchteten die Bühne aus. Welches Stück hier gespielt worden war, erkannte Dietrich Kölling an dem großen Futon auf dem Boden. Der Futon war mit einem Spannlaken bezogen, und viele kleine Kissen lagen herum. Das Laken war voller brauner Flecken.

Verräterisch war auch der Geruch. Dietrich Kölling war ganz benommen von ihm. Es stank nach verbranntem Staub, nach Schweiß, Alkohol und nach Sperma.

»Okay«, sagte Dietrich Kölling und drehte sich zur Tür um, wo er Kassierer vermutete. Der Obermeister hatte seinen Platz jedoch geräumt für eine Frau in den besten Jahren. Sie trug ein graues Kostüm und sah daher aus wie eine jener Lehrerinnen aus Dietrich Köllings Schulzeit, die man Fräulein hatte nennen müssen.

»Bevor Ihnen die Augen rausfallen«, sagte sie. »Ich komme vom Referat Verbrechensbekämpfung, Direktion sechs. Mich interessieren die Möbel.«

»Ach, nee.« Dietrich Kölling staunte. »Haben Sie eine leere Wohnung?«

»Nein, einen ungeklärten Einbruch in einen Laden für Designermöbel«, erklärte das Fräulein Verbrechensbekämpferin. »Der Laden sollte gerade eröffnet werden. Die Täter haben nicht nur ihre Visitenkarte hinterlassen und *Yuppies raus!* an die Wände gesprüht. Sie haben auch einiges mitgehen lassen.«

»Lassen Sie mich raten«, bat Dietrich Kölling. Mittlerweile war auch die Spurensicherung eingetroffen, und ein paar Männer schleppten ihre Koffer an der Frau vorbei in das improvisierte Studio. »Ich fresse einen Besen, wenn es sich nicht um Möbel aus Chromstahl handelt.«

»Der Besen bleibt Ihnen erspart«, sagte die Frau.

»Nanu«, sagte einer der Kriminaltechniker.

Er hatte eines der Kissen hochgehoben. Auf dem verschmutzten Laken lag eine Streichholzschachtel. Sie war halb geöffnet und mit Watte gefüllt. Der Kriminaltechniker zog mit der Pinzette einen kleinen, weißen Gegenstand heraus. Dietrich Kölling und die Frau traten näher. Es war eine Pille.

SECHSTES KAPITEL

1

Im Polizeipräsidium am Platz der Luftbrücke, einer Rache der Nationalsozialisten, hatte sich eingefunden, was von Berufs wegen oder womöglich auch aus anderen Gründen kopulierende Jünglinge betrachten wollte. Der kleine Vorführraum platzte aus den Nähten; Oberstaatsanwalt Henninger und zwei seiner Mitarbeiter hatten in der ersten Reihe Platz genommen, Frau Pfitzner von den Straftaten gegen die sexuelle Selbstbestimmung war mit einer Equipe angerückt, Kriminaldirektor Koslowski vom BKA schwatzte mit Dietrich Köllings Vorgesetzten, dem Oberrat, und sogar Hajota hatte sich von seinem Kommissarslehrgang freigemacht. Dietrich Kölling klopfte ihm von hinten auf die Schulter. Tangermann strahlte ihn an.

»Ich soll morgen an der Hochschule Bericht erstatten«, erklärte er seine Anwesenheit. »Im Seminar von Professor Rüders. Thema: Strategien bei der Vernehmung von Kindern.«

»Fachhochschule«, korrigierte Dietrich Kölling. »Und Kinder sehe ich hier nicht.«

»Aber gerade bei sexuellem Mißbrauch …«, fing Hajota eine Rechtfertigungsarie an. Sein fast immer frischer Teint überzog sich mit einer leichten Röte.

»Auf der Kundenliste von *Netzwerk CultOst* haben wir Sie jedenfalls nicht gefunden«, meinte Dietrich Kölling und schaute sich nach einem Platz um. Neben den Großkopheten wollte er nicht sitzen.

Die Oberkommissarin Blissow tauchte gemeinsam mit Becker auf.

»Wo gibt's denn hier das Popcorn?« fragte sie fröhlich. Alle Gespräche verstummten, und die Blissow stand augenblicklich im Mittelpunkt des Interesses. Dietrich Kölling schüttelte den Kopf. Vor Führungskräften, die sich sehr ernst nahmen, war es unangebracht, einen Scherz zu machen. Die Berliner Polizei war gerade dabei, einen illegalen Pornoring zu zerschlagen, dafür würde es eine gute Presse geben; angesichts der großen Ereignisse, die ihren Schatten vorauswarfen, zitterte die Polizeispitze vor Nervosität, und die Blissow platzte mit einer dummen Frage in die Feststimmung. Hajota griente. Doch als die Blissow sich ihm mit großem Tragödenschritt näherte, verzog er sein Gesicht, als ob er Zahnschmerzen hätte.

»Sie müssen sich ja wie im siebten Himmel fühlen«, meinte die Blissow schnippisch. Dietrich Kölling verstand ja, daß sie wenig geschlafen hatte und sich abreagieren mußte, aber als Chef war er auch für die seelische Gesundheit seiner Mitarbeiter verantwortlich und nahm sein schwules Hühnchen in Schutz.

»Er ist zum Lernen hier. Im Gegensatz zu Ihnen ist er nämlich wißbegierig.«

»Ich weiß eben schon alles«, entgegnete die Blissow und fläzte sich in einen Sessel. Dietrich Kölling schob Hajota in die letzte Reihe, und auch Becker nahm dort Platz. Frau Pfitzner hielt eine kurze Rede, auch Koslowski sprach, dann wurde das Licht gelöscht. Irgend jemand räusperte sich. Vielleicht war das ein Befehl, denn auf der Leinwand begann es zu flimmern.

Insgesamt siebzehn verschiedene Videofilme hatte die Polizei beschlagnahmt. Sie trugen eindeutige Titel wie *Wichsende Boys I* und *Wichsende Boys II*, aber hin und wieder hatten die Schöpfer auch ihre Phantasie bemüht und *Karibische Träume* oder *The Vacations of Dreamboys* gedreht. Dietrich Kölling lehnte sich bequem zurück. Eine knabenhafte Brust kam ins Bild. Die Qualität des Materials war schlecht, die Haut des Knaben wirkte wie die einer Leiche im Zustand der Verwesung. Die Kamera fuhr den Körper des Jungen hinab und zeigte kurz sein Geschlecht, dann seine Beine und Füße. Schließlich wurde eine Großaufnahme des Geschlechtsteils präsentiert, und dort blieb die Kamera eine Zeitlang stehen. Der Junge hatte schon reichlich Schamhaar, und sein Penis war halb erigiert und von beeindruckender Länge. Dietrich Kölling wandte sich zu Hajota. Tangermann starrte mit großen Augen auf die Leinwand.

Der Junge griff sich mit beiden Händen an den Schwanz und massierte ihn. Aus dem Lautsprecher dröhnte ein lautes, heftiges Stöhnen, aber das konnte auch nachsynchronisiert worden sein. Die Blissow, die vor Dietrich Kölling saß, schüttelte den Kopf. Dietrich Kölling bekam Appetit auf eine Zigarette. Der Knabe oder seine Synchronstimme schrie. Dann spritzte sein Samen gegen das Kameraobjektiv.

In der zweiten Szene war der Junge von hinten zu sehen. Er war nackt bis auf ein Basecap, das seine Haare verbarg, und hockte auf dem Boden. Mit beiden Händen riß er sich das Arschloch auf, und die Kamera schaute hinein. Plötzlich kneteten ein paar Finger die Hinterbacken. Das Stöhnen setzte wieder ein, der Junge hob und senkte seinen Oberkörper, als würde er gen Mekka beten. Dietrich Kölling zog seine Zigarettenschachtel aus der Jackentasche. Rauchen war im Vorführraum verboten, also nuckelte er an einer kalten Kippe. Der Zeigefinger des Unbekannten fuhr in der Spalte zwischen den Hinterbacken auf und ab. Es wurde gequiekt und geschrien. Hajota krampfte seine Finger ineinander. Die Szene wechselte.

Jetzt stand der Junge, aber immer noch mit dem Rücken zum Publikum. Vor ihm hockte jemand, der ihm das Geschlecht leckte oder zumindest so tat. Mit beiden Händen hielt er den Jungen in Höhe der Oberschenkel umfaßt. Der rechte Arm war unmittelbar über dem Handgelenk tätowiert. Mit einer Nixe.

»Stop!« rief Dietrich Kölling und sprang auf. Das Gestöhne und Gejaule verstummte, das Bild stand. Dietrich Kölling schob sich aus der Sesselreihe, jemand schaltete das Licht ein. Das Standbild verblaßte.

»Haben Sie die Tätowierung gesehen?« fragte Dietrich Kölling in die Runde.

»Ja«, sagte Frau Pfitzner, die sich ebenfalls erhob. »Und nicht zum erstenmal.«

2

Nicht alle hatten standhaft bis zum Ende von *Teenboys III – Wilde Nächte* ausgeharrt, dem letzten Titel der Kollektion. Der Oberrat hatte sich schon bei den *Karibischen Träumen* verabschiedet, weil er einen wichtigen Termin beim Chef des Landeskriminalamtes hatte, Koslowski hatte sich immerhin noch *Teenboys I – Heiße Nächte* angeschaut, bevor er sich nach Wiesbaden zurückbegab, für ein paar Tage nur, wie er betonte, und Staatsanwalt Henninger wurde nach *Teenboys II – Geile Nächte* im Kriminalgericht erwartet. Die Reihen im Vorführraum hatten sich gelichtet. Becker und zwei Mitarbeiter von Frau Pfitzner waren unterwegs zur Untersuchungshaftanstalt, die Blissow weilte in der Kantine, Hajota hockte noch beeindruckt auf seinem Sessel und wischte sich verstohlen über die Augen. Dietrich Kölling stand neben ihm, verstieß gegen das Rauchverbot und hatte die linke Hand auf die Schulter seines jüngsten Untergebenen gelegt.

»So eine Schweinerei«, sagte Hajota. »Die armen Jungs. Sind sie erpreßt worden? Oder warum haben sie sich darauf eingelassen?«

»Geld vielleicht?« Dietrich Kölling nahm einen Zug und blies den Rauch zur Decke. »Geld und Drogen?«

Sieben Jungen hatten sich für die Aufnahmen zur Verfügung gestellt, und während die Produzenten der Videos in ihren ersten, noch unbeholfenen Filmen auf die Gesichter verzichtet hatten, waren sie später mutiger geworden; wahrscheinlich hatten ihre Kunden mehr sehen wollen als nur nackte Körper und Geschlechtsorgane. Vier von den Jungen hatten Dietrich Kölling und seine Mannschaft identifizieren können. Zwei lebten nicht mehr, der dritte lag auf der Intensivstation. Michael Donath, Konstantin Hamann, Alejandro Gonzalez und Ronald Breuer schienen die Stars der gemeinnützigen Pornoproduktion gewesen zu sein. Ihre darstellerischen Aufgaben waren denkbar einfach: Sie hatten sich allein oder wechselseitig befriedigen müssen. Dietrich Kölling dachte an Frau Donath. Er überlegte, ob man der Mutter überhaupt von dieser Beschäftigung ihres toten Sohnes berichten mußte. Wahrscheinlich ja, und noch bevor sie es aus der Zeitung erfuhr. Auch wenn ihr Junge dort nur Michael D. genannt werden oder man sogar einen erfundenen Namen benutzen würde, sie war klug genug, um sich die Wahrheit zusammenzureimen. Dietrich Kölling seufzte.

Noch eine fünfte Person hatte in den meisten Filmen eine Rolle gespielt. Der junge Mann mit der Tätowierung. Er erschien nie vollständig im Bild, aber dank der Aufmerksamkeit der Frau Pfitzner war das auch nicht notwendig gewesen. Becker holte ihn gerade aus der UHA.

Die Berliner Polizei würde einen Erfolg feiern können. Wer immer sich in ihm sonnte, Dietrich Kölling würde es nicht sein. Es würde Verhaftungen geben, Gerichtsverfahren, Urteile. Die Produzenten würden vermutlich in den Knast kommen, ihre Kunden konnten hoffen, sich nur ein blaues Auge einzufangen. Davon, was aus dem *Netzwerk CultOst* wurde, hatte Dietrich Kölling keine Vorstellung, und es war ihm auch egal. Fest stand allerdings, daß er immer noch keine heiße Spur in seinen Leichensachen hatte.

Dietrich Kölling drehte sich im Kreise. So sehr er auch grübelte, es blieb dabei, daß nach wie vor kein Motiv zu erkennen war; oder viel zu viele Motive. Die These, fanatische Jungnazis könnten die Morde ausgeführt haben, hatte Dietrich Kölling zwar noch nicht vom Tisch gewischt, aber an den äußersten Rand geschoben; dafür waren Donath und Hamann zu kleine Lichter in der Antifa gewesen. Die Morde konnten in Zusammenhang mit der illegalen Pornographie stehen, schließlich war vorstellbar, daß die beiden Jungen aussteigen wollten und gedroht hatten, den Laden auffliegen zu lassen. Dagegen sprach, daß sich keiner der bisher ermittelten Hersteller und Käufer der widerwärtigen Ware an den Tatorten aufgehalten hatte, höchstwahrscheinlich jedenfalls nicht, denn in dem Chaos hätte sich ein Mörder rasch dünnmachen können. Die Tatausführung ließ Dietrich Kölling noch immer an einen Profi denken, und den hätte die Pornoclique natürlich kaufen können. Aber auch die Eifersucht war als Motiv nicht aus dem Rennen: Michael Donath hatte seine Freundin Doreen seinem Kumpel Alejandro quasi vor der Nase weggeschnappt, und Alejandro neigte zu unberechenbaren Handlungen. In diesem Fall war der Mord an Hamann vielleicht nur eine Folgetat, beispielsweise weil Hamann doch mehr gesehen hatte, als er in seiner Vernehmung zugegeben hatte, oder weil Gonzalez sich einbildete, er habe etwas gesehen. Gegen Alejandro als Täter sprach, daß die Morde mit außerordentlicher Kaltblütigkeit begangen worden waren, und die traute Dietrich Kölling dem Jungen nicht zu. Seine Zwischenbilanz war niederschmetternd.

Peter Benedix mußte sich wie ein Schwerverbrecher vorkommen, als er, mit Handschellen gefesselt, von Becker und zwei weiteren Kripoleuten in den Vorführraum eskortiert wurde. Er grinste überlegen, schien sich also in Sicherheit zu wiegen. Womöglich hatte ihm Rüdiger von Wartenberg für den Fall, daß ihre Machenschaften aufflogen, ein Heer von Rechtsanwälten versprochen. Wartenberg konnte bislang noch nicht festgenommen werden, er hielt sich in der Karibik auf. Angeblich sollte das ein Urlaub sein, aber vielleicht drehte er seine Träume jetzt mit jungen Jamaikanern.

Dietrich Kölling bedeutete Benedix, sich in einen Sessel zu setzen und den Mund zu halten. Eigentlich hätten ihm die Fesseln abgenommen werden können, aber Dietrich Kölling wollte nicht, daß es der Muttermörder und Darsteller in Amateurpornos zu bequem hätte. Er wollte schon den ersten Film anlaufen lassen, als Becker ihn beiseite nahm.

»Wir müssen noch auf den Anwalt warten«, sagte er, »einen Herrn Habel. Das ist der langjährige Rechtsverdreher von Wartenberg und Schröder, der sie bisher aus allem rausgehauen hat. Natürlich ist er auch der Rechtsberater von *CultOst* und *BlueHour*. Benedix hat auf seiner Anwesenheit bestanden.«

»Das kommt nicht unerwartet«, meinte Dietrich Kölling. »Und ich weiß auch, wie es ausgeht. Habel wird Benedix raten, nichts auszusagen. Mehr als die Personalien werden wir aus ihm nicht rausbekommen, und die haben wir schon. Also schnappen Sie sich Hajota und Frau Blissow und drehen Sie diesen Arbeitsamtstypen durch die Mangel, Schröder und noch einmal Gonzalez senior. Vor allem aber, nehmt euch Ronny Breuer vor.«

»Mit Hajota?« fragte Becker erstaunt.

»Sehen Sie denn nicht, wie er darauf brennt, diese armen Jungs zu rächen?«

»Mein Gott, was für ein guter Mensch.« Becker schüttelte den Kopf.

»Vielleicht ist er das sogar.« Dietrich Kölling wandte sich der Eingangstür zu, in der ein ältliches Männchen mit einem riesigen Aktenkoffer aufgetaucht war. »Vor allem aber läßt er sich von seinen Obsessionen leiten.«

»Und über seine Obsessionen wird er fallen«, erwiderte Becker. Dietrich Kölling hörte nicht mehr zu.

3

»Ich sehe selbst, daß Herr Benedix eine Tätowierung am Unterarm hat«, schnauzte Rechtsanwalt Habel los. »Ich sehe auch, daß es eine Nixe mit großen Brüsten ist. Herr Benedix, wieviele Ihrer ehemaligen Mithäftlinge hatten Nixen auf den Unterarmen?«

»Eine Menge«, sagte Benedix. Er hatte noch immer dieses dreckige Grinsen im Gesicht, das Dietrich Kölling allmählich zur Weißglut reizte, und der Winkeladvokat sowieso.

»Es gibt ja noch andere Identifizierungsmerkmale«, meinte er, äußerlich ruhig. »Benedix, ziehen Sie sich aus.«

»Ich?« Das Grinsen verschwand. »Wie denn?«

»Soll ich Ihnen helfen?«

»Also, erst einmal heißt es: Herr Benedix«, quakte Habel dazwischen. »Und ich weiß nicht, mit welchem Recht Sie eine körperliche Durchsuchung meines Mandanten anordnen. Wenn es sich um ein Drogendelikt handeln würde, könnte ich es noch nachvollziehen. Aber …«

»Du halt dein Maul«, fuhr Dietrich Kölling den Anwalt an. »In diesem Haus arbeiten viele Polizisten, sehr viele. Sie, Herr Habel, sind in der Minderheit, aber absolut. Und das Schlimme ist, wenn Sie die Treppe hinunterstürzen und sich alle Knochen brechen, sieht das keiner. Polizisten sind auf manchen Augen blind.«

»Also da hört sich doch alles auf«, Habel wurde puterrot. »Das ist ja eine Drohung. Und eine Nötigung. Sie machen sich strafbar, Herr Kölling.«

»Haben Sie was gehört, Frau Pfitzner?« wandte sich Dietrich Kölling an die Kollegin.

»Ich? Was meinen Sie? Ich dachte gerade nach.«

»Und Sie?« wollte Dietrich Kölling von dem Mann wissen, der den Videobeamer bediente.

»Wie Sie es sagen«, erwiderte dieser, »so ein Beamer ist eine feine Sache, aber nicht gerade billig.«

»Herr Benedix hat es gehört.« Rechtsanwalt Habel war schon kleinlauter geworden. Doch Dietrich Kölling wollte ihn im Boden versinken sehen.

»Das versteht sich, daß Benedix für seinen Anwalt lügt. Daß er irgendwelche dummen Geschichten darüber erzählt, sein Anwalt wäre von der Polizei bedroht worden. Der will doch nur seinen Hals aus der Schlinge ziehen. Stimmt's, Herr Benedix? Sie haben Ihre Mutter umgebracht. Sie haben eine illegale Diskothek betrieben. In dieser Diskothek befanden sich gestohlene Möbel und Ecstasypillen. Welcher Richter glaubt einem Typen wie Ihnen?«

»Ich sehe nichts, höre nichts und sage nichts«, gab Benedix seine Devise preis.

»Verlange ich auch nicht.« Dietrich Kölling schlug ihm mit einer solchen Wucht auf die Schulter, daß er aufschrie. »Sie sollen sich nur entkleiden. Vielleicht steht auf Ihrem schönen Körper noch an anderer Stelle *More Sex*. So, und nun nehme ich Ihnen Ihren Armschmuck ab.«

Eine Aufschrift kam zwar nicht zu Vorschein, dafür aber andere tiefgründige Dinge. Auf Benedix' linkem Schulterblatt spie ein Drachen Feuer, auf seinen Oberschenkeln grinsten sich zwei Teufel an. Auch sein Penis war tätowiert. Eine Schlange ringelte sich um ihn von der Wurzel bis zum Schaft. Die Schlange wuchs, wenn sich die Schwellkörper mit Blut füllten, aber im Moment war sie sehr klein.

Anwalt Habel murmelte vor sich hin, was man durchaus als Protest auffassen konnte, worüber Dietrich Kölling jedoch großzügig hinwegsah. Natürlich war seine Drohung nur heiße Luft gewesen, aber den nicht sehr kräftigen Herrn hatte sie beeindruckt. Dietrich Kölling zeigte ihm ein paar Szenen aus den Filmen, und Habel machte nicht viel Hehl aus seinem Widerwillen. Ab und zu ließ Dietrich Kölling den Film anhalten. Ein junger, kopfloser Mann hockte neben dem lang ausgestreckten Konstantin Hamann und befingerte dessen Brustwarzen. Von dem jungen Mann war ein Stück Schenkel zu sehen. Ein paarmal kam auch dessen Rücken ins Bild. Dietrich Kölling deutete auf die Leinwand und auf Benedix' Schulterblatt. Und als Alejandro Gonzalez an dessen Glied lutschte, war die Schlange zu sehen.

»Stellen wir fest«, resümierte Dietrich Kölling, »daß es eine Reihe von Übereinstimmungen zwischen Herrn Benedix und dem Darsteller dieser herausragenden Kunstwerke gibt. Das betrifft den Körperbau, die ungefähre Größe und vor allem die Kriegsbemalung. Stimmen Sie insoweit mit uns überein, Herr Habel?« Der Anwalt murmelte. »Die Personen, an denen sich Herr Benedix da verwirklicht, sind allesamt noch nicht achtzehn. Hier liegen also mehrere Straftaten vor. Wollen Sie etwas sagen, Herr Habel?« Der Anwalt schüttelte den Kopf. »Das Beweismaterial dürfte ausreichen. Natürlich bekommen Sie noch ein Fachgutachten, damit gerechtfertigt ist, daß Sie so große Taschen mit sich herumschleppen. Ich erlaube mir, Ihrem Mandanten ein paar Fragen zu stellen. Sie dürfen natürlich vorher mit ihm sprechen. Auf der Treppe vielleicht?«

»Herr Kölling«, der Anwalt sprach wieder, und er legte sogar eine gewisse Schärfe in seine Stimme, »der Bogen ist überspannt.«

»Schon gut.« Dietrich Kölling hob die Hände, als ob er sich ergeben wollte; daran dachte er allerdings nicht im geringsten. »Wir warten draußen. Da darf ich wenigstens offiziell rauchen.«

»Das war ganz schön starker Tobak«, meinte Frau Pfitzner, während sich Dietrich Kölling eine Kippe in den Mund steckte. Dietrich Kölling nickte und verabreichte sich Feuer. Nach den ersten beiden Zügen gab er eine Erklärung ab.

»Einen Vorteil hat mein Alter doch«, sagte er. »Ich habe wenig zu verlieren.«

»Ihre vollen Bezüge«, gab Frau Pfitzner zu bedenken.

»Ach, wissen Sie«, Dietrich Kölling hockte sich auf ein Fensterbrett, »seitdem ich von Hannover fort bin, begleitet mich eine Option. Ich kann jederzeit zurückkehren. Dann endet mein Leben, wie es begonnen hat. Bei Mami.«

4

Etwas Fremdes kroch auf ihm herum. Es kroch über seine Hand, über seinen Arm. Das Fremde war kühl und weich.

Es schien ein Tier zu sein. Vielleicht ein böses Tier, das zubeißen würde. Verschlingen konnte es ihn nicht. Das Tier war nicht groß. Aber es schien schon lange bei ihm zu sein. Fliegen konnte es auch. Manchmal erhob es sich von seinem Arm, aber nach einiger Zeit kehrte es wieder zurück. Es sprach auch. Es hatte schon immer zu ihm gesprochen.

Vielleicht sollte er sich das Tier einmal ansehen, also versuchte er, die Augen zu öffnen. Ein greller weißer Blitz bohrte sich in seinen Augapfel. Und er bohrte sich tiefer hinein in sein Gehirn. Das Tier kroch über seinen Arm.

»Alejandro?« fragte jemand.

Das war kein Tier. Die Stimme kannte er doch. Und er hatte den Namen schon einmal gehört. Sie kamen herein. Groß und schwarz waren sie. Jetzt sah er die Spielzeugeisenbahn. Er fragte sich, wen sie mit diesem Namen meinen konnten. Außer ihm war keiner da. Eine Hand kam auf ihn zu, eine große, schwarze Hand. Sie legte sich auf seinen Arm. Sie kroch dort. Die Männer meinten ihn. Wenn sie Alejandro sagten. Die Hand kroch und kroch. Er mußte sich wehren. Er mußte treten, schreien, beißen. Die Hand war zu stark. Sie war auf seine Brust gekrochen. Er mußte schreien.

»Mama«, brüllte er aus Leibeskräften. Die Hand verschwand.

»Alejandro?« Die Stimme war sanft und klang besorgt. Noch einmal versuchte er zu sehen. Das Licht war nicht mehr so grell. Aber es schmerzte noch immer in den Augen. »Alejandro, hörst du mich? Deine Mutter ist hier.«

Er hatte keine Mutter. Wenn die Männer kamen, hatte er nach der Mutter gerufen. Da war keine Mutter. Sie war weggelaufen. Er sah sie plötzlich. Sie lief durch eine Straße. Es waren Männer da. Viele Männer. Männer in Uniformen. Sein Vater. Einen Vater hatte er auch gehabt. Der Vater hob einen Schlagstock. Konstantin, sagte jemand. Es war Blut da. Blutige Hände krochen auf dem Boden. Die Mutter war nicht mehr zu sehen. Alle zogen sich aus. Eine Kamera surrte. Konstantin, er wußte jetzt, wer Konstantin war. Ein nackter Junge neben ihm am Boden. Er kroch auf ihn zu. Er kroch durch Blut.

»Frau Gonzalez, es tut mit leid«, sagte ein Mann. Es konnte der Vater sein oder ein anderer. »Sie müssen Geduld haben. Gehen Sie, bitte.«

»Nein«, rief Alejandro. Er riß die Augen auf und hob den Kopf. Er war eingemauert. Direkt vor seinen Augen befand sich eine weiße Mauer. Die Mauer schwankte. Ein Gesicht durchbrach sie. Die Mutter war zurückgekehrt.

5

Peter Benedix hielt sich für einen cleveren Burschen, und so verhielt er sich, wie es Dietrich Kölling von anderen Verbrechern kannte: Er gab nur das zu, was er nicht leugnen konnte. Für den Betrieb der illegalen Diskothek übernahm er die Verantwortung und behauptete, sie aus reiner Güte eingerichtet zu haben, schließlich seien offizielle Tanzvergnügen wie das *Côte d'Or* für Jugendliche oft zu teuer, während er in den umgebauten Wohnungen mehr als zivile Preise kassiert habe. Dietrich Kölling glaubte ihm nicht, ließ es aber vorerst darauf beruhen. Die Jugendlichen hätten sich die Räume selbst eingerichtet, hatte Benedix erklärt, also könne er über die Herkunft der Möbel nichts sagen. Und daß bei der polizeilichen Durchsuchung Drogen gefunden worden seien, das war natürlich auch die Schuld seiner jungen Kundschaft.

Eine Stunde lang verhörte Dietrich Kölling ihn nun schon, und er mußte sehr an sich halten, damit ihm nicht wieder der Kragen platzte. Benedix, so hatte er sich vorgenommen, sollte nicht wieder in seine Zelle, bevor er ausgepackt hatte. Noch hatte Dietrich Kölling genug Zeit. Er würde peinlich genau auf die Einhaltung von Pausen achten, peinlich genau auf die gesetzlich vorgeschriebene Vernehmungsdauer. Er würde diesen Benedix schon knacken. Damit es ihm gelang, brauchte er Geduld. Doch je älter er wurde, desto schwerer fiel es ihm, geduldig zu sein. Dietrich Kölling nickte der Frau Pfitzner zu. Sie sollte für eine Weile übernehmen.

»Und das Studio?« fragte sie. »Das haben auch die Jugendlichen aufgebaut, was? Als eine Art Freizeiteinrichtung. Sie haben nichts davon gewußt, bis Sie es zufällig beim Saubermachen entdeckt haben, oder?«

»Es war alles mehr zum Spaß«, sagte Benedix lahm.

»Wessen Spaß?«

»Na, für die Jungs auch. Das sollte für sie eine Spielwiese sein, wo man mal mit einem Mädchen abtauchen kann. Bis Konstantin und Michi auf die Idee kamen, das man da mehr draus machen könnte. Einen kleinen Puff oder so.«

»Klar, die Idee hatten zwei, die tot sind und sich nicht mehr äußern können. Aber da frage ich mich doch, wie aus dieser Spielwiese für Jungs und Mädchen eine Pornoproduktion mit eindeutig homosexuellem Hintergrund herausgekommen ist. Bei der Sie ja kräftig mitmischten. Die Kamera ist vom Himmel gefallen?«

»Nein, die hat Gonzalez aufgestellt.«

»Alejandro? Sie wollen uns wohl für dumm verkaufen?«

»Und ob er das will«, mischte sich Dietrich Kölling wieder ein. »Mensch, Benedix, wir haben einen halbwegs professionell organisierten Vertrieb für Ihre Pornokassetten ausgehoben, und Sie wollen uns weismachen, daß alles nur ein

Kinderspiel gewesen ist? Fast siebzig Kunden haben Sie mit diesem Schund versorgt. Sie und Wartenberg und Schröder. Aber um Ihr Stichwort aufzunehmen: Welche Rolle spielte Gonzalez in dieser ehrenwerten Gesellschaft? Und jetzt rede ich vom Vater. Von Luis Antonio.«

Benedix warf seinem Anwalt einen fragenden Blick zu, und der nickte. Dietrich Kölling war sofort klar, daß Wartenberg und seine Kumpane beschlossen hatten, Alejandros Vater ans Messer zu liefern. Vermutlich spekulierten sie darauf, daß der Junge entweder starb oder vollends durchdrehte. Dann konnten sie getrost Luis Antonio zum Buhmann machen.

»Okay«, sagte Benedix und drückte seinen Rücken durch. Jetzt würde ein Geständnis kommen, an dem man sich die Hände wärmen konnte, weil es bloß für den Scheiterhaufen taugte. »Gonzalez hat die ganze Chose eingefädelt. Er hatte schon immer Sex mit seinem Sohn, und eines Tages meinte er, man müßte das professionalisieren. Seinen Sohn hatte er im Griff, der widersprach sowieso nicht. Und dessen Kumpels …«

»Ja?«

»Ich weiß nicht, wie er die rumgekriegt hat.«

»Sie lügen«, polterte Frau Pfitzner los. Jetzt war sie es, der der Kragen platzte. »Sie tischen uns hier eine Lüge nach der anderen auf. Herrn Gonzalez haben wir auf den Videos nicht gesehen. Nur die Jungs und Sie.«

»Ich hab' ein bißchen Geld verdient«, erwiderte Benedix.

»Kleiner Nebenverdienst?« Dietrich Kölling blinzelte anzüglich. »Nur so ein kleines, klitzekleines Bißchen nebenbei? Und nebenbei liefen auch alle Bestellungen über das Postfach Ihrer Freundin Rosi Lewerenz?«

Benedix zuckte nur die Schultern. Darauf fiel ihm keine Entgegnung ein.

»Haben die Jungen auch was verdient?« fragte Frau Pfitzner.

»Und ob.«

»Wieviel?«

»Zweihundert pro Drehtag.«

»Drehtag, wie das klingt.« Dietrich Kölling schüttelte sich demonstrativ. »Na, für Schüler war das womöglich eine ganz gute Gage. Fragt sich nur, ob es nicht auch Prämien gab. In Form von Stoff.«

»Mit Drogen habe ich nichts am Hut«, behauptete Benedix. »Eine BTMG-Sache hängen Sie mir nicht an.«

»Wie er sich auskennt«, lästerte Dietrich Kölling und sprach damit Frau Pfitzner an. »BTMG-Sache, ich versinke vor Ehrfurcht im Erdboden.«

»Drogendelikte eine BTMG-Sache zu nennen«, stellte Frau Pfitzner fest, »das ist doch Dealersprache.«

»Sie sagen es, Frau Kollegin«, stimmte Dietrich Kölling zu. »Betäubungsmittelgesetz«, sagte er zu Anwalt Habel.

»Denken Sie, ich habe schlecht gelernt?« entrüstete sich das Männchen.

»Abwarten«, kündigte Dietrich Kölling nicht ohne drohenden Unterton an.

6

Die Mutter hielt seine Hand. Alejandro kam sich vor wie ein Kind, das beim Zahnarzt im Wartezimmer sitzt und Angst hat. Die Mutter tröstet es. Die Mutter hält seine Hand und tröstet es. Sie streichelt dem Kind übers Haar und spricht ein paar beruhigende Worte. Alejandros Mutter hatte ihn nie getröstet, ihm nie die Hand gehalten, ihn nie gestreichelt. Nicht, als er ein Kind gewesen war. Jetzt tat sie es. Sie wollte etwas von ihm, das stand fest.

»Was ist?« fragte er hart.

»Aber ich freue mich«, sagte sie. Sie log. Sie hatte ihn nie gewollt. Ein Kind hatte sie schon überfordert, und er war der lästige Zweitgeborene gewesen. Gleichgültig war er ihr. Und für Westgeld hatte sie ihn verkauft.

»Wo ist der Alte?« wollte Alejandro wissen.

»Verreist.«

Auch das war nicht wahr. Der Vater verreiste nicht allein. Alejandro versuchte, sich zu erinnern. Er hatte getanzt. Aber er war nicht allein gewesen, als er getanzt hatte. Jemand hatte ihn begleitet. Ein Mann. Eine kleiner, dicker Mann.

»Sag mal, waren nicht die Bullen bei uns?«

»Nein. Warum denn? Das hast du dir wieder bloß vorgestellt. Du bist doch krank, Alejandro. Manchmal stellst du dir etwas vor. Aber das ist nicht schlimm. Ich bin so froh.«

Sie war nicht froh. Sie konnte gar nicht froh sein. Es war etwas geschehen. Er hatte nicht nur getanzt. Der kleine, dicke Mann hatte einen Grund gehabt, in seiner Nähe zu sein.

»Ich habe mit einem Kripobullen gesprochen«, sagte Alejandro.

»Was? Warum denn?« Die Mutter riß die Augen auf. Sie spielte. Sie spielte das Erstaunen nur. Alejandro kannte sie lange genug, um das zu erkennen.

»Was ist mit dem Alten?«

»Nichts. Was soll sein. Du hast geträumt. Du bist krank. Alles Einbildung. Doktor Marx weiß das auch.«

»Entschuldigen Sie.« Eine Krankenschwester schaute ins Zimmer. Alejandro hatte sie noch nie gesehen, aber er wußte, daß sie Simone hieß. Oder Doreen.

»Schwester Doreen?« vergewisserte er sich.

»Nein.« Die Krankenschwester lachte. »Ich bin Uwe. Der Zivi.«

Es war gar keine Schwester, keine Frau. Alejandro bekam sofort Kopfschmerzen. Sein Kopf war sowieso nicht in Ordnung. Es saß jemand darin, den er nicht kannte.

»Die Besuchszeit ist zu Ende«, sagte der Zivi. Uwe hieß er. Oder vielleicht Konstantin. Konstantin hatte Alejandro eigentlich gern gehabt. Zuerst. Früher. Irgendwann.

»Ciao, Alejandro«, sagte die Mutter und stand auf. »Werd' bald gesund.«

»Ich werde nicht gesund«, sagte Alejandro. »Das weißt du doch.«

»Ich komme gleich zurück«, gelobte Konstantin. Und ging mit Doreen weg. Für immer.

Alejandro ließ den Kopf in die Kissen sinken. Der Schmerz war überall. Hinter der Stirn, hinter den Schläfen, im Hinterkopf, sogar im Nacken. Alejandro zerbiß sich die Lippen. Das Blut schmeckte nach Eisen. Nach Stahl. Chromstahl. Nach Blut.

7

Hans-Joachim Tangermann hatte sich nicht vorgedrängelt, ja er hatte nicht einmal signalisiert, daß er überhaupt eine Vernehmung durchführen wollte. Becker war auf die Idee gekommen, Oberkommissar Becker, die rechte Hand des Alten. Tangermann nannte seinen Chef nur für sich so, weil Becker es als herablassend empfand, dabei meinte er es durchaus respektvoll. Er hatte einen mächtigen Bammel vor Dietrich Kölling und Becker, aber er achtete sie auch, vor allem den Hauptkommissar, der ihm schon des öfteren aus der Patsche geholfen hatte. Natürlich behandelten sie ihn wie einen Anfänger, und das war er schließlich auch. Überhaupt fühlte er sich in Dietrich Köllings Mordkommissariat am wohlsten. Den Kollegen schien es nichts auszumachen, daß er sich nicht für Frauen interessierte, sondern für junge Burschen wie Ronald Breuer, der ihm gegenübersaß. Wenn sie darauf anspielten, dann zwar auf eine ironische, nie jedoch auf eine böswillige Art.

Tangermann schaute sich die Akten an. Der Junge, den er verhören mußte, hatte nicht nur ein beachtliches Strafregister, er hatte sich auch für Pornofilme prostituiert. Tangermann hatte selbst schon Strichjungen gehabt, in einen hatte er sich sogar heftig verliebt, zu heftig, und wäre Dietrich Kölling nicht gewesen, er säße jetzt als Bittsteller auf dem Arbeitsamt.

»Tja«, sagte Tangermann, und er sagte es vor allem zu sich. Der Anfang einer Vernehmung war immer das Schwierigste, aber Oberkommissar Becker hatte gemeint, er könne nun unter Beweis stellen, was er an der Fachhochschule gelernt habe. An dieser Schule lernte man nicht viel. Sie hieß nicht ohne Grund *Fachhochschule für Verwaltung und Rechtspflege*, und Tangermann würde sie vielleicht als guter Verwaltungswirt verlassen, nicht aber als ein guter Polizist. Er würde sich Kommissar nennen dürfen, das war alles. Ursprünglich hatte er sich viel mehr erhofft.

»Ich muß nun Ihre Personalangaben aufnehmen«, sagte Tangermann. Er war fürchterlich verlegen, vor allem, weil der Zeuge noch so jung war. Genau deshalb hatte ihm Becker diesen Zeugen zugeteilt. Weil er am besten verstünde, wie man mit jungen Männern umgehen müsse, hatte der Oberkommissar gesagt. Natürlich, er hatte keine Lust auf einen jugendlichen Pornodarsteller gehabt und widmete sich lieber den größeren Fischen. Tangermann notierte. Der Junge, der Ronald Breuer hieß, hatte die Beine übereinandergeschlagen und blickte ihn unverwandt an. Tangermann fühlte sich durchschaut und fürchtete, rot zu werden.

»Also, Herr Breuer, warum Sie hier sind, wissen Sie ja«, sagte er. »Mich interessiert vor allem, wie Sie dazu gekommen sind, an diesen Filmen mitzuwirken.«

»Hab' ich mir gedacht«, sagte Breuer. Der Zeuge, dachte Tangermann, er mußte an den Jungen nur als Zeugen denken. Abermals kam er sich wie ertappt vor, und dieses Gefühl hatte er auch ständig an der Schule. Niemand hielt ihn für schwul, oder besser, niemand sprach es offen aus, aber wenn Tangermann mit seinen Kommilitonen sprach oder mit ihnen auf ein Bier in die Kneipe ging, fühlte er sich unbehaglich. Die anderen Männer unterhielten sich vor allem über Fußball, Autos, Gartenpflege oder Weiber. Wenn sie eine Frau nur rochen, machten sie anzügliche Bemerkungen. Irgendwann würde schon jemandem auffallen, daß er sich nicht daran beteiligte.

»Wie sind Sie in Kontakt mit Benedix und seinen Auftraggebern gekommen?« fragte er und verlieh seiner Stimme eine Festigkeit, von der er sogleich fürchtete, sie könne gewollt wirken. Der Zeuge schien aber nichts zu bemerken. Er hatte ein verdammt glattes und hübsches Gesicht.

»Welche Auftraggeber?« erkundigte sich der Zeuge. Schlau war er jedenfalls.

»Rüdiger von Wartenberg. Dietmar Schröder. Und, nebenbei, wer stand eigentlich hinter der Kamera?« Tangermann wußte es natürlich, schließlich hatten die Täter nicht mit Handschuhen gearbeitet, aber er wollte es von Breuer hören. Er wollte herausfinden, welche Rolle der Junge zu spielen gedachte. Wahrscheinlich die des coolen Machos, dem keiner etwas anhaben konnte, dabei hatte er bestimmt einen butterweichen Kern wie alle sechzehnjährigen Burschen; nur zugeben konnten sie es nicht.

»Wer schon? Gonzalez. Der Alte. Der unsere Clique kaputtgemacht hat.«

Tangermann nickte. Wie es aussah, hatte Breuer seine harte Schale schon verloren. Ob das die Vernehmung erleichterte, war damit allerdings nicht sicher; Menschen, deren Nerven bloß lagen, schreckten für gewöhnlich schnell wieder zurück.

»Inwiefern hat er Ihre Clique zerstört?«

»Mit seinem Schweinkram. Er und Ben, die Drecksäue.«

»Aber Sie haben sich immerhin beteiligt«, wandte Tangermann ein. »Doch wohl freiwillig, oder?«

»Wie man's nimmt. So einfach ist das alles nicht. Freiwillig?« Breuer hob die Schultern. »Halb ja, halb nein.«

»Auch wenn es nicht einfach ist: Versuchen Sie, es mir zu erklären. Nur dann können wir gegen die Drecksäue etwas unternehmen.«

»Vor einem Jahr hat alles angefangen. Genauer gesagt, vor anderthalb. Wir waren ein Haufen Kumpels, die sich aus dem Kiez kannten, aus der Schule, ein paar auch aus der Antifa. Damals begann sich der Kumpelkreis zu teilen. In die Kiffer und in die Streber. Wir hatten damals angefangen, unsere ersten Joints zu rauchen, wir hatten unsere erste Blubber ausprobiert, bei Parties und so. Tja, einige haben eben weitergemacht, andere nicht. Konstantin kannte ein paar Typen aus Hohenschönhausen, die haben uns die Platten besorgt. Konstantin ist dann so ziemlich ins Business eingestiegen, also er hat noch andere beliefert, nicht bloß uns. Alles nichts Großes, nie mehr als, was weiß ich, so um die zweihundert Gramm. Ja, dann hat das *Côte d'Or* aufgemacht. Das war vor gut einem Jahr. Keine Ahnung, wie das kam, jedenfalls war dann Ben sein Dealer. Das war die Zeit, da tauchten dann die ersten Pillen auf. Keine Ahnung, was das für'n Zeug war, bestimmt eine ziemliche Scheiße. Ich habe mir nie was eingeworfen, das mache ich nicht. Hasch oder Gras, okay. Nichts anderes. Aber die anderen haben bei jeder Disko geklinkt. Und nicht nur eine Pille. Konstantin hat das Scheißzeug auch noch weitervertickt. Kein großer Stil, aber trotzdem. Und Alejandro, Scheiße war das. Der hat damals schon eine ziemliche Optik geschoben, aber wegen krank und so, nicht wegen Drogen. Aber mit den E-Pillen ist alles nur viel, viel schlimmer geworden. Und dann kam der Knall.«

»Mit Alejandro?« fragte Tangermann.

»Nein, mit Konstantin. Er hatte irgendeinem Typen in so 'nem besetzten Haus eine größere Lieferung versprochen. Also ein richtiges Ding, kein Kleinscheiß mehr. Alles Mögliche, Gras, THC, Pillen, sogar Koks. Wir haben ihm abgeraten, weil wir dachten, welcher Besetzer kann sich so was leisten? Das kann doch nur ein Zivilbulle sein, ein verdeckter Ermittler. Der Deal ist aber gelaufen, und nix mit Bullen oder so. Ben hat das Zeug besorgt, und weil Konstantin grade klamm war, hat er angeschrieben. Kein Problem, hat er gesagt. Jetzt weiß ich, warum. Das Schwein hatte was vor mit ihm.«

»Sexfilme«, vermutete Tangermann.

»Ja. Die ganze Drecksclique, also Ben und Gonzalez und diese Typen, die haben wohl schon früher Pornos gemacht. Aber die wollten das ganz groß aufziehen. Alejandro war zuerst dabei. Ich habe ihn mal gefragt, wie das kam, aber er hat nichts gesagt. Er war ja sowieso nicht ganz knusper, aber … Ich glaub, der ist ein echt armes Schwein. Kein Wunder, bei diesem Kotzbrocken von Vater. Und irgendwann war auch Konstantin dabei. Hat seine Schulden abgearbeitet. Zuerst. Dann hat er Kohle gemacht. Die hat er in Drogen angelegt. Man hat gemerkt, daß er sich ziemlich beschissen fühlt, aber was gucken lassen hat er nicht. Bis dann eines Tages Ben zu uns an den Tisch kam.«

»Im *Côte d'Or*?«

»Klar, wo sonst. Er tat total geheimnisvoll, erzählte was von geheimer Disko und so. Ein Ding, das er mit Konstantin aufgezogen hätte, überm *X-trem*. Aber nicht mal die wüßten was davon. Angeblich. Und daß in nächster Zeit ziemlich viel Kohle für uns zu verdienen wäre. Also, er hat einen Haufen Gedöns gemacht, und irgendwann sind wir hin. Ich habe einen Kumpel mitgenommen, den die anderen nicht so kennen, Michi. Sie wissen, wer das ist, klar. Na, war auch ganz cool die Sache, vor allem billig. Wir sind öfter hin. Mal mit dem, mal mit dem. Einmal hat Ben uns den ganzen Abend für Nasse trinken lassen. Angeblich hatte er Geburtstag. Oder was anderes, genau weiß ich es nicht mehr. Ich schwöre Ihnen, der hat uns was in die Drinks gemixt. Mir war ganz anders. Halb besoffen, halb bedröhnt. Und dann hat Ben auf mich eingeredet. Konstantin auch. Der war ebenfalls nicht mehr ganz bei sich. Was die mir alles erzählt haben ... Ben hat mir einen Hunderter geschenkt und mich gefragt, ob ich mehr von den Scheinchen will. Klar, oder? Klar wollte ich. Dann hat er die Katze aus dem Sack gelassen. Paar Aufnahmen machen. Aktbilder. Vielleicht bißchen mehr. Für drei Hunderter. Ich habe mitgemacht.«

»War es das Geld?« fragte Tangermann vorsichtig.

»Es war alles Mögliche. Weil ich bedröhnt war, aus Neugierde, wegen der Kohle. Am nächsten Tag habe ich mich nicht gerade gut gefühlt. Aber ich hatte vierhundert auf Tasche, verstehen Sie? Rechnen Sie weiter. Fünf solche Acts im Monat, das sind zweitausend Mark. Ich brauche Kohle. Für den Führerschein. Und im Sommer wollen wir nach Südamerika. Später gab's zwar nur noch zweihundert, aber:

Ich krieg' einen Fuffi Taschengeld. Das reicht nicht zum Leben und nicht zum Sterben, das geb' ich manchmal an einem Abend in der Disko aus. Und sie haben uns versprochen, daß sie unsere Köpfe nicht aufnehmen. Ich habe mir einmal die Aufnahmen angeguckt ... Nee, ich wollte das gar nicht wissen. Und manchmal war ich ganz schön zu. Keine Ahnung, wie ich überhaupt noch was hingekriegt habe. Aber wir hatten ja den Regisseur.« Ronald Breuer lachte bitter.

»Regisseur?«

»Ben. Er hat sich immer als Regisseur bezeichnet. Gonzalez war der Kameramann, er der Regisseur.«

»Wer war beteiligt?« wollte Tangermann wissen.

»Konstantin, Alejandro, ab und zu auch mal Michi. Der hat aber nur mitgemacht, wenn ich dabei war. Scheiße, verdammte, er war mein Freund, verstehen Sie? Warum habe ich ihn da mit reingezogen?«

»Bei ihm wurden auch Drogen gefunden«, sagte Tangermann. »Drogen und ein Sparbuch, auf dem es auch nicht schlecht aussah.«

»Bei Michi? Reden wir wirklich von Michi? Michael Donath?« Breuer war ehrlich erstaunt, sogar erschrocken.

»Das wundert Sie?«

»Ja, also ... Nein, mich wundert gar nichts. Vielleicht hat er ein Ding mit den Typen gemacht, von dem ich nichts wußte. Vielleicht ... eh, Scheiße, das Geld ... Wir können nichts dafür, daß alles so teuer ist.«

»Konstantin hat in der Vernehmung nach ... nach den Ereignissen während der Walpurgisnacht, da hat er behauptet, er würde Michael Donath kaum kennen. Wenn sie beide von Benedix und Gonzalez für diese Filme mißbraucht worden sind ... Allerdings gibt es, verzeihen Sie mir bitte, es gibt auch nur Szenen, in denen er mit Alejandro agiert.«

»Sag ich doch. Der hat sich auch kaufen lassen. Und es sollten eben bloß ganz wenig Leute wissen.«

»Möglich.« Hans-Joachim Tangermann lehnte sich zurück. Er schwitzte, hatte aber den Eindruck, sich gut geschlagen zu haben. Lange würde er Breuer nicht mehr festhalten, der Junge sah verzweifelt und enttäuscht aus. Jetzt war sein Kumpel Donath nicht nur tot, auch die Erinnerungen an ihn hatten einen Todesstoß bekommen. »Herr Breuer«, stellte Tangermann seine letzte Frage, »wie erklären Sie sich, daß Konstantin und Michael getötet worden sind?«

»Sie steckten wohl beide ziemlich tief drin, was?« Der Junge, der Zeuge fuhr sich mit einer heftigen Handbewegung über den Kopf. »Und das ist doch immer gefährlich, oder?«

8

Dietrich Kölling staunte nicht schlecht, als er in seinem Büro mit einer Rede des deutschen Bundeskanzlers begrüßt wurde. Der Kanzler sprach zwar nicht mit ihm und auch nicht über ihn, sondern über die europäische Integration und die Freundschaft mit Frankreich, er war auch nicht leibhaftig anwesend, sondern tönte aus dem Radio, aber gerade dieser Apparat erweckte Dietrich Köllings Verwunderung. Das Radio stand schon seit Jahren funktionsuntüchtig auf einem Regal. Dietrich Kölling blickte fragend in die Runde seiner Mitarbeiter.

»Kollege Tangermann«, erklärte die Blissow und wies auf Hajota. »Er kann nicht nur mit Lehrbüchern und jungen Burschen umgehen, sondern auch mit Lötkolben und Lötzinn.«

»Ach, wo«, wehrte Tangermann bescheiden ab, »da war bloß ein Kabel locker.«

»Wenigstens keine Schraube«, meinte Dietrich Kölling und plazierte sich am Tischende. »Macht denn niemand diesen Dreck weg? Wenn, dann will ich Musik hören.«

»Franzosen mögen Sie also auch nicht«, stellte Becker fest.

»Und ob.« Dietrich Kölling breitete ein paar Blätter Papier vor sich aus. »Mein Vater war beim Frankreichfeldzug dabei und bildete sich ein, Französisch zu können. Vor allem, wenn er was getrunken hatte. Dann hielt er mir und meiner Schwester Vorträge in einer Sprache, die nicht einmal meine Mutter verstand. Und die hatte Französisch gelernt.«

»Ihr Kindheitstrauma?« erkundigte sich Becker. Dietrich Kölling brummte. Aus dem Radio brummte es auch.

»Mist«, fluchte Tangermann.

»Macht nichts«, Dietrich Kölling winkte ab, »dann spielen wir eben auf. Ein Quartett mit dem Titel *Resümee*. Ich höre?«

»Ad eins«, begann Becker, »Piesnack.«

»Der Mann war wirklich überzeugt von den Projekten, die Wartenberg und Schröder ihm eingereicht hatten«, griff die Blissow das Stichwort auf. »Und unter uns Pastorentöchtern, das eine oder andere Sinnvolle haben die ja auch auf die Beine gestellt. Als Tarnung zwar, wie wir jetzt wissen, aber Piesnack hatte zuerst wirklich keine Ahnung. Herr Doktor ist aber nicht nur ein Beamter, sondern auch ein sexuelles Wesen. Da nimmt er es dann mit der Wohlverhaltenspflicht nicht so genau. Er ist also in einem Kontaktmagazin auf die verklausulierte Anzeige gestoßen und hat ein paar Videos bestellt. Wartenberg hat sich über den neuen Kunden sehr gefreut, wie Sie sich denken können. Mit einem neuen ABM-Antrag lieferte er zwei Kassetten sozusagen direkt. Seitdem war ihm Doktor Piesnack überaus gewogen.«

»Ad zwei?« fragte Dietrich Kölling.

»Dietmar Schröder«, Becker war an der Reihe, »der Leiter der Jugendausbildungsstätten von *Netzwerk CultOst*, kurz JABS. Wartenberg und er kennen sich seit vielen Jahren. Schröder war einige Zeit in der Kapitalanlagefirma *Vabanque Multiagent GmbH* für die Kundenaquisition zuständig, stieg aber aus, bevor die Staatsanwaltschaft aufmerksam wurde. Gegen ihn wurde deshalb nicht ermittelt, nur gegen Wartenberg und dessen Teilhaberin, eine gewisse Gundula Habel, Ehegattin des beliebten Rechtsanwalts und seinerzeit auch die Geliebte von Wartenbergs. Unser dekadenter Blaublüter hat übrigens viele Frauengeschichten, aber immer nur kurzlebige; vielleicht weil er auf unreife Knaben steht. Schröder ist verheiratet. Seit Jahren schon, eine unauffällige, gewöhnliche Ehe, die sich in einem Reihenhaus in Tegel abspielt, oder auch nicht. Herr Schröder gibt zu, Wartenberg auf seinen Reisen nach Ostberlin begleitet zu haben, damals, als die Mauer noch stand. Auch daß Wartenberg mit dem kleinen Alejandro Gonzalez herummachte und sich dabei filmen ließ, räumt Schröder ein. Er will aber nur die Lampe gehalten haben. Und den Vertrieb der Videos, den hat er auch organisiert. Die Jungen berührt hat er wohl wirklich nicht. Er hat am illegalen Markt für schwule Knabenpornos mitverdient, die These von Frau Blissow, er könne selbst schwul sein, hat sich aber nicht bestätigt.«

»Als dann die Mauer fiel und im Osten mit dem Boom von Arbeitsbeschaffungsmaßnahmen und Beschäftigungsgesellschaften ein zweiter Arbeitsmarkt entstand, wollten Wartenberg und Schröder auch ein Stück von der Torte«, ergänzte die Blissow. »Vor allem die Idee, mit einem Netzwerk aus gemeinnützigem Verein und Wirtschaftsbetrieben eine raffinierte Tarnung für eine einträgliche Pornoproduktion zu schaffen, gefiel ihnen außerordentlich. Mittlerweile hatten sie auch einen Kundenstamm im Osten, darunter ostdeutsche Halbprominenz. Diese Leute treten zwar nicht direkt als Käufer auf, sondern benutzen ihrerseits Deckadressen, aber da braucht es nur ein bißchen Geduld, um sie zu knacken. In einer Kneipe in Schöneberg lief den beiden Unternehmern ein Subjekt namens Peter Benedix über den Weg, der gerade aus dem Knast entlassen worden war und Beschäftigung suchte. Benedix spielte den Privatdetektiv. Er beobachtete die Postfächer, an die Videobänder gesendet wurden. Auf diese Weise hatte man bald ein paar renommierte Vorstandsmitglieder zusammen. Sie bekamen zukünftig alle Produktionen zum Rabatt.«

»Pornografie als Arbeitsbeschaffungsmaßnahme, nicht schlecht«, meinte Dietrich Kölling. »Man brauchte allerdings auch Darsteller.«

»Richtig«, bestätigte Becker. »Zuerst hat man es mit Strichern versucht und entwurzelten Jungen, die sich prostituierten. Die waren aber zu unzuverlässig und hatten zu viel mit der Polizei und den Jugendämtern zu tun. Und einen Darsteller hatte man seit dessen Kindesbeinen quasi sicher, Alejandro. Und der hatte Kumpel, alles Jungen im fraglichen Alter. Mit etwas Geschick, mit Drogen und Geld mußten die doch zu knacken sein. Und es hat ja geklappt.«

»Die ersten Videos wurden mit Alejandro gedreht, auch mit Alejandro und Benedix«, meldete sich nun Tangermann zu Wort. »Gleichzeitig wurde die Diskothek *Côte d'Or* aufgebaut. Alejandro, den man übrigens mit Drogen und Gewalt gefügig gemacht hatte, schleppte seine Freunde dorthin. Die Clique der Kiffer. Benedix betätigte sich als Dealer, auf eigene Rechnung, Wartenberg duldete das natürlich.

Man wußte auch vom *X-trem* und dem besetzten Haus, dessen Bewohner mittlerweile Mietverträge bekommen hatten; ein damaliger Bürgermeister, der auch im Vorstand von *CultOst* sitzt, setzte sich mächtig dafür ein. Peter Benedix hatte durch die Kiffer-Clique gute Beziehungen zu den Hausbewohnern, die auch mal im *Côte d'Or* aufkreuzten und dort immer ein paar freie Drinks bekamen; Eintritt mußten sie nicht zahlen. Einer der Mieter wollte sowieso aufs Land flüchten, Benedix schoß ihm Geld für einen Umzug vor, unter der Bedingung, die Stadtwohnung unterzuvermieten. Die zweite Wohnung auf der Etage bekamen die Gauner auch irgendwie, Roswitha Lewerenz, die Gespielin von Benedix, nahm sie zur Untermiete. Die dritte Wohnung stand leer. Die illegale Diskothek mit Studio konnte eingerichtet werden, und das Schicksal nahm seinen Lauf.«

»Tangermann hat übrigens herausgefunden«, fügte Becker hinzu, »daß sich Konstantin Hamann und Michael Donath am Drogenhandel beteiligt haben, vermutlich unabhängig voneinander. Sie hatten nur denselben Dealer, nämlich Benedix.«

»Ziemlich viel kriminelle Energie bei unserer verlorenen Jugend, findet ihr nicht?« sagte Dietrich Kölling.

»Bei solchen Vorbildern?« merkte Becker an.

»Kriminelle Energie ist überall«, stellte die Blissow fest. »Ganz unten, ganz oben, und dazwischen auch.«

»Sollten wir nach den Mördern nicht auch im Drogenmilieu suchen?« wollte Tangermann wissen.

»Ja, verdammt.« Dietrich Kölling war es nicht recht, daß nun noch mehr Motive ins Spiel kamen. »Hat sich Vater Gonzalez eigentlich dazu geäußert, warum er Konstantin seinen Jeep schenken wollte?«

»Er bleibt bei seiner Version«, erwiderte Becker. »Alejandro, der amtliche Irre, hat die Schenkungsurkunde gefälscht.«

»Und was sagt der Graphologe dazu?«

»Ein Graphologe, Chef«, Becker schmunzelte, »ein Graphologe macht pünktlich Feierabend.«

SIEBTES KAPITEL

1

Wie immer, wenn er nach durchwachten Nächten ausgeschlafen hatte, wurde Dietrich Kölling von Kopfschmerzen gequält, und er hatte das Gefühl, seine Augen müßten jeden Augenblick aus ihren Höhlen platzen, so stark war der Druck. Dietrich Kölling fand einen Parkplatz neben dem Ersten Gymnasium, stellte den Motor ab und durchwühlte das Handschuhfach nach Aspirin. Die Packung war noch da, die Tabletten nicht mehr. Dietrich Kölling ließ seine Augen unter den geschlossenen Lidern kreisen und atmete gleichmäßig durch. Er hatte noch nicht gefrühstückt, weil ihm der Anblick von Nahrungsmitteln heftigen Ekel verursacht hatte, und seine Morgenzigarette hatte ein schmerzhaftes Kribbeln in den Beinen bewirkt. Dietrich Kölling hätte diesen Vormittag im Bett verbringen sollen; jedenfalls war es kein guter Tag, um Frau Donath zu besuchen.

Dietrich Kölling hatte nichts Besonderes vor, er wollte sich nur erkundigen, wie es ihr ginge, und sie vielleicht mit ein paar Fragen zu ihrem Sohn quälen. Als er den Wagen verließ, klingelte die Schulglocke. Dietrich Kölling schaute auf den Schulhof. Der Schulhof war leer.

Vor dem Hochhaus in der Andreasstraße lungerten drei Halbwüchsige herum und rauchten. Sie waren nicht älter als vierzehn, und Dietrich Kölling fragte sich, ob man auch ihre Körper kaufen konnte. Vielleicht ließen auch sie sich gefügig machen mit Drogen oder Geld. Diese Jungen waren voller Scham, aber zweihundert Mark waren viel Geld für sie, und notfalls konnte man mit dem Preis höhergehen.

»Haben Sie vielleicht mal einen Joint für mich?« fragte einer der Jungen Dietrich Kölling. Seine beiden Freunde lachten. Dietrich Kölling ignorierte die Frage. Vermutlich hatten die drei unter sich gewettet, ob es einer wagte, ihn auf den Arm zu nehmen. Viel Mut gehörte nicht dazu.

Hinter der Wohnungstür der Familie Donath gab es Geschrei. Einer der Zwillinge weinte, Frau Donath schimpfte, dann fiel auch das zweite Kind ein. Dietrich Kölling läutete. Das Geschrei dauerte an. Für Dietrich Köllings Kopf bedeutete es eine zusätzliche Qual. Und als ihm nicht geöffnet wurde, klingelte er abermals.

»Ach, Sie. Sie haben mir gerade noch gefehlt.« Frau Donath hatte wieder diese engen Jeans an und ein ebenfalls nicht weites, aber albernes weißes T-Shirt. Auf der Brust war es mit zwei Kängurihs bedruckt, die eine Tenniskelle in den Vorderpfoten hielten, und mit der Aufschrift *Australian Open*. Dietrich Kölling trat ein, Frau Donath ging rasch zurück ins Kinderzimmer. Auch auf ihrem Rücken prangten die Känguruhs. Allerdings stand jetzt *Australia is open* unter ihnen, und die Tenniskellen fehlten.

Dietrich Kölling mußte sich eine Zeitlang selbst beschäftigen, und er studierte den Schnittmusterbogen, der auf dem Couchtisch ausgebreitet lag. Er sah aus wie der Schlachtplan eines irren Feldherrn, aber manche Frauen beherrschten die Kunst, aus ihm die Formen eines künftigen Kleidungsstückes herauszulesen. Neben dem Muster standen eine Flasche Weinbrand und ein Glas. In der Neige schwamm eine Fliege um ihr Leben. Das Wohnzimmer war lange nicht gelüftet worden, es roch nach Speiseresten und Schweiß. Vielleicht hatte der Tod ihres Sohnes bewirkt, daß

Frau Donath nachlässig wurde. Sie schaffte es allerdings noch, die Zwillinge zu beruhigen.

»Einen Kaffee?« rief sie aus dem Flur.

»Gern«, rief Dietrich Kölling zurück.

2

Er mußte es wissen, und zwar sofort. Die Wände verrieten ihm nichts. Der Tropf verriet ihm nichts. Das Bettzeug war weiß wie die Unschuld. In seinem Kopf ging alles durcheinander. Auch von Vampiren hatte er wieder geträumt. Und vielleicht träumte er immer noch. Es wurde immer schwerer zu unterscheiden, wann er schlief und wann er wach war.

Er war selbst ein Vampir. Sie kamen in weißen Kitteln, um ihn zu stechen. Noch stachen sie ihn nur in den Arm. Er lachte. Sie wußte nichts. Sie kannten nicht die Geheimnisse. Wer einen Vampir töten wollte, mußte ihm einen Pflock ins Herz treiben. Einen hölzernen Pflock. Einen stählernen Pflock.

Bevor er aufstand, versuchte er, sich seinen Namen in Erinnerung zu rufen. Er war vor vielen Jahrhunderten gestorben und lebte immer noch. Er war einer Verschwörung zum Opfer gefallen. Sie hatten ihn vom Thron gestoßen, in ihre Verliese gebracht, ihn dort gefoltert und getötet. Sie kamen in weißen Kitteln, in Straßenkleidung, mit Geschenken. Sie lockten ihn. Aber wenn er durch die Tür ging, auf die sie zeigten, würde er immer nur wieder eine Tür sehen. Jahre oder Jahrhunderte brauchte man, um die letzte Tür zu erreichen. Hinter ihr warteten die Männer. Alte Männer, junge Männer, nackte Männer. Die Männer rissen ihm die Kleider vom Leib, warfen ihn auf eine Bank, schnallten ihn fest.

Sie gaben ihm Spritzen. Sie richteten eine Kamera auf ihn. Und er zeigte ihnen sein blutiges Gebiß.

Er riß die Kanüle aus seinem Handrücken, schleuderte den Tropfständer von sich. Der erste Raum war kahl und voller Rauch. Glühende Kohlen schwelten. Der Henker hatte die Kamera zurechtgemacht. Sie filmten ihre Hinrichtungen. Er stieg aus dem Bett, ging zum Schrank. Sie hatten ihn bereits ausgezogen. Sie rissen die zweite Tür auf. Das Zimmer war voll mit Vampiren. Sie fletschten ihre Zähne. Sie kamen näher. Er nahm die Kleider aus den Fächern. Er hatte den Pflock in der Hand. Er erkannte sie. Konstantin, Michi, Ronny, Ben.

»Mittagessen«, rief jemand an der Tür. Konstantin, Michi, Ronny, Ben. »Aber was machst du denn da?« Das Essen kam auf einem Tablett. Neben dem Teller lagen Messer und Gabel. »Alejandro«, sagten sie. Konstantin, Michi, Ronny, Ben. Die Vampire. Der Pflock mußte sie ins Herz treffen. Die Gabel mußte ins Auge.

3

»Ich weiß, daß Jungs in Michaels Alter ihre Geheimnisse haben müssen«, sagte Dietrich Kölling. Er hatte schon die dritte Tasse Kaffee getrunken, aber seine Kopfschmerzen wollten nicht weichen. Jetzt begann sogar sein Magen zu rebellieren. »Aber hat er denn nie etwas angedeutet? Nie vom *X-trem* erzählt? Fiel das Wort nicht wenigstens mal?«

Frau Donath schüttelte den Kopf. Sie sah blaß aus und wirkte erschöpft.

»Es gibt etwas, das ich Ihnen nicht ersparen kann.« Dietrich Kölling senkte den Blick. »Ich glaube, es ist besser, Sie erfahren es von mir. In ein paar Tagen wird es in allen Zeitungen stehen, die Lokalnachrichten im Fernsehen werden darüber berichten. Frau Donath, wir haben eine illegale Pornoproduktion ausgehoben. Das Bundeskriminalamt ist dabei, den ziemlich umfangreichen Kundenkreis zu ermitteln. Es sind auch bekannte Leute verwickelt, also würde selbst eine Nachrichtensperre nichts nützen. Ihr Sohn war einer der Beteiligten.«

»Michi?« Mehr sagte seine Mutter nicht.

»Ja«, bestätigte Dietrich Kölling.

»Was?« Die Frau war kaum zu verstehen. »Was hat er getan?«

»Er hat ... Er war ...«, Dietrich Kölling brachte es kaum über die Lippen. Die Frau tat ihm leid, er hätte sie gern in den Arm genommen, doch das wagte er nicht. »Er war einer der Darsteller.«

»Darsteller?«

»In diesen Filmen«, sagte Dietrich Kölling.

»Mein Sohn?«

»Ja.«

»Michi?«

»Frau Donath, es fällt mir nicht leicht, es Ihnen zu sagen. Und es ist noch nicht alles. Er hat auch mit Drogen gehandelt. In Konkurrenz zu Konstantin Hamann wahrscheinlich. Der auch getötet wurde. Wenn Sie nur die geringste Ahnung haben ... Irgendeine Vermutung ... Sie haben doch die Pillen gesehen, die ich in seinem Kleiderschrank gefunden habe. Und das Geld.«

»Bitte gehen Sie.«

»Frau Donath«, Dietrich Kölling versuchte es noch einmal, »seinen Dealer kennen wir. Der hat auch Hamann versorgt. Wir wissen aber nichts über die Abnehmer. Sie haben doch sicher Anrufe für ihn entgegengenommen. Erinnern

Sie sich an Namen? Spitznamen, Vornamen, alles kann uns weiterhelfen.«

»Bitte.« Frau Donath bewegte sich nicht, nur ihre Finger spielten mit dem lächerlichen T-Shirt. Sie schaute Dietrich Kölling nicht an, sie schaute nirgendwohin, höchstens ins Leere. Das Telefon klingelte. Sie reagierte nicht. Draußen auf der Straße schrien spielende Kinder, ein Flugzeug donnerte über die Stadt. Nicht einmal Tränen hatte Frau Donath. Sie war erstarrt. Es würde lange dauern, bis sich die Verkrampfung löste, Wochen, Monate, Jahre. Zum erstenmal hatte sie begriffen, daß sie von ihrem über alles geliebten Sohn nicht das Geringste wußte. Er hatte sie verlassen. Nicht erst, als er gestorben war, sondern früher, viel früher. Dietrich Kölling verließ die Wohnung.

Die drei Vierzehnjährigen waren fort. Sie hatten Spuren hinterlassen, zerdrückte Kippen und Speichelflecken. Die Spuren würden verschwinden. Dietrich Kölling zündete sich eine Zigarette an. Spuren hinterließen auch die Verbrecher, und nicht nur solche, die von der Kriminaltechnik aufgenommen werden konnten: Spuren, die nicht trockneten, die niemand wegfegen konnte, außer der Tod.

4

Augen. Augen zerflossen. Augen liefen aus. Liefen über den Asphalt. Die Vampire hatten einen starren Blick. Selbst in der Lust. Aber sie spielten die Lust nur. Und er war das Opfer dieses Spiels.

Er mußte aufpassen, daß er keinen Fehltritt machte. Ab und zu hatte er schon die Orientierung verloren. Er war in eine U-Bahn gestiegen und in einem Raum mit nackten Jungen angekommen. Mit seinem Kopf stimmte etwas nicht. Sein Kopf surrte wie die Kamera. Sein Kopf war die Kamera. Aber der Film, den sie aufnahm, es war ein gestückelter Film.

Er sah einen Bahnhof. Einen Bahnhof unter der Erde. *Frankfurter Allee*. Das bedeutete etwas. Er mußte umsteigen. In das Möbelgeschäft. Lampen. Glas. Ledersofas. Rattan. Stahlrohrmöbel. Das Bett. Das Bett mit dem Spannlaken. *Action!* Eine Hand kam auf ihn zu. *Nun stell' dich doch nicht so an!* Eine Hand. Ein Rohr. *Konstantin, weiter runter! Zum Bauchnabel!* Die Vampire. Blut. Er war immer die Treppen hinaufgestiegen. Treppen und Treppen. Frankfurter Allee. *Du bist verkrampft, Micha!* Die Hand kam näher. Der Zug auch. Ein roter Zug. *Nimm noch 'n bißchen was von dem Zeug, das entspannt!* Die Hand. Eine Pille. Jemand streichelte ihn. Unten. Die Spielzeugeisenbahn. Der Zug. Es tat weh. Immer tat es weh. Der Zug. Rot wie Blut. Schotter. Gleise.

Er stieg ein.

5

»Frau Gonzalez«, die Blissow spannte sich, »Sie wollen doch nicht allen Ernstes behaupten, daß Sie nie dabei waren, wenn Wartenberg und Co. Ihren Sohn Alejandro mißbraucht haben? Oder hat man Sie weggeschickt? In den ... Wie hießen diese Devisenläden noch?«

»Intershop«, sagte Becker.

»In den Intershop? Damit Sie sich was Schickes kaufen konnten, während man Ihren Sohn vergewaltigte? Frau Gonzalez, wie sehr haben Sie Alejandro eigentlich gehaßt?«

Die Frau schwieg. Ihr Gesicht war leer. Irgendwann hatte sie noch versucht, die besorgte Mutter zu spielen. Jetzt dachte sie wohl nur noch daran, was aus dem schönen Geld werden würde, wenn man auch sie wegen Mittäterschaft belangte. Neunzigtausend Mark hatte ihr Mann auf dem Konto, auf das auch sie Zugriff hatte; gehabt hatte, denn die Staatsanwaltschaft hatte es gesperrt. Für ihren Lebensunterhalt würde sie es vielleicht wieder freigeben.

»Frau Gonzalez?« fragte Becker.

»Sie haben alles gewußt, nicht wahr?« fuhr die Blissow sie an. »Sie haben es geduldet, mehr noch, Sie haben es gedeckt. Für das Westgeld. Für Geschenke. Für Margarine.«

»Und mittlerweile für einen guten Lebensstandard«, fügte Becker hinzu.

»Aber das werden Sie alles verlieren, Frau Gonzalez. Alles.« Die Blissow konnte sich nicht beruhigen. »Sie werden arm sein, Frau Gonzalez. Sie werden jede Drecksarbeit annehmen müssen. Ihre Kinder werden Sie verachten. Ihre Bekannten werden Sie verachten, Ihre Familie wird Sie verachten. Und falls Sie sogar hinter Gitter müssen, was ich hoffe … Oh, Frau Gonzalez, das wird eine Freude. Das ist die, die ihren dreijährigen Sohn an einen Kinderficker verhökert hat, werden die anderen von Ihnen sagen. Was ist aus dem Jungen geworden, wird man fragen. Der ist in der Klapper, heißt es dann. Sie hat ihn kaputtgespielt. Ihr Leben ist vorbei, Frau Gonzalez. Wie alt sind Sie? Fünfundvierzig? Wollten Sie nicht noch etwas vom Leben haben? Vorbei, Frau Gonzalez.«

Alejandros Mutter gab ein Geräusch von sich. Es war schwer zu identifizieren, es konnte ein Seufzen sein oder nur ein Abwehrlaut. Becker entschied sich für den Seufzer. Die Schutzmauer, hinter der sich Frau Gonzalez verbarg, würde bald zusammenbrechen; sie schwankte schon. Die Frau sah nicht mehr wie fünfundvierzig aus, sondern wie sechzig. Das war ein gutes Zeichen.

»Nun, Ihren Ältesten haben Sie versorgt, da brauchen Sie sich keine Sorgen zu machen«, sagte er mit einem Anflug von Zynismus, der ihm eigentlich fremd war. »Dreißigtausend haben Sie in seine Werkstatt gesteckt. Das war Schweigegeld, stimmt's? Sie wußten, daß Juan wußte.«

»Ja.« Frau Gonzalez sprach nicht, sie hauchte. Gleich würde sie zusammenbrechen. Becker und die Blissow nickten einander zu.

»Aber warum der Jeep für Konstantin Hamann? Der schöne neue Wrangler. Warum?«

»Er hat ...« Das Eis war dünn.

»Wer hat? Der Wrangler?«

»Dieser Junge.« Erste Risse zeigten sich.

»Was hat er?«

»Alejandro«, brachte Frau Gonzalez mühsam heraus.

»Bitte?«

»Alejandro hat ... Es war immer falsch, das mit den Drogen. Alejandro muß ...«

»Wir hören«, sagte die Blissow.

»Er wird betrunken gewesen sein. Und hat einem seiner Freunde erzählt ... Sie wissen es doch.« Sie steckte bis zum Hals im Wasser.

»Was wissen wir? Sprechen Sie es aus. Und wenn Sie daran ersticken.«

»Er hat einem Freund erzählt, was sein Vater ... was Rüdiger von Wartenberg mit ihm gemacht hat. Früher. Und dieser Freund ... Wir wissen nicht, wer es war ...«

»Mein Gott, muß ich erst die Zange holen?« fragte die Blissow.

»Konstantin wußte es.« Frau Gonzalez würde jeden Moment versinken.

»Und hat Ihren Mann erpreßt?« wollte Becker wissen.

Frau Gonzalez gurgelte. Sie schlug um sich, als würde sie wirklich ertrinken. Ein liebevoller Ehemann hätte sie jetzt an seine Brust gedrückt und beruhigende Worte gemurmelt. Aber niemand spendete ihr Trost. Sie hätte sich mit Schaum vor dem Mund auf dem Boden wälzen können, Mitleid wäre ihr nicht zuteilgeworden, sondern nur die eisige Verachtung, die sie schon bekam.

»Also hatte Ihr Gatte ein elementares Interesse an Konstantins Tod«, stellte die Blissow sachlich fest. Frau Gonzalez gurgelte.

6

Plötzlich war wieder alles klar. In Schöneweide mußte er aussteigen. Er mußte die Treppe hinabsteigen, sich nach rechts wenden, die Halle durchqueren und drei Stationen mit der Straßenbahn fahren. Dann hundert Meter laufen. Dort war die Werkstatt. Die Werkstatt, die Juan gehörte. Auf einem alten Betriebsgelände. Das Betriebsgelände mit der großen Halle, die leerstand. Die Halle mit dem Versteck.

Er pfiff vor sich hin. Leute schauten sich nach ihm um, lächelten. Er war ein fröhlicher junger Mann. Er war der Vampirjäger. Er hatte die Pflöcke, die man den Vampiren ins Herz stoßen mußte.

»Alejandro«, sagte er zu dem schwachen Spiegelbild in der Scheibe der Straßenbahn. Wenn die Vampire ausgelöscht waren, würde er wieder frei sein. Er lachte. Er lachte aus vollem Herzen, weil er an das Gesicht von Herrn Koller dachte. Das ratlose Gesicht, als dieser das Fehlen der beiden Schaufensterpuppen bemerkt hatte.

Die Straßenbahn quietschte in den Kurven. Es sollte eine glanzvolle Aufführung in der Aula werden, der krönende Abschluß einer Schulprojektwoche. Die Puppen hatte sich Koller ausgeliehen, weil er sie für die Vorstellung brauchte. Man konnte sie auseinandernehmen. Man konnte die Arme abschrauben, die Beine, den Kopf. Koller hatte mit der Generalprobe begonnen. Die Puppen brauchte er erst im zweiten Teil. Dort, wo sich alle umgezogen hatten, im Deutschraum, warteten sie auf ihren Einsatz. Alejandro hatte sie in einer Viertelstunde zerlegt. Er hatte Panik geschoben, aber niemand hatte ihn erwischt. Auch nicht, als er mit den Teilen durch das Schulhaus huschte. Auch nicht, als er sie in der Mülltonne versteckte. Dabei hatte er mehrmals gehen müssen. Aber an diesem Nachmittag, als die Generalprobe lief, war die Schule ausgestorben gewesen. Und Koller hatte ein dummes Gesicht gemacht.

Am meisten Schwierigkeiten hatten Alejandro die beiden Torsi bereitet. Er hatte alle Teile nachts wieder aus der Mülltonne geholt und über die Straße getragen zum Haus der Eltern, wo er sie im Keller verstaute. Dort waren sie aber höchstens zwei, drei Tage sicher vor Entdeckung, und so hatte er Arme, Beine und Köpfe in seiner Reisetasche nach Schöneweide transportiert. Dreimal hatte er fahren müssen. Die Torsi jedoch waren zu groß gewesen. Sie fanden in der Tasche keinen Platz.

Alejandro stieg aus. Dem nun auf einem Auge blinden Zivi hatte er Medikamente aus der Kitteltasche geklaut, jetzt schaute er sich die Schachtel an und öffnete sie. Ein Fläschchen kam zum Vorschein. *Pholedrin* hieß die Lösung, die es enthielt. Was sie bewirkte, war ihm gleichgültig, er trank die Flasche leer.

Auch das Problem mit den Torsi hatte er gelöst. Denn er war klug. Er war sehr, sehr klug. Er war der Klügste von allen.

Wenn der Bruder mit seiner Frau zu Besuch kam, blieb er immer ein paar Stunden. Juan hatte die Angewohnheit, seinen Autoschlüssel auf dem Garderobenschrank im Flur abzulegen. Es war ein geiles Gefühl gewesen, mit dem Wagen durch das abendliche Berlin zu fahren. Das trieb den Adrenalinspiegel in die Höhe, vor allem dann, wenn irgendwo ein Bullenfahrzeug auftauchte. Mit den Torsi auf dem Rücksitz war es besonders aufregend gewesen. Alejandro war sich vorgekommen, als würde er bereits die Leichen transportieren, die es noch gar nicht gab.

Neben dem Tor zu dem alten Betriebsgelände hingen immer noch die Schilder der Firmen, die nicht mehr existierten. Aber es waren auch neue hinzugekommen. Plötzlich überkam Alejandro ein starker Schwindel. Er versuchte, die Schilder zu entziffern, aber sie verschwammen vor seinen Augen. Sein Herz klopfte wie besessen, dabei hatte er nicht die geringste Angst. Alejandro krallte sich am Maschendrahtzaun fest. Er hatte ihn wie immer überklettern wollen, aber das schaffte er nicht mehr.

7

Vom Erfolg beflügelt, zitierte der Oberrat Becker, Frau Pfitzner und die Blissow nicht zu sich, er empfing sie zum Tee, den niemand außer ihm trank. Früher war auch er ein leidenschaftlicher Verehrer des Kaffees gewesen, aber aus gesundheitlichen Gründen war ihm dieser Genuß verwehrt. Der Oberrat wollte sich über das Ermittlungsverfahren orientieren, wie er es nannte, aber eigentlich wollte er nur hören, daß es unmittelbar vor dem Abschluß stand. Und so war es ja auch.

Nur Dietrich Kölling fehlte in der Runde, aber da der Oberrat spontan zum Fest geblasen hatte, konnte ihm dies niemand übelnehmen. Der Oberrat verteilte Gebäck, das so trocken aussah wie Tangermanns Kuchen. Es staubte denn auch, als Becker hineinbiß. Der Oberrat war höchst aufgeräumt.

»Ein Sumpf zieht am Gebirge hin,/Verpestet alles schon Errungene«, zitierte er, »Den faulen Pfuhl auch abzuziehn,/Das letzte wär das Höchsterrungene. Und das ist uns gelungen. Wir haben einen Sumpf trockengelegt. Ich kann noch nicht genauer werden, nur soviel: Hochrangige Politiker, Künstler und Industrielle hat die Wartenberg-Clique mit Pornokassetten versorgt. Das wird ein einzigartiger Skandal, Herrschaften. Die Sonderkommission können wir auflösen. Ach so, kein Wort an die Öffentlichkeit! Die Bundesanwaltschaft hat doch noch eine Nachrichtensperre verhängt.«

»Dann wird der Skandal wohl eher ausfallen«, meinte die Blissow und stippte ihren Keks in den Tee. »Wenn die Bundesanwaltschaft den Besen schwingt ...«

»Den Besen?« Der Oberrat verzog sein Gesicht. »Sie sprechen in Rätseln.«

»Nun, um alles unter den Teppich zu kehren.«

»Sie können doch, nur für uns, ein paar Namen gucken lassen«, schlug Frau Pfitzner vor.

»Niemals.« Der Oberrat machte eine brüske Handbewegung. Entweder hielt man auch ihn mit Informationen kurz, oder man hatte ihn zum Schweigen verpflichtet. »Diese Angelegenheit ist uns aus der Hand genommen. Wenn die beiden Morde aufgeklärt sind, verschwindet sie für uns im Archiv. So, wie weit sind wir denn eigentlich?«

»Wir!« Die Blissow schüttelte den Kopf.

»Tja, es kristallisiert sich zunehmend heraus, daß Luis Alberto Gonzalez das stärkste Motiv hat, Konstantin Hamann aus der Welt zu schaffen«, erklärte Becker. »Das Problem besteht nun darin, ihm nachzuweisen, daß er sich überhaupt am Tatort aufgehalten hat. Wir schauen uns also noch einmal alle Videos des Staatsschutzes an. Ehrlich gesagt, meine Hoffnung ist nicht groß. Sollte er sich ebenfalls vermummt und verkleidet haben, ist er nicht zu identifizieren.«

»Am wichtigsten ist für uns im Moment, Rüdiger von Wartenberg in die Mangel nehmen zu können«, fuhr Frau Pfitzner fort. »Oberstaatsanwalt Henninger scheut sich allerdings, ihm den Karibikurlaub zu verderben. Von den jamaikanischen Behörden wissen wir, daß sich Wartenberg in Montego Bay die Sonne auf den Pelz brennen läßt. Die Jamaikaner würden ihn liebend gern loswerden, aber in Deutschland will ihn offenbar keiner haben.«

»Vielleicht zieht er gerade eine Pornoproduktion mit halbwüchsigen Rastalockenträgern auf«, vermutete der Oberrat.

»Wenig wahrscheinlich«, meinte die Blissow. »Der Jamaikaner ist eher homophob. Außerdem sind homosexuelle Handlungen verboten.«

»Davon läßt sich ein Wartenberg nicht abschrecken«, behauptete der Oberrat. »Im übrigen hätte ich die Sache gern rasch vom Tisch.«

»Wir auch«, bestätigte Becker.

»Was ist denn das eigentlich für ein Motiv, das dieser Gonzalez hat?« wollte der Oberrat wissen.

»Hamann hat ihn erpreßt«, sagte die Blissow. »Mit dem Wissen, daß Gonzalez den sexuellen Mißbrauch seines Sohnes Alejandro gefördert und ausgenutzt hat.«

»Verstehe.« Der Oberrat nickte ein paarmal. »Ein sehr starkes Motiv, würde ich meinen. Und mit Michael Donath hat er womöglich einen Zeugen beseitigt. Wäre doch logisch, oder?«

»Nun ja«, sagte Becker, »Logik mit einem kleinen Schönheitsfehler. Das würde nämlich bedeuten, Gonzalez hat einen Zeugen getötet, bevor dieser überhaupt Zeuge werden konnte.«

8

Der Untergrund war hart. Ein Steinboden wie in einer Zelle. Wasser und Brot. Sie hatten ihn umzingelt, zu Fall gebracht, eingesperrt. Jeder Knochen schmerzte ihm. In seinem Mund war der Geschmack von Blut. Gleich würden sie kommen, mit Pflöcken und Hämmern. Gleich würden sie ihm das Herz durchbohren. Es aus seiner Brust reißen. Es verspeisen. Alejandro öffnete die Augen.

Er lag nicht auf dem Boden, sondern auf einer Holzbank. An der schmutzigen Wand über ihm hing ein Plakat. Es bildete die Handlungen der Ersten Hilfe ab. Alejandro richtete sich auf. Auf einem Stuhl neben der Bank saß sein Bruder und schaute ihn an. Juan, der einzige Mensch, der ihn liebte. Den er liebte. Alejandro kamen die Tränen. Der Bruder sah sehr streng aus. Er hatte ein Buch auf den Knien.

Alejandros Herz raste noch immer, und auch schwindlig war ihm noch. Er erinnerte sich an das Fläschchen, aus dem er getrunken hatte. Es mußte Gift enthalten haben. Der Zivi hatte ihm nach dem Leben getrachtet. Er hatte seine Strafe bekommen.

»Was bedeutet dieses Buch, Alejandro?« fragte der Bruder.

Alejandro hatte einen Schleier vor den Augen. Er sah nicht genau, in welchem Raum er sich befand, noch vermochte er die Gegenstände auszumachen, die ihn umgaben. Irgend etwas Langgestrecktes befand sich in dem Nebel, etwas Langgestrecktes aus rohem Holz. Das Gift wirkte. Alejandro riß die Augen auf. Eine Werkbank. Er sah eine Werkbank. Regale an den Wänden. Blechregale. Einen Spind. Die Stahlsäge. Den Schleifstein.

»Alejandro?«

Die Stahlsäge. Ein monströser Apparat aus Gußeisen, grün lackiert. Eisen. Stahl. Das tödlich harte Material. Eine Bohrmilchpfütze auf dem Betonboden. Späne. Verrostete Stangen, gerade, gebogene, verbogene. Die Sauerstofflaschen für das Schweißgerät. Eine Schutzbrille auf der Werkbank. Skulpturen. Vampire. Alejandro stand auf. Er stand auf schwachen Beinen. Juan griff nach ihm. Hielt seine Hände fest. Streichelte sie.

»Alejandro, bitte! Setz dich wieder hin.«

Alejandro konnte nicht sitzen. Er hatte zu tun. Genauso wie Juan seine Skulpturen, hatte auch er sein Werk zu vollenden. Die Vampire sogen sich an seiner Brust fest. Sie sogen ihn aus. Bald würde er nur noch eine leblose Hülle sein. Er mußte sich wehren. Alejandro schlug die Hände des Bruders fort. Juan sprang auf, das Buch fiel zu Boden. Er umfing Alejandro von hinten, preßte ihn an sich, legte seinen Kopf auf dessen Schulter. Es war eine zärtliche Geste, aber Alejandro schrie auf. Niemals, niemals durfte man sich ihm von hinten nähern.

9

»Frau Sikora«, sagte Dietrich Kölling und trommelte nervös auf den Tisch, »Sie sind sechzehn und spielen sicher nicht mehr nur mit Puppen. Und ich glaube auch nicht, daß Sie die Realität nur aus Mädchenzeitschriften wahrnehmen. Michael war Ihr Freund, nicht wahr? Und so oberflächlich kann diese Freundschaft doch nicht gewesen sein, daß Sie rein gar nichts bemerkt haben. Keine Veränderung, keine Verstörung.«

Zum zweitenmal saß Dietrich Kölling im Wohnzimmer der Familie Sikora und betrachtete die zusammengewürfelte Bibliothek in der Anbauwand, wo noch immer der Shell-Atlas mit *Schuld und Sühne* kopulierte. Doreen war allerdings allein zu Hause, und das war ihm nur recht. Wegen dieses Mädchens hatten sich Michael Donath und Alejandro Gonzalez einst entzweit. Dietrich Kölling bezweifelte, daß sie das wert gewesen war. Vielleicht lebte sie wirklich bloß in ihrer kleinen, beschränkten Welt und sah nur, was sie sehen wollte, damit ihre trügerische Schweinebratenidylle nicht gestört würde. Der Junge, mit dem sie ging, hatte in Pornofilmen mitgewirkt. Doreen wollte nicht einmal einen Hauch von einer Ahnung gehabt haben; falls das stimmte, war sie herzzerreißend dumm.

»Wie war denn der Sex mit Michael?« fragte Dietrich Kölling grob.

»Das …«, sagte Doreen und brach ab.

»Geht mich nichts an?« Dietrich Kölling beugte sich vor. »Hatten Sie überhaupt Sex? Wissen Sie, daß so etwas wie Sex existiert? Oder haben Sie nur Händchen gehalten und den Mond angestiert?«

Doreen Sikora brach in Tränen aus, Dietrich Kölling verzog das Gesicht. Wenn sich diese dummen Trinen vermehrten und über die Welt verbreiteten, blieb dem männlichen Geschlecht nur noch die Flucht in die Homosexualität.

»Interessieren Sie sich eigentlich für das, was um Sie herum geschieht? Oder haben Sie nur Klamotten und Musik im Sinn? Falls Ihr Horizont über Haarfärbemittel und bunte Jäckchen hinausreicht, und falls Sie Michael geliebt haben sollten ... Falls Sie unter Liebe mehr verstehen als eine Bildgeschichte aus der *Bravo* ... Das kann ich mir allerdings nicht vorstellen.«

»Michael hat mich doch nie mitgenommen«, sagte Doreen. »Manchmal ins *Côte d'Or*, aber ... jedenfalls nicht, wenn er mit seinen Kumpels was vorhatte.«

»Und das hat Sie nicht irritiert? Sie haben ihn nie zur Rede gestellt?«

Doreen Sikora schüttelte den Kopf.

»Wie sah Ihr sogenanntes Miteinandergehen denn aus?« wollte Dietrich Kölling wissen. »Haben Sie sich auf Ihren Zimmern getroffen und die Zähne von Briefmarken gezählt?«

»Na ja«, sagte das Mädchen schwach, »manchmal ist es doch ätzend langweilig. Wir wußten nicht so recht, was wir machen sollten. Disko und so, das ist schon klar, aber da kann man ja nicht jeden Tag hin. Wir haben eben gequatscht und so.«

»Ja, das tut mir leid, daß der Staat nicht in die Kinderzimmer kommt und dort für Jugendliche ein paar Faxen abzieht«, sagte Dietrich Kölling voller Bosheit und Verachtung. »Das verlangen Sie doch eigentlich von ihm, stimmt's? Ätzend langweilig, wenn ich das schon höre! Michael hat sich jedenfalls zu beschäftigen gewußt. Mit Revolution, Dealerei und Schmutzvideos.«

»Na ja«, wußte Doreen darauf nur zu erwidern.

»Haben Sie denn überhaupt keine Interessen?«

»Einen guten Schulabschluß?« fragte Doreen unsicher zurück, als ginge es darum, bei Dietrich Kölling Punkte zu sammeln.

»Wofür?«

Das Mädchen zuckte die Schultern.

10

Er hatte geübt. Alles hatte er geübt. Regelrecht trainiert hatte er. Er war der Klügste. Der Beste. Er war allen überlegen. Nur so konnte er die Blutsauger in Schach halten. Nur so konnte er die Freunde retten. Und sich selbst.

Sein Kopf war klar, sein Puls normal. Das Buch lag aufgeschlagen auf der Werkbank. Es war ein Anatomielehrbuch. Juan hatte die Seiten aufgeschlagen, die Alejandro markiert hatte. Ein menschlicher Körper war abgebildet. Von vorn, von hinten. Juan klappte den Körper auf. Die Eingeweide kamen zum Vorschein. Das Herz. Alejandro wußte genau, wo es sich befand. Mit geschlossenen Augen konnte er die Stelle finden. Er hatte geübt.

»Mein Gott«, sagte Juan immer wieder. Alejandro war stolz auf sich. Er würde dem Bruder auch die Schaufensterpuppen zeigen, denn auch Juan sollte stolz sein. Die Puppen hatte er in einer der leeren Hallen verborgen. Er hatte mit roter Farbe sein Ziel markiert. Die Puppen hatten zerstochene Rücken. Er war der Beste. Er war perfekt. Hinter seinen Schläfen begann wieder das Stechen.

»Ich habe allen geholfen«, erklärte er.

»Es war wegen Vater, nicht wahr?« fragte Juan leise.

»Ich habe sie ihm weggenommen«, sagte Alejandro. »Verstehst du, ich habe sie ihm weggenommen. Und die anderen nehme ich ihm auch weg. Dann muß er die Kamera abschalten.«

»Aber warum diese Jungs, Alex? Warum nicht Vater? Wenn du wenigstens ihn getötet hättest. Dann wäre auch alles vorbei gewesen.«

»Ich kann doch meinen Vater nicht töten«, sagte Alejandro entrüstet.

Der Vater. Alejandro blinzelte. Er kam. Er trat ein in das Zimmer. Mit der Kamera. Sie kamen. Alle. Rüdiger. Die Mutter. *Warum nicht Vater?* Die Säge. Der Schleifstein. Das harte Metall. *Warum nicht Vater?* Er hatte jetzt keine Zeit mehr. Er war perfekt. Er mußte. Befreien. Die Säge. Durchtrennte das Rohr. Befreien. Wieder spürte er diesen Druck auf der Brust. Er hatte keine Zeit. Er konnte keine Vorbereitungen treffen. Er haßte sie.

»Alejandro, was tust du?« fragte der Vater. »Auf den Boden! Stell dich nicht so an!«

Er würde wieder bluten. Immer hatte er geblutet, hinterher. Auf der Toilette. Juan schaute zu. Sie kamen über ihn. Mit ihren blutigen Fressen. Auch über Konstantin, Ronny, Michi kamen sie. Sie lachten. Juan hatte das Gesicht des Vaters. Nein, keine Zeit mehr. Es war doch Werkzeug da. Irgendwo. Er suchte. Konstantin, Ronny, Michi. Kamen auf ihn zu. Über ihn. Juan. Der Zuschauer. Der ihm nie geholfen hatte. Nie.

»Alejandro!« schrien sie. »Leg das weg. Hin. Leg das hin. Dich. Hin.«

Warum nicht Vater?

Der lag jetzt am Boden und verblutete.

11

In der Notaufnahme des Klinikums Friedrichshain war man an Trouble gewöhnt, und wenn Unfallopfer oder andere Verletzte eingeliefert wurden, kam es vor, daß sie von Polizisten begleitet wurden. Diesmal jedoch hatte die Hektik einen anderen Grund. Es hatte einen Kollegen aus dem Haus getroffen, und nicht etwa auf der Straße, sondern auf der Station. Die Schwestern und die Ärzte sahen dem Treiben der Polizei verständnislos zu; niemand hatte genau begriffen, was vor sich ging. Einem Zivildienstleistenden war ins Auge gestochen worden. Seit zwei Stunden lag er im OP, und sogar zwei Spezialisten von der Augenklinik waren geholt worden. Die Polizisten liefen umher wie aufgescheuchte Hühner, auf dem Vorplatz standen Streifenwagen und Zivilfahrzeuge. Das Wort Fahndung machte die Runde. Becker telefonierte gerade.

»Gonzalez, Alejandro«, sagte er. »Sieht wie siebzehn, achtzehn aus. Südländischer Teint. Größe eins achtzig. Bekleidet mit ... warten Sie mal.« Becker wandte sich an die Blissow. »Er hat sich seine Zivilkleidung angelegt. Können Sie sich noch an sie erinnern?«

»Nein, ich habe sie nicht gesehen«, erwiderte sie. »Der Chef müßte das wissen.«

»Und wo, verdammt, ist der Chef?«

Die Blissow zuckte die Schultern.

»Bei Frau Donath erreiche ich ihn nicht mehr«, sagte sie.

»Bringen Sie mir die Mutter her«, schrie Becker einen der Streifenbeamten an.

»Wo ...«, begann dieser.

»Mensch, setzen Sie Ihren Arsch in Bewegung«, brüllte Becker. »Der Junge dürfte sich in einem umnachteten Zustand befinden«, sagte er mit ruhigerer Stimme ins Telefon. »Vermutlich fällt er deswegen auf. Verstehen Sie? Eine gewisse Starre. Dürfte wie abgekapselt wirken. Nimmt seine Umwelt wahrscheinlich nicht wahr. Also besser kann ich es nicht erklären.« Becker legte auf und ließ sich in einen Sessel fallen.

»Die meisten Leute rennen doch wie abgekapselt durch die Gegend«, meinte die Blissow.

»Hätten Sie seinen Zustand besser zu beschreiben gewußt?« fragte Becker erregt.

»Nein. Aber das bewegt mich auch nicht so sehr.«

»So?« Becker warf seiner Kollegin einen zweifelnden Blick zu. »Und was bewegt Sie dann?«

»Die Frage«, sagte die Blissow, »die Frage, wen wir vor ihm schützen müssen.«

12

Der Funkruf vom Lagezentrum erreichte Dietrich Kölling, als dieser gerade seinen Wagen bestieg, und nötigte ihm erst einmal einen kräftigen Fluch ab, in dem sich auch seine Wut auf Doreen Sikora entlud. Wie sich Jungen wie Michael Donath und Alejandro Gonzalez in eine so brave und farblose Person hatten verknallen können, würde er nie begreifen, aber das war auch nicht sein Feld. Nun war Alejandro Gonzalez also vollends durchgedreht, und überall hatte das große Rätselraten begonnen, wohin er sich begeben haben könnte; an das Naheliegende, es einmal bei dessen Bruder zu versuchen, hatte natürlich wieder niemand gedacht. So waren sie eben, diese betriebsblinden Bullen, wenn ihnen der große Dietrich Kölling nicht den Weg wies.

Dietrich Kölling machte sich noch einmal zu Doreen Sikora auf die Socken. Weit hatte er nicht zu gehen, allerdings brauchte das Mädel einige Zeit, bis es ihm die Tür öffnete. Es hatte sich gerade die Haare gewaschen, wahrscheinlich um sich ein wenig Beschäftigung zu verschaffen. Erfreut war es nicht über Dietrich Köllings Rückkehr, aber er war ebenfalls nicht gerade froh, sie wiederzusehen. Um das Verfahren abzukürzen, überfiel er sie noch im Flur mit seinen Fragen.

»Alejandro Gonzalez hat sich doch auch einige Zeit um Ihre Gunst bemüht, nicht wahr?«

»Mhm.« Die Haarwäsche hatte sie erschöpft, ihre Zähne bekam Doreen nicht auseinander.

»Und wie hat er das gemacht? Mit Briefchen? Kniefällen auf dem Schulhof? Hingehauchten Liebesbekenntnissen bei der Zeugnisausgabe?«

Doreen Sikora schüttelte den Kopf. Ein paar Wassertropfen trafen Dietrich Kölling im Gesicht.

»Nee, es hat sich so ergeben«, sagte Doreen in ihrer präzisen Art.

»Wie hat es sich ergeben?«

»Na, wir haben getanzt in der Disko. Wir haben was getrunken. Er hat mich manchmal vor der Schule von zu Hause abgeholt. Dann hat er mir gesagt, daß er mich ganz gut findet. Normal eben.«

»Aber Sie haben ihn abblitzen lassen?«

»Zuerst nicht.« Doreen Sikora zupfte an ihrem Haar. »Also irgendwie sind wir schon miteinander gegangen.«

»Irgendwie«, wiederholte Dietrich Kölling. »Das ist ja wie eine halbe Schwangerschaft.«

»Ich mochte ihn irgendwie. Und Michi auch. Aber damals hat er sich noch nicht vorgedrängelt. Alejandro war auch noch nicht so komisch.«

»Wenn ich Sie richtig verstehe«, vergewisserte sich Dietrich Kölling, »dann hatten Sie also eine Zeitlang irgendwie eine Irgendwie-Beziehung. Ich erwarte natürlich nicht, daß Sie von seinen Seelennöten auch nur das Geringste mitbekommen haben, aber … Sie trafen sich gelegentlich wohl auch unter vier Augen?«

»Schon«, sagte das Mädchen. Wenn man ihm den Mund zunähen würde, hätte man keinen Informationsverlust.

»Schön«, kalauerte Dietrich Kölling. »Gab es auch Intimitäten?«

»Ja«, bestätigte Doreen. »Einmal.«

»Erzählen Sie«, forderte Dietrich Kölling sie auf.

»Er wollte mir sein Geheimnis zeigen«, begann das Mädchen. Dietrich Kölling wappnete sich mit Geduld und hoffte, daß sie damit nicht bloß sein Gemächt meinte. »Wir sind nach Schöneweide gefahren. Da kam er mir schon nicht geheuer vor, weil … Also was wollten wir da? Aber sein Bruder hat da seine Werkstatt. Deshalb. Ausgerechnet dort wollte es Alejandro mit mir … Da wollte er mit mir schlafen.«

»Romantisch«, meinte Dietrich Kölling nur.

»Nein, verrückt. Er ist da wohl oft nachts rumgeschlichen, glaube ich. Ist so ein verwildertes Betriebsgelände, alles leere Hallen und so. Er wollte mit mir unbedingt … In so einer Riesenhalle, genau in der Mitte. Nackt. Sich preisgeben, hat er das genannt. Ich fand's pervers. Aber irgendwie mochte ich ihn schon, bloß … Ich habe mitgemacht, aber er … er konnte nicht. Es ist nichts passiert. Da war für mich Schluß. Nee, nicht wegen dem Sex. Weil mir das alles so komisch vorkam, nicht mehr ganz normal. Aber dann wurde es sogar noch irrer.«

»Inwiefern?« Dietrich Kölling war gespannt wie ein Flitzbogen.

»Na, wir haben uns wieder angezogen. Und Alejandro hat gefaselt. Ob ich nicht sehe, also ob ich nicht durch den Beton hindurchgucken könnte. Darunter ... Wer weiß, meinte er, vielleicht liegt die Erde voller Toter. Ich habe mich echt gegruselt und bin abgehauen.«

»Onan«, sagte Dietrich Kölling, mehr zu sich selbst. »Onan hat seinen Samen auf die Erde vergossen. Die Erde mit Spermien getränkt. Mit toter Erbmasse.«

»Was?«

»Vergessen Sie es. Diese Werkstatt, von der habe ich schon gehört. Was wird denn dort hergestellt? Möbel?«

»Nee, Kunst.«

»Es handelt sich also um ein Atelier?«

»Nein, eine richtige Werkstatt. Mit Maschinen und so. Juan, der Bruder, der sammelt Schrott und so. Alles, was da so rumliegt. Da macht er dann solche Skulpturen draus. Ich halte das für Quatsch.«

»Skulpturen? Schrott?«

»Ja.«

»Welche Art von Schrott?«

»Na«, Doreen zuckte die Schultern, »Blech, Rohre, Eisenzeugs eben.«

»Und die bearbeitet er?« Dietrich Kölling war ersichtlich aufgeregt. »Sägt er sich zurecht? Schleift sie? Schweißt sie zu Gebilden zusammen?«

»Ich glaube, ja.«

»Verdammt!« Dietrich Kölling lief in den Flur und zur Tür, Doreen Sikora folgte ihm. Ihr Gesicht drückte Verwirrung aus. Dietrich Kölling riß die Tür auf. Der Nebel hatte sich endgültig gelichtet. Bevor Dietrich Kölling die Treppen hinunterstürzte, mußte er allerdings noch etwas loswerden. Doreen Sikora hatte ihm zwar geholfen, aber sie sollte ihn dennoch in schlechter Erinnerung behalten: Wenn sie nur ein wenig ihren Grips angestrengt hätte, die Werkstatt wäre bereits viel früher in Dietrich Köllings Blickfeld gerückt.

»Eines möchte ich Ihnen noch mit auf den Weg geben«, sagte er deshalb. »Ich bin sehr froh darüber, daß Sie keine Zukunft haben.«

13

Dietrich Kölling hatte sein Mütchen an Doreen Sikora gekühlt, aber auch über sich und seine Kollegen mußte er sich ärgern. Die Werkstatt des Bruders war immerhin schon erwähnt worden, Frau Gonzalez hatte immerhin dreißigtausend Mark hineingesteckt, aber niemand hatte jemals gefragt, was Juan dort überhaupt trieb. Das lag darin begründet, daß sie den anfänglichen Tatverdacht gegen Alejandro zwar nie ganz aufgegeben, ihn aber auch nicht konsequent verfolgt hatten. Und Dietrich Kölling war sich immer noch nicht sicher, ob er mit dem Jungen nicht falsch lag. Nichts sprach dagegen, daß der Bruder sich die Tatwerkzeuge hergestellt und sie auch benutzt hatte. Ein Grund jedoch, ausgerechnet Donath und Hamann zu töten, war nicht zu erkennen. Wenn Rache im Spiel war, müßten sich Wartenberg, Schröder, Benedix und Alejandros Vater die Radieschen von unten angucken. Aber Alejandro war verrückt und unberechenbar. Vielleicht würde man die Motive nie durchschauen.

Dietrich Kölling staunte nicht schlecht, als er das brachliegende Betriebsgelände befuhr. Es war Showtime, die Polizei gab eine Vorstellung, aber vor nur wenigen Zuschauern von den neugegründeten Kleinfirmen, die hier ihre Heimstatt hatten. Ein großes Schild verkündete, daß dereinst ein

Gewerbepark blühen werde, wo sich noch eine unübersichtliche und verkommene Landschaft erstreckte. Die Menschen, die sich gerade auf dem Gelände betätigten, suchten etwas, aber nicht das Glück eines erfolgreichen Unternehmers. Dietrich Kölling stieg aus und schaute sich nach einem vertrauten Gesicht um. Einer der Polizisten zeigte ihm den Weg zu Juans Atelier. In der Tür stieß er auf Becker.

»Sie haben schnell reagiert«, lobte er den Oberkommissar.

»Aber nicht schnell genug.« Becker wies hinter sich in den Raum.

Luxuriös hatte es Juan Gonzalez nicht gehabt hinter den staubblinden Fenstern, aber vielleicht hatte ihn gerade das inspiriert, aus überflüssig Gewordenem seine Kunstwerke zusammenzuschweißen und dem Vergänglichen Dauer zu verleihen, falls dies denn die Ideologie seiner Produktion gewesen war. Wie weit es der junge Mann mit seinen Werken gebracht hatte, vermochte Dietrich Kölling nicht zu sagen. Die Maschinen jedenfalls sahen aus, als stünden sie schon seit Jahrzehnten hier. Ihre Etiketten verrieten, daß sie während der fünfziger Jahre in der DDR hergestellt worden waren, doch Juans Zwecken mochten sie genügt haben, und wohl auch den Zwecken seines Bruders. Juan Gonzalez lebte nicht mehr. Und diesmal hatte sich der kunstfertige Mörder nicht so viel Mühe gegeben, sondern er hatte eine simple Stahlschere benutzt. Auch seine Zielgenauigkeit hatte er eingebüßt. Er hatte mehrmals zugestochen, bis er die Schere dann in Juans Hals steckenließ. Juan hatte sich noch zur Wehr setzen können, wovon zahlreiche Abwehrverletzungen an seinen Händen sprachen. Juan war kein Schwächling, doch hatte der Irrsinn dem Mörder Bärenkräfte verliehen. Dietrich Kölling wandte sich ab.

»Alejandro?« erkundigte er sich bei der Blissow. Sie schüttelte den Kopf.

»Noch nicht gefunden«, sagte sie, »aber wir lassen das gesamte Gelände umkrempeln.«

»Er handelt vollkommen irrational«, meinte Dietrich Kölling. »Sein Bruder stand doch auf seiner Seite.«

»Tja.« Die Blissow zuckte die Schultern.

Es dauerte nicht mehr lange, bis alle Mosaiksteinchen zusammengetragen waren. In einer Lagerhalle hatten die Beamten, unter Dachpappe und Glaswolle verborgen, zwei Schaufensterpuppen entdeckt. Eine dieser Puppen war mit einer alten Trainingsjacke bekleidet, die zweite war nackt, sofern man das von Puppen sagen konnte. Jemand hatte ihnen immer und immer wieder die Rücken durchbohrt. Dann hatte er die Oberkörper mit Isolierband umwickelt und von neuem begonnen. Es war nicht schwer zu erkennen, daß er auf jene Stelle unter den Schulterblättern gezielt hatte, wo sich beim Menschen das Herz befand. Der Mörder hatte hier das exakte Morden trainiert. Allerdings klaffte zwischen diesen Trockenübungen und den Realsituationen ein gewichtiger Unterschied.

»Schaufensterpuppen können nicht laufen«, stellte Dietrich Kölling fest.

»Das ist richtig«, sagte Becker. »Aber Sie haben auch noch nicht alles gesehen.«

Es war ein Kind, ein Junge, vielleicht zehn Jahre alt. Das Kind lag auf dem Grund eines Schachtes, der zu einem nicht mehr benutzten Kanalisationssystem führte, und es sah auf den ersten Blick aus, als ob es schliefe, wie es da zusammengekrümmt auf der Seite lag, eine Hand unter der Wange. Das war inszeniert, Dietrich Kölling erkannte es nach einer Weile. Im Schacht machten sich die Polizeitechniker zu schaffen. Sie hatten eine Plane von dem Leib gerollt, und nachdem der Junge fotografiert worden war, drehten sie ihn auf den Rücken. Sein Gesicht war gedunsen, und nun war auch zu sehen, daß sich Ungeziefer über seine Augen hergemacht hatte. Einer der Techniker griff dem Jungen in den Hosenschlitz, der offen stand, und schaute sich den kleinen Penis an, als wäre dies ein x-beliebiger Gegenstand. Dietrich Kölling trat zurück. Er wußte, was die Techniker und der Arzt mit dem Körper noch anstellen würden, er hatte es oft genug gesehen.

»Wir wissen noch nicht, wer es ist«, erklärte Becker.

»Nein«, sagte Dietrich Kölling betreten.

»Aber im Gegensatz zu den Puppen hat er laufen können«, sagte Becker.

»Ja.«

»Fortlaufen«, sagte Becker. »Aus Angst. Oder weil man mit ihm Verstecken spielt. Warum immer.«

»Ja.«

»Fortlaufen«, wiederholte Becker. »Als bewegliches Objekt für eine Zielübung.«

»Ja.«

Der Polizeiarzt kletterte aus dem Schacht, hüpfte ein paarmal auf der Stelle, um seine Schuhe zu säubern, und klopfte mit einer Hand seinen Kittel ab. In seiner Instrumententasche klapperte es. Dietrich Kölling hatte sich eine Zigarette in den Mund geschoben, vergaß aber, sich Feuer zu geben.

»Rücklings erstochen«, sagte der Arzt. »Und sexuell mißbraucht.«

»Auch das noch«, stöhnte Becker.

»Vor oder nach dem Tod?« wollte Dietrich Kölling wissen. Sachlichkeit war das beste Mittel gegen Schock und Ekel.

»Vermutlich«, sagte der Arzt, »vermutlich post mortem. Und zwar sehr viel später. Der Täter hat dem Jungen einen Pflock ins Rektum gerammt. Das Blut muß jedoch bereits in die tieferliegenden Körperpartien gesunken sein, denn es hat nicht mehr geblutet. Und dann hat er ihm noch in den Hals gebissen. Offenbar mit diesem Scherzartikel, den ich gar nicht witzig finden kann. Jetzt jedenfalls nicht mehr. Wissen Sie, so eines von diesen Vampirgebissen, die man sich über die Zähne schiebt.«

»Vampir«, sagte Dietrich Kölling. »Der Kreis schließt sich.«

»Vampire sind Fledermäuse«, sagte der Arzt und stapfte davon.

»Und Boten der Hölle«, rief Dietrich Kölling ihm hinterher.

»Werden Sie religiös auf Ihre alten ... Verzeihung, nach dreißig Jahren Berufserfahrung?« erkundigte sich Becker.

»Was hat die Hölle mit Religion zu tun?« Dietrich Kölling machte sich eilig auf den Weg, Becker hielt sich nur mit Mühe an seiner Seite. »Nein, Becker. Aber Sie wissen doch, wie es ist. Die Vampire suchen sich ein zartes, unschuldiges Opfer für ihre blutigen Zeremonien. Und wenn sie es gebissen haben, wird es selbst ein Vampir. Die Hölle, das sind die anderen? Vielleicht. Aber wer durch die Hölle der anderen gegangen ist, der kommt bei der Hölle in sich an.«

»Na ja«, sagte Becker bloß. Aber Dietrich Kölling ließ sich nicht mehr bremsen.

»Und um im Bild zu bleiben, was kommt am Ende? Was ist der Rest? Schweigen? Nein, das wäre zu schön. Gelächter, Becker, lautes, nie endendes Gelächter, wenn die Opfer eingesammelt werden. Das Hohngelächter der Hölle.«

ACHTES KAPITEL

1

Alejandro schwankte zwischen Lachen und Weinen. Er lehnte an der Theke des *X-trem*, hatte einen Joint in Brand gesetzt und ein Bier vor sich. Eigentlich hätte er sich wohl fühlen müssen. Die Kopfschmerzen waren weg, die Alpträume auch. Alles war normal und alltäglich; Rudi und Angela hinter dem Tresen schenkten Bier aus, gut die Hälfte der Tische war besetzt, man unterhielt sich, trank, spielte mit Würfeln. Alejandro gehörte nicht mehr dazu. Er hatte sich zu weit entfernt von den anderen Menschen, und dieses Gefühl hatte er bereits gehabt, als er aus der S-Bahn ausgestiegen und durch die Warschauer Straße hierhergelaufen war. Die Leute, denen er begegnet war, strebten ihren Wohnungen zu, gingen einkaufen, holten Geld von der Bank, zürnten mit ihren ungezogenen Kindern. Sie taten, was sie immer taten, gewöhnliche Dinge. Und sie lebten, wie sie immer gelebt hatten. Sie arbeiteten, pflegten Freundschaften, liebten. Alejandro hatte sich selbst davon ausgeschlossen. Er würde nicht mehr zur Schule gehen, er hatte keine Freunde mehr und niemanden, den er lieben konnte. Er war ein Paria, verurteilt, durch die Straßen zu streifen auf der Suche nach nichts. So hatte er es gewollt.

Alejandro war vollkommen ruhig und bei sich. Er wußte, daß er krank war, und er ahnte ungefähr, was er getan hatte und noch tun würde. Ein Bild brachte seine Erinnerung aber nicht zustande, denn alles, was in den letzten Tagen vorgefallen war, zerfloß in Unschärfe. Noch vor wenigen Stunden war er in Schöneweide gewesen, in der Werkstatt seines Bruders, um einen weiteren Schritt auf dem Weg der Heilung zurückzulegen, der zugleich ein Weg der Rache war. Alejandro nahm einen kleinen Schluck Bier. Er konnte sich nicht darauf besinnen, wen das Richtschwert getroffen hatte, seinen Vater oder jemand anderen. Manchmal blitzte für winzige Momente die Erkenntnis auf, daß er Juan getötet hatte, aber das konnte eigentlich nicht sein. Sein Bruder hatte mit der ganzen Sache nichts zu tun. Alejandro mußte seinen Weg zu Ende gehen. Juan wollte er heraushalten. An ihn wollte er im Guten denken, von ihm wollte er sich im Guten verabschieden, wenn er in den nächsten Stunden starb.

Es war Alejandro immer klargewesen, daß er nicht lange leben würde, und er hatte es auch nie gewollt; je eher er dieses Drecksleben verlassen konnte, desto besser war es. Woher er jetzt die Gewißheit nahm, daß ihn der Tod bald treffen würde, wußte er nicht. Natürlich, er litt unter Einbildungen und krankhaften Phantasien, doch im Augenblick genoß er die vollkommene Klarheit, die ihn erfüllte. Wenn er eine Woche übersprang oder zwei, funktionierte selbst seine Erinnerung. Alles, was ihm angetan worden war, lag deutlich sichtbar vor ihm auf dem Seziertisch, und manchmal fielen ihm alle Worte ein, die vor etlichen Jahren geäußert worden waren. Er sah Rüdiger von Wartenberg in sein Zimmer treten, sah ihn, wie er den Hosenstall aufknöpfte, sah dessen steifes Glied auf sich zukommen; sogar an dessen fischigen Geruch vermochte er sich zu erinnern. Weh tat es nicht mehr. Das Jetzt und das Gestern waren durch eine dicke Panzerglasscheibe voneinander getrennt, die Vergangenheit war der gnadenlosen Betrachtung preisgegeben. Sie war verblutet und daher nur noch eine Hülle. Die Beteiligten waren tot oder saßen im Knast. Tote konnten keinen Schaden mehr anrichten, selbst dann nicht, wenn Alejandro sie noch als Lebende vor sich sah.

Alles war zu Staub geworden, und was noch nicht Staub war, würde es werden. Alejandro kam eine unbändige Lust an, sich auf den Boden zu werfen und sich im Schmutz zu wälzen. Oder mit nacktem Oberkörper durch die kühle Abendluft zu laufen. Oder durch nasses Gras zu kriechen. Vor allem brauchte er frische Luft in den Lungen. Er mußte hinaus aus dem Zigarettenqualm. Er mußte hinaus aus der Stadt. Gerade hatte er in Hochgefühlen geschwelgt, aber sie begann schon wieder, ihn zu ersticken.

»Hallo, du!« Jemand schlug ihm auf die Schulter. Alejandro drehte sich um, aber er hatte Ronny Breuer schon an der Stimme erkannt. Jetzt fiel es Alejandro wieder ein. Auf Breuer hatte er im *X-trem* gewartet.

2

Alles war mit der Sieben verbunden, das Glück und das Unglück, das Leben und das Sterben. Das siebte Siegel konnte nicht erbrochen, der siebte Raum durfte nicht betreten werden. Alejandro zählte krampfhaft, nahm die Finger zur Hilfe, ballte sie zu Fäusten. Der kleine, unbekannte Junge. Michael. Konstantin. Der Zivi im Krankenhaus. Der Vater. Wenn es der Vater war. Ronny. Alejandro kam auf sechs. Sechs, das bedeutete Unvollkommenheit.

»Was soll das alles?« fragte Breuer. »Wenn du etwas mit mir zu besprechen hast, können wir das im *X-trem* tun, bei mir oder bei dir zu Hause.«

Alejandro antwortete nicht, sondern schritt weiter kräftig aus. Er hatte so viele Bücher gelesen, er wußte so viel. Es gab sieben Weltwunder, sieben Meere, sieben Todsünden. Michael. Konstantin. Ronny. Der Junge, der Vater, der Zivi. Das waren sechs. Sieben gute und sieben schlechte Jahre. Und sieben Tage hatte die Woche.

»Jetzt bleib' doch mal stehen!« Ronny Breuer hielt ihn am Ärmel fest, Alejandro riß sich los. Sie waren nun schon die ganze Warschauer abgeschritten, bis zum S-Bahnhof. Alejandro ließ sich nicht beirren. Auf Ronny hatte er zwar noch gewartet, aber die Rechnung ging nicht auf. Es fehlte noch einer. Es fehlte noch der Letzte. Der letzte Vampir. Das konnte nur er selbst sein.

»Du wirst alles erfahren«, versprach Alejandro.

»Vielleicht weiß ich es schon«, erwiderte Ronny.

»Nein.« Alejandro schüttelte den Kopf. Und augenblicklich explodierte es vor seinen Augen. Ein scharfer Schmerz schnitt sich durch sein Hirn. Aber nur für Sekunden. Alejandro fuhr sich über die Augen. Die Straße, die Häuser, die Züge, die Brücke. Das sah er jetzt wie auf einer Fotografie, die mehr wiedergab, als man gemeinhin wahrnahm. Alles hatte sehr deutliche Konturen. Überdeutliche. Die Höhen und die Tiefen waren gut herausgearbeitet. So plastisch hatte Alejandro die Welt noch nie erblickt.

Die Mauer war durchbrochen. Alejandro ging hindurch. Im Wasser der Spree spiegelten sich die Lichter vom gegenüberliegenden Ufer. Sie zitterten. Sie fürchteten sich. Vielleicht froren sie. Aber es war nicht kalt. Alejandro war sogar ins Schwitzen gekommen. Er war so glücklich. Er liebte. Er hatte sich Ronny für das Ende aufbewahrt. Sieben Brücken, sieben Himmel.

Der Streifen zwischen Mauer und Kaikante war schuttübersät. Alejandro stieß gegen einen großen, dunklen, toten Gegenstand. Er strauchelte, aber er fiel nicht. Allmählich gewöhnten sich seine Augen an die Dunkelheit, er wurde sicherer. Es war ja genug Licht da. In einer Stadt wie Berlin gab es keine Finsternis. Er würde Ronny immer sehen können.

»Mir reicht's jetzt«, schimpfte Ronny. »Mach das Maul auf, oder ich hau ab.«

»Bitte.« Alejandro deutete auf eine Stelle an der Kaikante, die etwas dunkler war als ihre Umgebung, vielleicht weil sich dort eine Pfütze befand oder ein Schatten. »Stell dich dort hin.«

»Was soll das alles?«

»Bitte.«

Ronny bewegte sich nicht. Er griff in seine Tasche, zog eine Zigarettenschachtel heraus. Alejandro entwand sie ihm sanft.

»Wir werden einen Joint rauchen«, sagte er. »Einen schönen, fetten Joint. Aber vorher ... Wir müssen uns ausziehen.«

»Was? Alex, was ... Mensch, ich weiß ja, du bist krank. Du spinnst. Bleib ruhig, okay? Soll ich jemanden holen?«

»Ausziehen.« Alejandro sagte es leise, und es war ja auch kein Befehl. Er trat einen Schritt auf Ronny zu, versuchte, dessen Gesicht zu sehen. Hinter seine Augen trat etwas; es war, als hätte jemand eine Tür geöffnet, die zu einem Raum hinter seinen Augen führte. Dort nahm er Platz, schaute durch Alejandros Augen hindurch. Er mochte dieses Gesicht. Er sah eine Tür. Da war eine Tür. Die Tür war mit Holztapete beklebt. An den Rändern begann sich die Tapete abzulösen. Alejandro hatte gern in Juans Gesicht geschaut, wenn der Bruder schlief. Als Kind schon. Hoffentlich machten sie die Tür nicht auf. Das würde ihn stören.

»Ich hau jetzt ab«, drohte Ronny.

»Nein, nein.« Alejandro war wieder zurück. »Weißt du noch, Ronny? Weißt du noch, wie Ben von uns verlangt hat, daß wir uns küssen?«

»Du bist irre. Komplett im Eimer«, rief Ronny. Und plötzlich schrie er auf. »Was ist das? Was? Alex! Ist gut, ich ... nein, ich sage nicht, daß du irre bist. Nein.«

Alejandro begriff erst nicht. Dann natürlich. Natürlich. Das Messer. Er hielt ein Messer in der Hand.

»Du? Du? Du?« stammelte Ronny. »Aber ... aber ... Warum?«

»Was macht ihr denn da?« rief jemand, den Alejandro nicht sehen konnte. Eine Taschenlampe wurde auf ihn gerichtet. »Scheiße!« rief der Mann.

»Polizei!« Da war noch ein anderer. Alejandro spannte sich. Alejandro setzte zum Sprung an. Da sie alles zerstört hatten, was er liebte, zerstörte er es noch einmal. Ronny. Er sprang. Er stieß zu. Jemand schrie. Alejandro wurde es schwarz vor den Augen.

Irgendwann kamen die Sirenen. Alejandro lag auf dem Bauch, die Hände im Rücken gefesselt. Nun würde er es nicht mehr vollenden können. Das siebte Buch blieb ungelesen. Alejandro hob den Kopf. Ronny saß neben ihm, zitterte und weinte. Die sieben Sirenen. Alejandro mußte lachen.

3

Viel war nicht zu tun, nicht im Augenblick. Dietrich Kölling hatte die Arme vor der Brust verschränkt und schaute zu. Außer den Sanitätern war hier jeder überflüssig. Und auch sie hatten keine Wunden zu versorgen, jedenfalls keine sichtbaren.

Ronny Breuer, der Junge mit dem langen Strafregister, stand seitlich von Dietrich Kölling und atmete schwer. Gesagt hatte er bisher nichts. Ihm waren die Worte ausgegangen, nachdem er Alejandros leeren Blick gesehen hatte. Diese Leere, das war nicht einmal ein Vakuum. Denn auch ein Vakuum war noch etwas. Alejandro wurde, noch immer gefesselt, in einen Streifenwagen gesetzt. Als ihn einer der Beamten auf die Rückbank drücken wollte, schlug er seinen Kopf gegen das Wagendach.

»Das sieht nach lebenslanger Sicherheitsverwahrung aus«, meinte die Blissow.

»Ihm wird das wohl nichts mehr ausmachen«, sagte Becker. »Er hat das Lebenslänglich schon hinter sich.«

»Kümmert ihr euch um die Überführung ins Haftkrankenhaus?« fragte Dietrich Kölling. »Ich bringe das nicht übers Herz.«

»Chef«, sagte die Blissow erstaunt, »Sie haben ja Gefühle.«

»Aber nicht für Sie«, sagte Dietrich Kölling und ging zum Wagen.

4

Die Zeitungen, die Dietrich Kölling unter dem Arm trug, waren noch druckfrisch. In den Berliner Blättern stand der Pornoring auf Seite eins, in den überregionalen jedenfalls weit vorn. Die Berichte waren vage. Bei Rüdiger von Wartenberg endete die namentliche Erwähnung der Beteiligten. Dietrich Kölling hatte nichts anderes erwartet.

Wartenberg hatte sich der Verfolgung entzogen. Jamaika mochte ein Paradies sei, aber nicht mehr für ihn. Er würde andere Paradiese finden. Andere Kumpane, andere Jungen. Vielleicht kamen die neuen Kassetten in den nächsten Monaten auf den Markt. Die Kunden fieberten ihnen sicher schon entgegen. Die meisten von ihnen würden wohl die alten sein: Stützen der Gesellschaft, Stützen der Republik. Von ihnen trennte man sich nicht gern. Nur die Bauern hatte man geopfert. Dietrich Kölling läutete an einer Tür. Das Schild über der Klingel war ihm vertraut. Er wußte, welcher Name darauf stand. Aber er schaute trotzdem gebannt auf die Buchstaben, die ein Wort bildeten: Donath.

Abweisend war Michaels Mutter schon bei Dietrich Köllings letztem Besuch gewesen, aber diesmal kam es ihm vor, als hätte sie ihn am liebsten an der Tür abgefertigt. Daß sie ihn dennoch hereinbat, schien vor allem mit seinem Beruf zu tun zu haben, nicht mit seiner Person. Dietrich Kölling hatte nichts anderes erwartet, aber er war doch enttäuscht.

Frau Donath fragte ihn auch nicht, ob er einen Kaffee wolle, sondern sie wies auf einen der Sessel, in dem Dietrich Kölling Platz nehmen sollte, und setzte sich ebenfalls. Sie schaute ihn an, nicht erwartungsvoll, sondern gleichgültig. Dietrich Kölling fühlte sich unbehaglich. Sein Besuch hatte ohnehin keinen dienstlichen Anlaß mehr, aber er hatte sich gedacht, daß die Frau noch immer Trost nötig hatte und er ihr vielleicht menschlich näherkommen könnte, was absurd war. Mit einem Kriminalfall verschwanden für gewöhnlich auch die Protagonisten aus seinem Blickfeld.

»Wollen Sie mir keine Fragen stellen?« erkundigte sich Frau Donath.

»Nein. Ich dachte nur, Sie wollen vielleicht wissen, warum Michael gestorben ist.«

»Nun, warum?«

Dietrich Kölling schaute sich noch einmal ihre braunen Augen an, um sie in seine Erinnerung mitzunehmen. Die Leichensache Michael Donath und andere war vorbei, in jeder Beziehung. Wo immer man eine Frau kennenlernte, mit der eine dauerhafte Beziehung möglich war, unter den Zeugen eines Verbrechens jedenfalls nicht. Ihre Wege hatten sich zufällig berührt, nun trennten sie sich wieder. Und alles, was zu den ersten tastenden Schritten der Liebe gehörte, eine Einladung zum Essen, ein Spaziergang, vielleicht auch noch etwas so Altmodisches wie ein Kinobesuch, würde hier nicht möglich sein. Dietrich Kölling versuchte es dennoch.

»Ich würde Sie gern zu einem Kaffee einladen«, sagte er.

»Oh, das geht nicht«, entgegnete Frau Donath. »In der Nähe ist ja nichts, und dann sind auch noch die Kinder da. Und mein Mann.«

»Ihr Mann?«

»Ja. Er hat sich hingelegt.«

»Nun denn«, Dietrich Kölling rieb sich nervös die Hände, »ich wollte Ihnen noch sagen ... also das wegen Michael ... Der Täter, Gonzo, Sie kennen ihn ja, er ist krank. Er hat sich eingebildet ... Als Kind ist er schwer mißhandelt worden. Von seinen Eltern und von Freunden der Eltern. Und dann diese Geschichte mit den Pornos. Er ist durchgedreht.«

»Michi hat ihn doch aber nicht mißhandelt?«

»Nein, nein. Es ist mehr, wie soll ich das erklären, eine Stellvertretergeschichte. Alejandro hat seine Abwehr gegen die wirklichen Peiniger auf andere übertragen. Gegen sich auch. Wenn er die anderen Mitwirkenden tötet, hat er sich gedacht, dann endet das, was er als Vergewaltigung empfand, wogegen er sich aber anders nicht wehren konnte. So ungefähr jedenfalls muß es sich verhalten haben.«

»So ungefähr?«

»Genau werden wir es nicht erfahren. Ich denke ...« Dietrich Kölling brach ab, als er bemerkte, daß Frau Donath nicht mehr ihn ansah, sondern zur Tür. Er folgte ihrem Blick. In der Tür stand ein Mann, groß, breitschultrig, allerdings auch mit einem beachtlichen Fettansatz. Er trug nur eine Jeans, ansonsten war sein Oberkörper nackt, und seine Füße waren es auch. In der Stirn gingen ihm die Haare aus, und die Wolle auf seiner Brust wurde bereits grau. Der Mann wischte sich den Schlaf aus den Augen, brummte, nickte Dietrich Kölling bloß zu und ging zur Schrankwand. Er nahm eine Whiskyflasche heraus, stellte sie auf den Tisch und schaltete das Fernsehgerät ein. Dietrich Kölling erhob sich, Frau Donath folgte seinem Beispiel.

»Ja, dann«, sagte er und zuckte die Schultern. »Ich muß wohl.«

Im Fernsehen lief eine Unterhaltungsshow. Allerlei Mißgeschick wurde dem Publikum vorgeführt, und die Zuschauer weideten sich schadenfroh an fremdem Unglück. Dietrich Kölling trat in die Diele, Frau Donath brachte ihn zur Tür.

»Tja«, Dietrich Kölling streckte ihr die Hand entgegen. Frau Donath nickte, schlug aber nicht ein. »Alles Gute«, sagte er.

»Ihnen auch«, sagte Frau Donath.

Leise schloß sie die Tür. Und die Menge brüllte vor Lachen.

Frank Goyke
DER KLEINE PARISER

Die ersten beiden Dietrich Kölling Romane
352 Seiten, Broschur, 12,5 x 20 cm
ISBN 3-89602-066-8
28 DM / 205 öS / 27 sFr

In Leipzig, dem Chicago des Ostens, hat ein Mann den Ratten den Krieg erklärt. Die Ratten, das sind die Menschen, die das Ordnungsempfinden des Mannes stören: die Schwulen vor allem. Bevor der Mann sie tötet, legt er ein Dossier über sie an. Penibel notiert er Lebensgewohnheiten, Vorlieben, Stammkneipen, Liebschaften. Die Dossiers, die er Vorgänge nennt, sind die Grundlagen und die Begleiter des Verfahrens. Die Krönung des Verfahrens sind Urteil und Hinrichtung. Die Krönung der Dossiers ist das Hinrichtungsprotokoll. Der Mann ist ein Soldat, der seine Pflicht erfüllt, sorgfältig, systematisch und geschickt. Den Jungen, den sie in der schwulen Subkultur den kleinen Pariser nennen, hat er seit langem im Visier. Der erste Tote liegt Hauptkommissar Dietrich Kölling, dem Westimport aus Hannover, noch schwer im Magen, da wird einem weiteren Mann die Kehle durchgeschnitten. Immer legt der Mörder die Toten in schwer zugänglichem Gelände ab, so daß sie erst Tage nach dem Mord gefunden werden. Und immer fehlen ihnen die Schuhe.

Daß Frank Goyke die Optik auf die Umtriebe südlich des Bauchnabels seiner Figuren scharfstellt, hat Methode und geht in Ordnung, denn Goyke schaut etwas genauer hin. Psychologisch stimmige Figurenlage, harte filmische Schnitte, atmosphärische Dichte des Milieus. Eine erzählenswerte Story wird präzise und handfest dargeboten. *Kreuzer*

»Kommissar Kölling, aus dem Westen nach Leipzig versetzt, jagt einen wahnsinnigen Killer, der es als Ordnungshüter und Scharfrichter in eigenem Auftrag auf Schwule abgesehen hat. Dabei lernt er, und der Leser mit ihm, die Stadt dies- und jenseits der Gürtellinie kennen.« *Der Spiegel*

»Rattenjäger« im eigenen Auftrag, doch der kleine Pariser wehrt sich. Die ersten beiden Fälle des Dietrich Kölling.

Frank Goyke:
RUF DOCH MAL AN

Der vierte Dietrich Kölling Roman
Kriminalroman, BERLIN CRIME 9
Broschur, 192 Seiten, ISBN 3-929139-19-7

Ein Schockanrufer hält Eltern und Kinder im Ostberliner Bezirk Hohenschönhausen in Atem. Der Mann ruft in den Nachmittagsstunden Kinder an und zwingt sie unter Drohungen, sich selbst Gewalt anzutun. Dieser Fall tangiert Dietrich Kölling nicht. Er weiß von ihm nur aus dem Polizeibericht; das ist Sache der Polizeidirektion Sieben, und dort soll der Fall gefälligst auch bleiben.

Doch unversehens wird er auch zu Dietrich Köllings Angelegenheit. Der elfjährige Schüler Paul Hagedorn wurde in einem Maisfeld aufgefunden, nackt und erdrosselt. Der Tatort befindet sich in unmittelbarer Nähe des Neubaugebietes Hohenschönhausen.

Wenige Tage, nachdem Dietrich Kölling und sein Team die Ermittlungen aufgenommen haben, bleibt ein zweiter Junge auf der Strecke. Kurz vor seinem Tod hat er telefoniert.

»An diesem knurrigen Kommissar hätte Chandler seine helle Freude gehabt.« *Die Welt*

»Da stimmen die Örtlichkeiten und die Strukturen bis ins letzte Detail, die Sprache bis in die feinsten Untertöne.« *Neue Zeit*

Ein elfjähriger Junge erdrosselt im Maisfeld. Ein Zwölfjähriger stirbt nach einem Telefonat. Dietrich Köllings vierter Fall.

Frank Goyke:
TEGELER TRAUERSPIEL

Der fünfte Dietrich Kölling Roman
Kriminalroman, BERLIN CRIME 13
192 Seiten, 14,80 DM, ISBN 3-89602-017-X

Hauptkommissar Dietrich Kölling, Chef einer Berliner Mordkommission, weilt zum Genesungsurlaub bei seiner hochbetagten Mutter in Hannover und langweilt sich zu Tode. Jeder Strohhalm ist ihm recht, um nach Berlin zurückzukehren. Aber seine Kollegen Becker und die Oberkommissarin Blissow sind nur mit Routinesachen beschäftigt; die einzige Abwechslung ins Einerlei bringt eine junge Frau namens Anita Regorius. Die Frau behauptet, ihr Lebensgefährte sei in der Haftanstalt Tegel ermordet worden. Das widerspricht den Ermittlungen der Staatsanwaltschaft, die von Selbstmord ausgehen. Die Akte ist geschlossen, der Leichnam eingeäschert. Es gibt keinen Grund, den Fall noch einmal aufzurollen. Doch Dietrich Kölling trifft sich unter konspirativen Umständen mit Anita Regorius. Wenige Stunden danach wird sie in ihrer Wohnung erschlagen.

Frank Goyke gelingt es auf eindringliche, spannende Art, den Leser in wechselnden Erzählperspektiven in Denken und Handeln seiner Akteure zu versetzen. *Freie Presse*

Ein versehentlicher Toter im Tegeler Knast, ein knurriger Kommissar und ein verstimmter junger Mann. Der fünfte Fall.

Frank Goyke:
DUMMER JUNGE, TOTER JUNGE.

Der sechste Dietrich Kölling Roman
Kriminalroman, BERLIN CRIME 18
192 Seiten, 14,80 DM

Den Berlinern steht der Heilige Abend bevor, aber für Hauptkommissar Dietrich Kölling ist das kein Grund zum Feiern: Im Keller einer Weddinger Realschule wurde der sechzehnjährige Schüler Stanko Poljic aufgefunden, an den Armen aufgehängt und aufgeschlitzt.

Die Tatumstände deuten auf einen Ritualmord hin, aber es gibt noch andere Spuren. Da ist der Schulhausmeister Winter, vor etlichen Jahren wegen brutaler Raubüberfälle verurteilt und mit hohen Schulden belastet, und dem Ermordeten fehlt das Portemonnaie. Da ist der fünfzehnjährige Mitschüler Dennis Garbowitz, der sich häufig mit Stanko Poljic geprügelt hat, angeblich wegen eines Mädchens. Schnell kommt heraus, daß Garbowitz und sein türkischer Freund die Schule mit Drogen versorgt haben.

Der Fall wird immer komplizierter, als auf dem Platz vor der Schule ein erstochener Penner aufgefunden wird. Nichts paßt mehr zusammen. Der fünfzehnjährige Dennis Garbowitz, unter Mordverdacht stehend, flieht aus Deutschland. Aber auch die Familie des ermordeten Stanko Poljic ist nicht mehr aufzufinden.

Und die Toten häufen sich.

Ausgezeichnetz mit dem MARLOWE, dem Preis der Raymond-Chandler-Gesellschaft für den besten deutschen Krimi des Jahres 1996.

Tote am Heiligen Abend bevor, aber für Dietrich Kölling
kein Grund zum Feiern. Der sechste Fall.

Frank Goyke:
KNABEN LIEBE
Roman

332 Seiten, Gebunden mit Schutzumschlag
ISBN 3-89602-035-8
39,80 DM/41,00 sFr/310 öS

Der Journalist Schäfer kann nicht mehr. Weder sein Erfolg noch Einkommen, weder Alkohol noch Zigaretten setzen seine Kräfte in Bewegung. Schäfer ist erstarrt. Seit seiner Jugend hat er einen Traum, den er nie verwirklicht hat. Der Traum begleitet ihn bei seiner Arbeit und bei seinen Zechtouren. Schäfer wünscht sich die Liebe eines Jungen.

Als ihm eine Routinesache mißlingt, verläßt Schäfer das bürgerliche Leben. Auf dem Weg zum Outlaw lernt er den elfjährigen Michael kennen. Michael hat Vertrauen zu ihm, zeigt Schäfer sein Versteck. Tags darauf wird der Junge tot aufgefunden.

»Knaben Liebe fesselt bis ins kleinste Detail, bis zur letzten Zeile. Nicht zum ersten Mal beweist Goyke ein treffsicheres Gespür für Milieus und Charaktere. Wie tabulos er mit dem heiklen Thema Pädophilie umgeht, ohne es klischeehaft auszuschlachten, ist schon mutig.« *Jürgen Bienek*

»Goyke hat sich Kultstatus und einen Spitzenplatz unter den wenigen guten Krimiautoren deutscher Sprache erschrieben. Er gehört zu den allerbesten seines Fachs.« *Konzepte*

»Der Autor erzählt seine Story stringent und spannend; man merkt, daß er sich in der Szene umgetan hat und sein Handwerk versteht. Bestechend ist vor allem Goykes Milieukenntnis, die Psychologie seiner Protagonisten und sein philosophischer, oft nur in Andeutungen erkennbarer Background.« *Ostthüringer Zeitung*

»Die Charakterstudien sind meisterhaft.« *die andere Welt*

»Ein erfolgreicher Journalist stürzt vom schmalen Grad bürgerlicher Existenz in einen knabenverschlingenden Blutrausch. Eine psychologische Fallstudie aus zwei Blickwinkeln. Sehr gut.« *PRINZ*

Frank Goyke:
FELIX MON AMOUR

Roman

544 Seiten, Gebunden mit Schutzumschlag

ISBN 3-89602-054-4

44,00 DM / 320 öS / 42,00 sFr

Der Psychologe Stephan Kunert hat sich als Student ein anderes Leben ausgemalt als jenes, das er zu führen gezwungen ist. Die Arbeitsplatznot für Akademiker läßt ihn auf einer Sachbearbeiterstelle bei der Jugendgerichtshilfe im Berliner Bezirk Wedding überwintern, er macht seine Arbeit weder gut noch schlecht, er macht sie eben, er führt seine Akten, betreut die straffälligen Jugendlichen, nimmt seine Gerichtstermine wahr: Er funktioniert. Nur selten lebt er seine Leidenschaften aus, die er im Amt geheimhält; Kunert, der selbst auf die dreißig zugeht und Angst vor dieser Schallmauer hat, begehrt Jungen, die sich gerade anschicken, zu Männern zu werden. Wenn seine Not zu groß wird, stürzt er sich in die Subkultur. Er ist attraktiv, irgendein schwuler Jüngling für eine Nacht findet sich immer, manchmal sogar einer für eine Woche. Stephan ist weder glücklich noch unglücklich dabei, er hat sich mit seinem Schicksal arrangiert.
Von den Jungen, mit denen er von Berufs wegen zu tun hat und die oft genau seinen Vorstellungen entsprechen, hält er sich fern, denn sein Job ist zwar öde, aber es ist immerhin ein Job. Dieser Selbstschutz hat ihn noch nie im Stich gelassen. Innerhalb von Minuten bricht er zusammen, als eines Tages der sechzehnjährige Felix in sein Büro hereinschneit.

Eine helle Freude ist dieses Buch. *Tagesspiegel*

Feine Ironie, trockener Sprachwitz und augenzwinkernde Situationskomik: Goykes Liebesgeschichte um den Endzwanziger und pffifig-selbstbewußten Teenie, deren rosa-rote Höhen und rabenschwarz-katastrophalen Tiefen, ist ein höchst amüsanter Schmöker. *Lift/ Stuttgart*

»Der Roman ist so ausgereift, daß man noch viel von von seinem Autor erwarten darf. Seine Charaktere sind glaubwürdig, verzweifelt, witzig. Seine Stil teils lakonisch, teils lyrisch, teils so mitreißend, daß man das Buch nicht mehr aus der Hand legen kann.« *Radio Dreyeckland*

Maria Gronau
WEIBERWIRTSCHAFT
Roman
320 Seiten, Broschur,
ISBN 3-89602-058-7
28 DM / 205 öS / 27 sFr

Lena Wertebach ist Kriminalhauptkommissarin, Leiterin einer Mordkommission und lesbische Mutter. Sie ist ständig auf der Jagd: nach den Alimenten für ihren Sohn, nach Mördern und Totschlägern, nach Anerkennung durch ihre männlichen Vorgesetzten. Nur nach Männern jagt sie nicht, weil die sie nicht mehr interessieren, und nicht nach Frauen, denn sie ist in festen Händen. Susanna, ihre Lebensgefährtin, liegt in ständigem Clinch mit dem zwölfjährigen Jim, der lieber wieder einen Vater hätte anstelle einer zweiten Mutter, aber auch mit Lena, weil die die lesbische Emanzipation nicht ernst nimmt.

In einem FrauenHaus wird eine Frau vermißt, aber Verschwundene gehen Lena nichts an, für sie ist eine andere Dienststelle zuständig. Aber dann wird die Vermißtensache doch zu ihrem Fall. Am Ufer der Havel wird ein weiblicher Torso entdeckt, wenig später der dazugehörige Kopf in einer Mülltonne. Die Leiche ist rasch identifiziert, es handelt sich um die Vermißte aus dem FrauenHaus. Lenas Kommissariat bekommt die Leichensache übertragen.

Als schließlich auch ihre Geliebte Susanna verschwindet, wird für Lena aus der Suche nach dem Serienkiller ein privater Feldzug.

Eine lesbische Kommissarin mit Geliebter und besten Kontakten in die linke Szene hat der kleinen deutschen Krimiwelt noch gefehlt. »Weiberwirtschaft« ist ein Fest der Dialoge: milieuerfahren und tongenau am Nerv der Zeit.
Der Spiegel

Chauvis wie Emanzen bekommen ihr Fett weg und Maria Gronau teilt mit viel Wortwitz sowohl nach rechts als auch gegen linksautonom aus.
ORB

Ein nervenzerreibener Krimi, der dank seiner schnoddrigen Sprache und dem ewigen Konflikt zwischen den Geschlechtern immer wieder amüsante Pausen zum Luftholen bietet. Ein Schmöker für schlaflose Nächte.
Lift Stuttgart

Maria Gronau
WEIBERLUST

Roman

352 Seiten, Broschur,
ISBN 3-89602-116-8
28 DM / 205 öS / 27 sFr

Maria Gronau (Pseudonym), geboren 1962 in Hildesheim. Mutter Kommunalpolitikerin, Vater Arzt. Seit ihrem zwölften Lebensjahr schon Dauerausreißerin, brennt Maria Gronau mit 17 endgültig von zu Hause durch. Lebt in Hannover in besetzten Häusern und schließt sich der Punkszene an. In dieser Zeit häufige Reisen nach Berlin, bis sie sich Anfang der 80er Jahre endgültig in Kreuzberg niederläßt. Verschiedene Hilfsjobs, unter anderem im Buchhandel und in der Gastronomie. Politische Arbeit im Hausbesetzerrat und in Lesbengruppen, erste Schreibversuche. Während der Anti-Reagan-Demonstrationen 1982 von der Polizei festgenommen, verbringt sie 3 Monate in Untersuchungshaft. Die Hauptverhandlung vor dem Landgericht endet mit einer Bewährungsstrafe. Heute ist Maria Gronau die Chefin einer renommierten Berliner Werbeagentur. Weiberlust ist nach ihrem gefeierten Debüt Weiberwirtschaft der zweite Roman um die Kriminalkommissarin Lena Wertebach.

Maria Gronau darf sich zu Recht als härteste Thriller-Frau Deuschlands vermarkten lassen. Sie hat einen echten »page-winder« geschrieben – spannend bis zur letzten Seite. *Buchreport*

Maria Gronau ist etwas geglückt, was nicht häufig ist: ein spannendes, unterhaltendes, vor allem aber ein kluges, vielschichtiges Buch, dessen Zutaten weit über das hinausgehen, was das Genre sonst zu bieten hat.
Märkische Allgemeine

Die Story ist dicht, aufregend, dramatisch und hochpolitisch, entbehrt aber keineswegs gehöriger Ironie und Selbstironie. Die einzige Person, vor der die Kommissarin einen Kniefall machen würde, ist – und damit wird das letzte aller denkbaren Klischees in der Sparte »lesbischer Schwanzab-Roman« gebrochen – Sohn Jim, eine zwölfjährige frühreife, aber liebenswerte Intelligenzbestie. *Neues Deutschland*

Frank Goyke: Hexentanz. Roman
Der siebente Dietrich-Kölling-Krimi
ISBN 3-89602-117-6
Herausgegeben von Oliver Schwarzkopf
Originalausgabe • Copyright © 1997 by
Schwarzkopf & Schwarzkopf Verlag GmbH
Kastanienallee 32, 10435 Berlin
Umschlagbild: Ulrike Haseloff, Berlin
Satz: Morten Heise auf QuarkXPress, SelectSet 5000
Gesetzt aus der Garamond
Druck und Bindung:
Westermann Druck Zwickau GmbH